知音动漫图书·时代坊
ZHI YIN COMIC BOOK 荟萃名家·品读经典

海盗鬼皮书

旋翼之刃 著

中国致公出版社　知音动漫

237	223	211	195	183	165	145	133	119	109
Chapter **20** /黄金棺材	Chapter **19** /黑白『德川号』	Chapter **18** /鳗尾怪	Chapter **17** /阎王轮	Chapter **16** /再见『中指猩魔』	Chapter **15** /鲸鱼	Chapter **14** /剥脸人	Chapter **13** /恐怖照片	Chapter **12** /夜半鬼事	Chapter **11** /火井

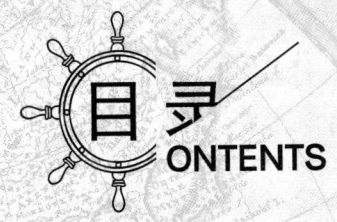

目录 CONTENTS

- 001 Chapter 01 / 一场葬礼与三次死亡
- 015 Chapter 02 / 杀人局
- 023 Chapter 03 / 征服者
- 033 Chapter 04 / 地下室书房
- 043 Chapter 05 / 黑蛇之灾
- 051 Chapter 06 / 流鬼奴
- 061 Chapter 07 / 飞翔的啤酒桶
- 073 Chapter 08 / 断魂船
- 083 Chapter 09 / 驱逐舰
- 097 Chapter 10 / 血色书页

我必须再去看看大海,
去看那寂寥的大海与长天……
我必须再去看看大海,
为倾听那咆哮的海涛的召唤……
我必须再去看看大海,
像吉卜赛人一样享受一次流浪……

——约翰·梅斯菲尔德

CHAPTER 01

一场葬礼与三次死亡
YI CHANG ZANG LI YU SAN CI SI WANG

上海到象山，汽车三个半小时。

正值晌午，车上的乘客都睡得东倒西歪，只有我毫无睡意。我牢牢攥着手机，心里想的，是刚进杂志社的时候理过的一期调查问卷。那期问卷的主题是"你最怕什么"，我满以为会看到蛇虫鬼怪之类的答案，却没想到，67%的男性上班族最怕的是"家里忽然打电话来"。

当时我对这个问卷结果十分不理解。大概是因为母亲早逝的缘故，我们家向来没什么家庭氛围，有的只是父亲的严厉教导。自从两年前哥哥牺牲后，我一直都没和父亲联系过，怨恨他当初逼哥哥参军。今天早上，忽然接到了三叔公的来电，我心里着实抖了一下，电话那头果然是坏消息——父亲脑出血，三叔公要我赶紧回老家。我一下子惶惶不安起来。

还好，一路上电话没再响起。象山县汽车站熙熙攘攘，两年没回家，我已经忘记了象山到渔村要坐哪一趟车，在站牌下转悠了一会儿，又接到了三叔公的电话。

"济苍，到哪儿了？"

"刚到象山，再搭个公共汽车，很快就到了。出租车不肯走。"我感觉到嗓子干涩，浑身发抖。

"别急。"三叔公顿了顿，委婉地告诉我，父亲已经过世了。

父亲的丧事，在乡亲们的帮助下早已准备停当，我只需要按照三叔公的指示起、坐、抬、摔、哭、唱……村里的丧葬习俗十分复杂，每天都有不同的规矩礼数。忙碌让我的大脑陷入了空白，没有太多时间悲伤。父亲断七后，在最后的宴席上，我与乡亲们一一道别，第一次独自回到家。

在黑漆漆、空荡荡的屋子里一直枯坐到深夜，我才慢慢恢复了神志，起身拉开灯，把一直抱在怀里的遗照摆到供桌上，放在母亲和哥哥的遗照中间。三张黑白遗照一字排开，同样大小，同样的笑容，嘴唇微张，像是想向我说些什么。我的至亲，至此都没了，而我都没来得及见他们最后一面，就猝不及防地被孤零零丢到世上。

忽然，父亲的遗照上映出一个黑黢黢的人影。我一惊，慌忙回头，看到三叔公站在窗外。长年在海上风吹日晒，他的脸上黑红多皱，看起来越发苍老。他冲我招了招手，脸上挤出笑来，示意我出去，然后将手里的东西塞给我。

"济苍，这是你爹留下的，让我一定亲手给你。"

我接过来，见是一个破旧的木盒，想要打开，却发现上了锁。

"回头慢慢找钥匙吧。"见我迟疑，三叔公伸手将盒子往我怀里一推，"事情办完了，明天就回上海……上海是好地方，别回来了。"说完匆匆要走。我拉住他，问："我爸临死前，说了什么没有？"

为了赌气，我两年没回来看他，的确是我不孝。现在他去了，遗憾和内疚恐怕会伴随我一辈子。可我还是想知道父亲在临终前，是否对我失望、遗憾，甚至怨恨。

"为钥他走得很快，而且发病后清醒的时间很短，没说什么，只让我把这个给你。"三叔公屈起中指叩了叩盒子，沉吟了一会儿，似乎是横下心来，开口嘱咐道，"白天你说冬至回来给你爹落葬，我看你也别回来了。自管自去上海，这里本来也不是你该来的地方。"又说，"以后要是出海玩，也别到这一片来。"说完，头也不回地走了。

我很有些疑惑，难道父亲去世了，我就是村子的外人了？但怀里的木盒沉甸甸的，压过了疑惑。酱色木盒已经损朽，表面的木板有蚀空的地方，我用手指抠住破损处，还未用力，便掰下来一块手掌大的板子。我赶紧回屋，坐在饭桌前，对着光看了下盒子里面，只有一个本子样的东西，没有其他的，便伸手小心地把本子从破洞处抠了出来。拿出来一看，是一本薄薄的小册子，十分古旧，褐色斑驳的皮封面已缺角翘起，内页看起来像是牛皮纸做的。册子里里外外写满了黑紫

色的歪歪扭扭的外文。我费力地辨认出一个单词，一查发现是荷兰文。

父亲只是个渔民，怎么会有荷兰文的东西呢？我努力地想多查出一些单词，看看里面写的是什么，但潦草的手写体实在难以辨认。我把同学同事想了一圈，想起发小赵磊大学的时候读的外语系，便联系上他。赵磊很仗义，得知这是我父亲的遗物，立刻表示愿意帮忙，让我把册子一页页拍给他。

虽然已经是半夜，但照片发出去没多久，赵磊就回过电话来："哥们儿，我看了，这里面都是荷兰文，我明天就能给你翻译出来。你今晚就别多想了，赶紧休息吧。"我如释重负，仿佛与父亲的最后关联还没有断。

收好小册子，到父亲的房间里胡乱眯了一会儿，天就亮了。我整理好背包，和几家亲戚打了招呼，坐上了去象山的汽车。车开出村子，经过村口东面的崖壁。崖壁高耸陡峭，侧面平整如斧削，被海浪不断冲刷着，崖壁下方有一个黑黑的洞口，几乎完全暴露在水面上方。小时候乘渔船出海时，总能看到这个洞，涨潮时洞口只能露出一半，落潮时海面距离洞口下方有好几米。我那时总想进去看看里边是什么样的，哥哥说太危险，一直不让我去。他从小怕水，却被父亲硬逼着当了海军，最后牺牲在一片望不见陆地的海域里。他临死时一定很恐惧吧。我想起三叔公让我以后不要来这片海，心里隐隐作痛。

这时电话响起来，是赵磊。

"林子啊，你那本册子我翻译好了，我等会儿发你邮箱。不过里面有一些专业的名词，我咨询了学校的一个历史系副教授，只有她认得出来。她对你手里这东西挺感兴趣的，想了解一下具体情况。"

我苦笑一声："我也什么都不清楚啊。"

"那这样……吧，我把你微信号……给她，你俩聊聊吧……"

赵磊的声音忽大忽小，噪音很厉害，我听得断断续续，忍不住问："磊子，你那儿风很大吗，怎么听着呼呼的？"

"嗯，我在一艘船上……"赵磊的声音忽然停了，听筒里只剩下风的声音。

我一连"喂"了几声，才又听到他的声音，他疑惑地问："你……确信，确信……"

"确信什么？"

赵磊的语气更像是喃喃自语："没……什么，我肯定是看错了。不可能的……"像是说服了自己，他的声音陡地提高，"没事儿，看到点奇怪的东西，待会儿再打给你。副教授的微信号是 Conquistador,c-o-n-q-u-i-s-t-a-d-o-r，你记得点击通过啊。"说完，他就挂断了。

我有些莫名其妙，只好等他再打来。然而一直到上了回上海的汽车，我也没接到他的电话，倒是收到了邮件。看着父亲最后留下的信息，我手心有些冒汗，忽然很怕再次接到电话，怕还有什么坏消息等着我，于是关掉手机网络，开启飞行模式，专心地读起了翻译文字。

册子封皮上署着"多鲁斯"的名字，大约是册子的主人。里面记录了几个故事，其中之一是一个荷兰人的冒险旅程，他乘船出海却遭遇海难，被浪卷到一处陌生的海岛。海岛的巨崖下有一艘沉船。他潜水进入船舱，发现船舱里有一具很大的黄金棺材，而船舱外散布着一具具十五六岁的尸骸，墨绿色的皮肤像树皮一样皱，圆睁的眼睛却是血红色。在探索过程中，他受到一条鳗鱼的攻击。回到地面，看到海上不远处有一艘古帆船在炮击海岸。深沉的夜色里，整艘船散发着墨绿色的幽光，船体由巨大的骨头支架组成，而发射出来的炮弹是一团团白骨。白骨落到海滩上，变成一副副骷髅，握着弯刀张牙舞爪，往岛内进发。而其中一副骷髅拥有着一颗有血有肉的头颅，头上一半的头发已经发白，脸上皱纹横生、坑坑洼洼，是一张典型的风吹雨淋的渔民的脸，额头上有三颗黑痣。

"爸爸！"

我忍不住惊叫起来，睁开眼睛，发现自己看着看着竟睡着了，最近几天确实没怎么休息。车已到站，我揉揉脸，略收拾了下东西，下车后直接打车往杂志社赶。我现在需要大量的工作，一是需要钱，二是需要事情来占满大脑，让自己不东想西想。我打开手机信号，滴滴嘟嘟一大串推送立刻占满了屏幕，满眼的"渔船""远洋""劫持"字样，所有的新闻客户端似乎都在推送一条重大新闻事件。我仔细看了其中一个标题"中国渔船海上遭劫，匪徒都是未成年人"，这时出租车上的广播开始播放一条紧急消息："本台最新消息，今天中午十二点左右，正在海上作业的中国渔船浙象渔 28 号，被一群武装分子劫持。武装分子登上渔船后，控制了船上包括船长在内的十二名中国人，并且通过船上的通信装置提出了 200 万美金的赎金要求。本台稍后将连线当地的记者……"

浙象渔，浙江，象山，是我家乡的渔船，船上的中国渔民都是我的老乡，刚经历丧亲之痛的我现在愈加珍视的乡亲、同伴。

我不停刷新客户端上的直播页，所有新闻配发的图片，都是一个肤色黝黑的少年站在一艘渔船的甲板上，腰上绑一圈手雷，肩挎 AK-47 突击步枪，桀骜地抬起头，冲着正在航拍的直升机竖起中指。这个少年瘦削、黝黑，从外形看并不是非洲人，像是东南亚人，应该是臭名昭著的马六甲海盗。

最后，海盗宣称，今天下午四点会有重大视频消息发布。我抬眼看看时间，此时已经三点三十分。这时，手机提示有一条微信消息。我打开一看，一个显示名称为"Conquistador"的人要加我为好友。我反应过来，是赵磊介绍的大学历史系副教授。手指略微犹豫了一下，我点击了"同意"。

对方的头像是一张穿着衬衫的侧影，衬衫微微敞开，露出里面一点雪白的肌肤。一头乌黑的长发将大半个脸遮住，只露出红艳的嘴唇和半张脸柔美的轮廓。

如此充满了朦胧美的画面，让我顿时腼腆起来，想主动打招呼，却又不知如何措辞——我一向很害怕和异性打交道。

"Hi，我叫沈云杉，赵磊介绍的。"

在我不知所措之际，对方主动打起了招呼。我憋了半天，讷讷回复了两个字："你好。"

"你那份东西，我觉得很有研究价值，能给我看看原始材料吗？"

看来是个开门见山的爽快性格，我略略松了口气，忙不迭地答应："可以，你给我个地址，我给你快递过去吧。"

"我还想当面和你聊聊，你什么时间有空？"

我一下子又紧张起来，下意识把时间往后推："下周三下午如何？我这两天有点忙。"

"好的。"朦胧美头像丢了个地址给我，随后发了一个微笑表情符号。

出租车在媒体大厦门前停下了。我付好钱下车，又接到了沈云杉的信息。

"好好保管鬼皮书，它应该是用某种动物的皮缝制的，不要见水。"

原来不是牛皮纸。可动物的皮也扯不上"鬼皮"俩字呀？我有些好奇："什么动物？"

"应该是人类的皮肤。"

人皮？我感觉一阵凉意直冲脑门。我给杂志社写稿子时了解一些人皮制品，比如萨克森豪森集中营的纳粹女医生科赫用人皮做的灯罩、哈佛大学图书馆里的人皮书《西班牙律师手册》。这些东西的照片我都看过，好像和那本小册子的质地、色泽并不一样啊！想到这人皮册子正在我身后的背包里，我只觉凉意更甚。

"什么意思？什么人？"我在微信上询问沈云杉，对方却不再回答了。

我心乱如麻地走进大楼。这是一栋十五层的大厦，一到八层为办公楼，是报纸、杂志以及一些新媒体的办公地点。九层以上是住宅区。在上海这个地方，这栋大厦实在没有任何引人注目之处。而我就在这栋最不引人注目的办公楼里，做着一份最不引人注目的工作，像生活在大城市里的蝼蚁一样。

电梯门口，所有人都在讨论海盗劫持事件，几个男的在讨论驻军救援，女的在讨论出国旅游安不安全。电梯下来，所有人走了进去，周围一下子安静下来。我感受到一道目光关切地向我投来，便望了过去。

目光来自一个十七八岁的女孩，齐耳短发，五官清秀，穿着一件红色羊毛衫，看起来像个高中生，可能是楼上的住户，刚刚放学。她一双黑白分明的大眼睛定定看着我，见我发现了，她也毫不紧张，反而微微一笑。我的脸却"腾"一下红了，赶紧别过头去，余光感受得到她仍在不停地打量我。

"大叔，把背挺直了好吗？别像龟仙人似的。驼背真难看。"寂静无声的电梯里，女孩清脆的声音分外惹人注意。我跟做贼似的瞟了一眼，发现她仍在直勾勾地看着我，电梯里其他人也齐刷刷地看向我，有的还嗤笑起来。我感觉脸上要滴下血来了。这时听到救命的"叮"一声，电梯到了三楼，门打开，女孩和几个人从我身边走了出去。却没想到，女孩出了电梯后，又回过头对我一笑："龟仙人大叔，今天你会度过很特殊的一天的。"

我不知道是该尴尬还是该受宠若惊。还好杂志社在六楼，电梯门很快打开，我逃也似的跑出来，远离众人看变态一样的审视眼神。

刚在办公桌前坐定，打开笔记本电脑，就听到门外有人喊我的名字："林济苍，快递！"我心里一抖，最近自己没有在网上买过东西，也没人说要给我寄东西，难道又是父亲留下的什么？这么想着，我抬起头"哎"了一声，快递员跌跌撞撞挤进来，手里捧了一个巨大的纸箱子，比微波炉还要大三圈。我看了下箱子上的快递单，寄件人处是空白，收件人倒是准确地写着我的名字、公司地址和电话号码。

字迹娟秀，看起来像是女孩子写的，可我并不认识这字迹。

我忍不住问："里面是什么东西啊？"

快递员耸耸肩："你拆开看看不就知道了。"

我狐疑地在快递单上签了字，把盒子抱到门口的空桌子上，用钥匙锯开了胶带条。几个好奇心旺盛的同事也围过来，想一看究竟。盒子打开的一瞬间，同事们啧啧有声，我自己也呆住了。

"小林子艳福不浅呀，哪家姑娘送你这么好的东西？"同事嬉笑着推推我。我使劲眨眨眼睛，伸手将盒子里的东西一样样拿出来。

一部巨屏国产智能手机、一副蓝牙耳机，还有一架小型飞行器，就是这几年很火的无人机。

这架无人机的外形像一个白色海星，四只脚呈十字架形分布，每个脚上都装有一个两片旋翼。白色海星的肚子下面有两个支撑架，支撑架正中固定着一个火柴盒大的黑色数码相机。

"大疆幻影？！"

我读书的时候是个军事迷，知道"大疆幻影"飞行器在国际上十分有名，虽然是民用无人机，但也曾被用于军事。前几年就有消息说，叙利亚叛军曾经击落过这种无人机，因为政府军用它对叛军阵地进行侦察。前不久A国特勤局也说有这样一款无人机闯入政府，然后被击落，后来证实这是一个航空模型迷的恶作剧。而且这款无人机下面搭载的并不是一般的数码相机，而是HD-3D云台，镜头可以上下左右移动，扩大监控范围，镜头拍摄的图像可以通过无线信号实时传输到电脑等终端上。

"小林子，试试啊！"同事起哄道。

说老实话，我一直想拥有一台无人机，但苦于囊中羞涩。如今最好的一款无人机就放在我眼前，我反倒有些发蒙，毫无美梦成真的兴奋感。听到同事的话，我才回过神来，但找了半天都没有看到遥控装置，不知道怎么启动机器。

同事们见状有些扫兴，正要四散，只听"嘶嘶"两声，云台动了两下，紧接着，无人机四个脚上的旋翼猛地转了起来，平地突起一阵风，办公桌上的纸页被吹得四下乱舞，我也被吹得一个激灵。

转瞬间，无人机稳稳地悬到了半空。

所有人都惊叹起来，纷纷举起手机拍照，办公室陷入了小小的狂欢。我心里总觉得有些不安，血止不住上涌，耳朵里嗡嗡地鸣叫着。在一片虚幻的背景音中，我听到了有节奏的铃声——是那部巨屏手机响了。

我条件反射似的手抖，拿起手机，是来自一个叫"伊登"账号的微信视频聊天请求。看来这部手机被事先安装了微信，设置了好友，并且一直在线。我脑中一下子想起了无数警匪片的场景，狐疑着按下了"同意"。

屏幕中出现了一个穿红衣服的小姑娘，竟然是刚才在电梯里遇到的女生。

"龟仙人大叔，你好，奇妙的一天开始了。"她的笑容具有只属于小女生的那种灿烂、顽皮。可我完全没心思想其他，重重疑惑早就压倒了对异性的欣赏。我毫不客气地皱眉道："你搞什么鬼？这飞行器是你的？"

"大叔能先把蓝牙耳机戴上吗？谢谢！"

还礼貌用语……我无奈地戴上蓝牙耳机，注意到屏幕那头的女生一直在观察我。见我戴上了耳机，女生又露出了青春的笑容："龟仙人大叔虽然不好看，但很听话，很可爱。接下来请你找一个僻静的地方，我想和你好好聊一聊。"

人性的弱点我全都有，这时好奇和疑惑占了上风。我放下戒备心，走到空着的三号会议室里，并且不由自主地把门带上了。

"很好，你进了三号会议室。"红衣女生说道。

我下意识地往会议室的玻璃门外看了一眼，大疆幻影仍悬停在半空，而云台的镜头转向了会议室这边。

"实时传输？"原来不是什么新鲜技术。

巨大的失落感笼罩了我。我平复了一下心情，重新保持理性，打算掌握主动权，探探对方的底细。也许只是个恶作剧呢？从微信视频上看，女生所在的位置还在这栋大楼里，透过她身后的落地窗，可以看到熟悉的对面大楼。

"从现在开始，你的一举一动都在我的掌握之中。"红衣女生的声音清脆自信，像是握满了筹码，可能是捕捉到了我眼里的轻视，她清了清嗓子，正色道，"大叔，我也知道，就这么一台入门级的民用飞行器，你是不会买账的。在别的地方，我们其实有更高端、至少续航能力更强的无人机来监控你，但在你的公司里，只有这样大小的无人机才能进来。"我下意识地想了一下躲避监控的方法，闪烁的眼神被她看到。她微微笑了一下，说："没有无人机，我们也可以接管你身边的闭路电

视监控系统来监控你。不过这样做会惊动警察，风险太高。而且，我们只是针对你一个人，我想暂时还没有必要惹这样的麻烦。"

是觉得我太好控制吗？我心里略有些不爽，后悔刚才听她的话进来会议室，一开始就让自己处于了下风。人都有慕强心理，面对越强的对手，反而越尊敬。现在一个高中女生言语里对我充满了掌控力，甚至还有些轻蔑，可见我这一步的确走错了。我想快点结束这个无聊的游戏，起码主动结束第一轮，便扬起脸，装出一副混社会的老油条模样说："小姑娘，我真有正经事……"

女生微微一笑。我注意到，她这次笑得和前几次不同，前几次带有一种戏谑嘲讽，这一次妩媚的笑容中带着几分猎人紧盯猎物般的残忍。她轻轻开口道："现在已经四点了，建议你看一下卫视的新闻直播。直播将持续至少半小时，你看后如果有兴趣，就再打过来吧。你应该清楚的是，这一切都是我们为你准备的，要想救他们，只有你来求我。记住，半小时后我就会离开这里，并且把我手里的这部手机销毁，到时候你永远也不会找到我了。"说完，她关闭了视频聊天。

"神经病！"我把巨屏手机丢到桌子上，自顾自走出会议室。持续多天的行尸走肉状态让我的反应变得有些迟钝。要是在以前，以我的倔脾气，连戴蓝牙耳机这一步都不会听从的。想从我身上达到目的，好好求我也罢了，如果来硬的、玩阴的，即便我暂时服软，将来也总要找机会补回来。

出了会议室，刚刚还十分嘈杂的办公室变得十分安静，只有无人机旋翼的嗡嗡声，同事们都挤到电视墙前看现场直播——我们杂志社也算是新闻单位，有一台电视机在上班时间不间断播放各地新闻。画面上，一脸凝重的红衣女主播直直看着镜头播报新闻，我恍惚以为她在看我。"本台刚刚收到消息，今天中午十二点在某海域劫持中国渔船的武装分子主动联系媒体，要求派遣专业航拍无人机，将被劫持渔船上的画面实时传输到全球主要电视网络视频媒体上。本台将立刻播出实时信号画面。"女主播蹙眉说完，直播间画面便切换到了海面，无人机标志性的嗡嗡声响起，画面镜头对准了一艘渔船的前甲板。

甲板上跪了几个人，从左至右一字排开。据记者解说，现场一共是十二人，从身形上看，这些人有高有矮、有瘦有胖，似乎还有几个是女人。他们全部戴着黑色的头套。而在这十二个人后面，是六个十四五岁的小孩，瘦小枯干，却满脸傲狠。他们统一穿着绿色迷彩服，歪戴贝雷帽，手上的AK-47瞄准了那十二个人质的后脑勺。除这些人之外，还有一个小孩，站在甲板最高处，正是之前在网络上流传甚广的对镜头竖中指的瘦干海盗。网上有人骂他是"中指猩魔"，因为他干瘦黧黑，如一只猴子。现在他正用阴毒的眼神直盯着镜头，嘴里念念有词，但风浪太大，没人听得清楚他说什么。

他的目光直直看向我，我隐约觉得他要说的话和我有关，心里焦躁不安。想到国内的现场直播会有延迟，我打开手机上CNN的客户端，果然，CNN的直播画面比卫视快上几分钟，此刻"中指猩魔"正把最左边那人的头套摘了下来。

头套摘下的那一刹那，我几乎惊叫起来。

居然是赵磊！

除了他，还有谁会在遇到匪徒时，用这么欠揍的眼神看着向他施暴的匪徒——高中时是抢点小钱的小流氓，此刻则是那个"中指猩魔"——从而招来更多的暴揍？

"中指猩魔"用枪托狠狠砸了一下他的肩头，但挨了揍的赵磊还是昂着头，将他斗鸡眼的优势发挥到极致，目光更加集中地盯住了"中指猩魔"的脸。

肯定是赵磊啊！我独一无二的好友！我想起在车上的时候他说他在海上，可他为什么会去那里？他当时说看到了什么，是看到了海盗船吗？那他想让我确认的……

我的大脑飞速运转，想从过往的对话里找出蛛丝马迹。然而还未等我想明白，海盗已经将赵磊旁边那人的头套摘了下来。

头套下面是一张很美的脸，二十五六岁的样子，粉嫩的脸上毫无血色，连嘴唇都是苍白的。乌黑的长发霎时间被海风吹得狂舞，将她的半张脸都遮住了，然而我还是认出了她。

闵琼，我怎么会忘记她呢。我大学时的女神，迄今为止我唯一鼓起勇气追求过的女生。大学时代的往事一一向我砸过来——那时她是班花，我只是班中一个普通得不能再普通的男生；她是"学霸"，年年拿奖学金，我虽算不上"学渣"，但连奖学金的边都没碰到过。可那时的我还是抑制不住内心的冲动，用蹩脚至极的书法和十分肉麻老套的措词写了一封情书，找机会夹在她的课本里。她很大方地单独约了我，明确说她已有心仪的男生，和我不可能在一起。说这话时，微风拂动着她的长发，她用手去理头发的模样太过动人，我至今都不能忘怀。我感激她的坦诚，和她毫不吝啬其光芒的美丽。

之后，我们成了偶有联系的朋友，我没有再试图拉近我们之间的关系。大学毕业后，她考上了公务员，我们便再也没有联系过。但我知道，她一直在我心底的那个角落。只要有机会，我仍愿意为她做任何事。

此刻，我忽然想起红衣女生那玩弄猎物般的眼神。我心中有种不好的预感：莫非这次海盗劫持渔船的事件，是因为我？渔船上的这些人质，会不会都是我认识的人？

当"中指猩魔"将第三个人的面罩摘掉时，我心中的最后一丝怀疑也荡然无存了。我冲进三号会议室，拿起那部巨屏手机，向唯一的微信联系人伊登发出了视频聊天请求。

第三个人，是我大学时的好友方振清。我们一起逃课，一起通宵打游戏，一起和其他班的男同学打架——原因已经忘了，我只记得在打到最激烈的时候，我突然哮喘发作，最后是他把我背到了医院。此刻他健壮的身子牢牢钉在"浙象渔28"惨白的甲板上，随着甲板的颠簸而左右摇晃，似乎还算镇静，但看得出，他的脸色也有些凄惶、无助。

"哟，大叔，这才第三个你就扛不住啦？"视频一接通，便听到红衣女的嬉笑。

"你是什么人？你到底想怎样？你想让我做什么？"

伊登眼睛往上翻了翻，嘴唇抿了抿，态度比先前还要轻蔑："我觉得，现在还没到时候。这样吧，我先挂了，等你看到第七个人被摘掉面罩后，再打给我。我相信，那时候，我让大叔您做什么，您都不好意思拒绝了。"

"可恶！你……"我丧失了理智，整个人被恐惧和焦虑攫住了。我再次点开CNN的直播画面，数出第七个人，这人身形微胖，暴露在阳光下的手臂皮肤粗糙泛黄，应该是个中老年人。我迅速在脑海里搜索了一遍自己所熟识的人，并没有想到哪个人的模样与他有半分相似，心里略有些放松，或许事情没我想象得那么糟。

伊登静静地看着我数完人头，微微一笑："骂人可一点也不好玩。韩剧里的大叔都是很沉稳、优雅的，你长得猥琐点就罢了，怎么还这么粗鲁！再见吧！"说完，她翻了个白眼，再一次挂断了视频聊天。任凭我再怎么拨打，她也不接了。

而这时，直播画面中，"中指猩魔"已经摘掉了第四、第五和第六个人的面罩。我一一细看过去，心中的愤懑达到了顶点。

我幼年时同村最要好的发小程先宙，我高中时最喜欢的班主任袁老师，我要好的前同事。到现在为止，这六个人质都是我熟悉的、对我有特殊意义的人。他们陪伴了我的童年和青春，在我的人生道路上给了我无尽的友谊和帮助。可他们为什么会同时聚集在一艘渔船上，还遭到了劫持？伊登对我的胁迫，和这群海盗的出现，是精心设计的一场大戏，还是某种巧合？

残存的理性让我一遍遍劝服自己：这绝不可能，电影中的情节绝对不会发生在现实里。我与人无怨无仇，谁会布下这么一个大局来胁迫我这只身无长物的蝼蚁？

我颤抖着关掉视频，想让这噩梦一般的直播消失掉。这时我注意到手机里有一条来自赵磊的未读信息，也许是他当时挂断电话后发来的。我颤抖着点开，看到一句话："你确定你父亲真的死了？"

我的手心立刻生出冷汗，手机差点滑落。我攥紧手机，透过会议室的玻璃门看向卫视直播的画面，正好播到"中指猩魔"揭开第七个人的面罩。

半白的头发，沟壑纵横的脸，额上三颗黑痣。

真的是我父亲，活生生的父亲。

他的尸体不是我亲自送入火葬场火化的吗？火葬场工人拿出来的骨灰，不是我亲手安放的吗？这是怎么回事？怎么回事啊！

CHAPTER 02

杀人局
SHA REN JU

崩溃间，忽然听到手机响了一声，我颤抖着拿起来，是伊登发过来的一条微信："你没看错，也不是幻觉。"

颤抖的手指只能按下语音键，我死死按住手机屏幕，咬牙问："你们到底想怎么样？"

伊登轻松愉悦的声音立刻传了过来："嘿嘿，大叔别急啊，看下去。"她的声音带有扑咬猎物时兴奋的语调。

我犹疑着望向电视机，猝不及防地看到刚刚被揭下来的黑面罩下，一张熟悉又陌生的脸。是我离家前一晚，对着望了许久的一张脸——和遗像上一样，坚毅刚强的嘴角，温柔坚定的眼神——我的母亲，活生生地出现在眼前。

母亲在我四岁时就已去世。十多年过去，关于母亲的记忆早已湮没在时间里。我的回忆里，只有她两副面容，一副是她被人从海里捞上来时苍青浮肿得有些诡异的脸；另一副是遗像上欲言又止的样子。我眼前这台电视机里的她，和遗像上一模一样。

一模一样。

画面太过震撼，太过离奇，以至于太像假的。我的脑子忽然有一瞬间的清醒：她还是十几年前的模样，说明这一定是假的！如果她当年没死，现在应该和父亲一样苍老才对，怎么会是年轻的模样？一定是有人假扮的，说不定，父亲也是假扮的。可是如果找人假扮，何须这么大费周章？找个相似的老妇人就可以了啊。

我的侥幸只维持了几秒钟，就看见下一个人质的面罩正在被揭开。我看着那人挺拔的身姿和健硕的臂膀，已经猜到是谁了。我强迫自己冷静下来，不想被无人机的监控镜头拍到自己崩溃的样子——此时露怯，无异于自掘坟墓。事已至此，无论真假，都明摆着是针对我的一项大阴谋，海盗方一定是想利用他们逼迫我就范。想到这里，我竟然诡异地冷笑了一下。人质的面罩被掀开，果然是我的哥哥。他还是当年离家参军时的样子，魁梧精悍，和父亲一样的黑色脸庞，浑身肌肉线条分明，留着干净利落的板寸。从小他和我就是两个极端——他健康、威武、阳刚，而我却精瘦、苍白，因为哮喘，走路都不敢太快。

海风呼啸的甲板上，除了哥哥，还有疼我的叔叔、溺爱我的奶奶、对我寄予厚望的爷爷。他们的容貌，不出意外地停留在去世时的样子。我一一看过来，想起那些年，他们照顾我、保护我，给我这个家族里最弱的孩子最宽厚的爱。现在，是我保护他们的时候了。

我并不是一个迷信的人，我知道人死不能复生。只是面对屏幕上活生生的亲人，我心里想的，都是无论如何不能再失去他们，无论真相有多离奇，无论是真是假。几十分钟的工夫，我脚下的人生之路，已经从坦途变成充满暗流的险恶水域，我能做的，只有一步步蹚水，一点点靠近真相，就算剥皮蚀骨，也要将亲人们从噩梦里救出来。

这是我的弱点，我想伊登他们早已看穿。我将视线从屏幕上转移到无人机的监控镜头上，直直地盯着，目光中充满愤恨。伊登很快明白了我的意思，通过微信打来了视频通话。

"大叔，你脸色不好？"红衣少女露出挑衅的笑。

我死死盯着屏幕，咬牙问道："你到底要我做什么？"

红衣少女的笑容更明朗了，在我看来却更加狰狞："大叔你真是识时务。我嘛，想让你替我杀个人，好吗？"

令人意外的要求。她要杀的人是谁？为了杀他，需要劫持渔船、让一些死去的人复活吗？一个明显漏洞百出的局，我却必须走进去，任人玩弄。或许，整个世界的真相本来就是漏洞百出的。我放弃寻找合理性，保持外表的冷静，冷冷问："谁？"

"沈云杉，你刚刚认识的那位美女教授。"

"为什么要杀她?"

"她的男朋友是个很帅的外星人,活了几百岁,有钱又学识渊博。我想把这个外星大帅哥抢到手,所以要杀了她!大叔你帮帮忙喽。"儿戏一般的回答,玩游戏一般的眼神。到了这个时候,她竟然还用韩剧的剧情装疯卖傻!

我怒不可遏,一字一句地回复:"你!去!死!"

伊登笑了笑,确切地说,只是嘴角弯了一弯,眼中却毫无笑意。我紧张地读取她的表情和动作,希望能由此发现蛛丝马迹。只见她靠近椅背,从一旁的桌上拿起一部海事卫星电话。她要联系海上!我的心怦怦跳了起来,预感又有不好的事情要发生。

视频通话里,她一面对着电话那头吩咐着什么,一面瞟向我的身后。我下意识地回过头,看见墙上的新闻直播画面里,"中指猩魔"突然走到甲板正中我父亲的身前,一把拉起他,然后粗暴地甩向离直播摄像机更近的地方。我看着父亲突然贴近的脸,每一条清晰的沟壑都是我曾熟悉的。他的面容如此真实鲜活,比刚才在甲板上的远景更让我揪心。正在他趔趄着试图站直时,忽然"咔嗒"一声枪栓响起,"中指猩魔"手里的枪口瞄准了父亲的额头。随着震耳欲聋的哒哒声,漆黑冰冷的枪口瞬间发射出火光和烟雾。

随即一片黑屏——信号被切断了。

"啊啊啊!!!"

我完全失去神志,只知道爆发出一阵扭曲的号叫。身上所有力气都堵在狭小的喉咙里,随着号叫声被一丝丝抽干,直到大脑空白,嗓音嘶哑,再也发不出声音。

会议室的空气安静下来。我倒在地上,筋疲力尽,泪水不知什么时候灌满了耳朵。这时我听见伊登冷冰冰的声音从巨屏手机里传来,似乎带着海啸声:"你要答应我吗?"

我从地上挣扎着爬起来,脑海里瞬间挤满了父亲刚刚趔趄的身影,眼泪不受控制地越流越多。我抹了一把脸,捡起刚刚扔到地上的手机,闭上眼睛平复了一会儿,下决心睁开眼,竭力绷住表情,保持平静的语气,说:"我答应你,前提是你不能再伤害其他人。我要见你一面,具体怎么杀,咱们当面谈。"

伊登饶有兴致地转了转眼珠,好像在观察我的表情。我只能紧紧抿着嘴,憋住一口气,面无表情地看着她。她欣赏完猎物,单手托腮,缓缓道:"好啊,我就在三楼的308，你现在可以过来。"

等的就是这一句。

我冲出会议室，刚刚攒动在电视墙前面的同事们已经散去。或许是直播事件冲击力太大，或许是会议室隔音效果太好，我出来时并没有引起大家注意。我强撑着轻声快步走出办公室，直扑向电梯，余光扫到大疆幻影调转了方向，紧随我身后。我闪身进了电梯，飞快按了关门键，把大疆幻影关在电梯外。

电梯在三楼停下。门打开时，我看见大疆幻影早已悬停在外。《信息早报》的办公室就在这里，这是一家在上海十分有名的大报，格子间密密麻麻占满了一层楼，两侧的窗户边有两排办公室。此刻已接近下午五点，正是报社最忙碌的时候，又突发重大国际新闻，格子间此起彼伏地响着键盘敲击声和打电话的声音，记者们大概都在为突发新闻而忙碌写稿。我没头苍蝇似的冲进去，身后除了大疆幻影，还有一个喋喋不休的前台，不停地问我"找谁""预约了吗""不能随便闯"……

我满脑子都想着如何掐住伊登的脖子，将她甩到身后的落地窗上；想着她是如何被破碎的玻璃划得全身鲜血淋漓，然后从三楼掉下去。前台小姐的话终于把我从魔怔中拉回来。我清醒了一瞬，心想不能因为一个疯子害了自己，于是顺手摘下自己的工牌塞给她，说了句"楼上杂志约了采访"，就把她打发走了，这才推门进了308。这是个小格子间，竖着半透明的毛玻璃隔断，我一眼就看到了她：红色毛衣、短发学生头。虽然身体和头部大半都被格子间挡板遮住了，但露出来的模糊的影子已经足够使我认出她了。

刚刚平静了一秒的热血又沸腾起来，我飞快走进格子间，一把抓住红衣女孩的胳膊，将她整个人扭到面前："你是不是人？！……"

话说到一半，我愣住了。面前的女人不是伊登，甚至不是一个人，只是一个穿了红色衣服的充气模型。我发狠地将模型丢到落地窗上，但模型软软地弹了回来，滑落在地。我很想冲过去扯碎那件红色的毛衣，但身后大疆幻影的旋翼声提醒了我，不能失态。我紧紧攥住拳头，浑身僵直颤抖，不知过了多久，终于恢复平静。与其说是平静，不如说是绝望。

对手太可怕，仅仅一两个小时，我已变得如此狰狞、狂躁，甚至愿意杀人，为了自己亲人的命而剥夺别人的生命。我依稀想起，网络上曾经有一次争辩，是关于一个小女孩写信要求一个罪不致死的犯人赶紧自杀，因为她的母亲正在等待

他的器官捐献。当时作为看客,我是麻木的,围观支持小女孩的一方和支持罪犯的一方争来斗去,只是作为无聊大学生活的消遣。此时此刻,我站在风暴中央,才真正明白了人生无法做出选择的困境,明白了自私的基因是如何在人体内繁衍的。人性的恶在裹挟我、淹没我。在混沌的耳鸣声中,我听到了内心最黑暗处传来的声音:一个不认识的女人而已,而且她对我父亲的遗物虎视眈眈,杀了就杀了。

"砰"的一声闷响,打断了我的沉默。紧接着又是"砰"的一声脆响,放在办公桌隔断上的水培绿植爆裂,碎玻璃和水溅了我一身。冷水使我彻底清醒过来。我发现落地窗被击穿了一个圆洞,以圆洞为中心,一条条粗细不同的裂纹向四处延伸,爬满了半面玻璃。

"杀人啦!"拥挤的格子间响起了疯狂的尖叫声。随即,又一声枪响打断了尖叫,落地窗上又出现了一个圆洞,子弹穿透玻璃,将我身旁一张办公桌上的茶杯打得粉碎,高速迸开的碎片立刻划开了旁边一人的脸颊,血与杯子里残存的茶水一并溅到地上。那人还未来得及反应,第三颗子弹又射出了,厚实的玻璃墙也经受不起连续三颗子弹的强力摧残,终于粉碎。细碎的玻璃碴儿"哗"的一声向室内倾倒下来,呼啸的风立刻灌满了房间。

在突如其来的枪声与碎裂声中,报社的员工如梦初醒,尖叫着四下狂奔,格子间一片混乱。人群如蜂群一般炸开,又在窄小的出口处堵塞。长期以来对军事的痴迷,让我立刻做出反应:这个时候应该迅速卧倒,然后找掩体。我压低身子,拉起刚才脸颊受伤的女员工——她已被突发状况惊得浑身颤抖,蹲在地上无法动弹。我带着她踏着碎玻璃躲到一处墙体背后,谨慎地伸出头往空洞洞的窗外看去。对面大楼里,有个人似乎正在朝我招手。两栋大楼隔得并不远,窗子和窗子之间大概两百米左右。我看到对面的窗子里站着一个小小的、瘦削的、甚至显得有些稚嫩的人影。那人一身灰色运动装,脸长什么样看不清楚,但抵在脸上的狙击枪,我清晰地看到了。

他一只手固定住枪,一只手不停挥舞。我辨认出来,那是示意我打电话的手势。隔着两百米的距离,那人似乎能判定我的视线,见我注意到他,便立刻起身消失。

我下意识地根据对方的指示,掏出巨屏手机,看见伊登发来了一条微信:"你爹没死,吓吓你的。五分钟内到楼下停车场,坐上一辆酒红色法拉利。五分钟后看不到你,你最亲的十二个人全部会死。么么哒,大叔别怕,很刺激,不是吗?"

装模作样的语气和字里行间暗藏的暴戾之气,让我不寒而栗,不由暗骂一声

"变态"。他们大胆到超出我的想象，但是在摸清他们的底细前，我没有讨价还价的筹码，只有乖乖就范。我发疯般地冲向安全楼梯——经过刚刚的枪击，电梯间一定挤满了逃离的人群。

我不知道她或者他们是什么人，又为什么会选择让我去实施暗杀，更不知道沈云杉这个大学副教授和他们有何恩怨，但他们对付我的计划天衣无缝。对方似乎对我了如指掌，知道我脾气很倔，在屈服之前必然会剧烈挣扎，于是设了一个匪夷所思的局。每一个人质，都能戳中我的死穴，让我甘心付出哪怕生命的代价，愿意替他们做任何事情。刚才的枪击事件则是一条严厉警告：不要挣扎，否则你自己死路一条，船上那些人也会被你害死。

这一切安排得异常冷酷，且异常高调。在繁华都市犯枪击案还可全身而退，背后不是一般的团伙。摆在我面前的，显然是一盘大杀局，而现在只走出了第一步，恐怕之后还会有更加骇人的任务。

胡思乱想间，我跑到了地面停车场。我对车没什么研究，但酒红色法拉利还是能够一眼认出来的。远远就能看到，法拉利驾驶座上坐着一个满脸稚气的少女。

是真的伊登。

大疆幻影还紧紧跟随在我身后。我绷住面孔，稳住步伐走向法拉利，坐到副驾驶上，面无表情地关上门，转头死死盯着她。她换了一身行头，蓝色衬衫、黑色毛线背心、格子裙，一副日式中学生的打扮。

杀掉她的想法不断在我脑海中翻腾，然而想到还在海盗手里的家人朋友，我只能默默叹口气，松开握紧的拳头。

伊登对上我的眼睛，甜甜一笑："是不是很刺激？"

我无视她那令人作呕的假笑，单刀直入地问："我爸呢？"

她丢给我一部海事卫星电话，然后转回头去发动了车子。

我拿起电话，试探着放到耳边，颤抖地开口："爸爸？"

电话那头真的传来了久违的声音："小苍，你只管好自己，我们很好，你别……"说到这里，电话就被挂断了。

但是，就这一句话，我已确认，父亲真的还活着。"你只管好自己"是爸爸的口头禅，以前觉得这句话冷漠无情，现在才知道这是他表达爱的方式。他只希望我们好好的，练硬翅膀赶紧飞出渔村，他一直在放手让我们自由地生活。所以，

父亲的确"复活"了,那么海上其他的人,也都真的"复活"了。我的心疯狂地跳动着,一心想要见到他们。我要救他们,哪怕死,也要和他们一起死。

我低下头,借擦眼镜的动作抹干净抑制不住溢出眼眶的泪水,强装镇定地问:"你们怎么让他们复活的?他们现在在哪儿?"

伊登目不斜视,也不理会我的问题,自顾自开口道:"说了是吓唬你的。只要你乖乖听话,杀了沈云杉之后,我就把你送过去见他们。"

"果然不会轻易放走人质。"我暗忖。现在我要做的,就是尽可能不要表现出对亲人的过分关心,以免他们变本加厉地施压,这样反倒会将亲人们置于更危险的境地。想到此,我故作无知地岔开话题:"你们是海盗团伙吗?"

"大叔你看我像哪儿人?"伊登微微一笑,露出虎牙。不知道的,还以为她真的天真健谈,但我明白,她是不愿意多说话透露信息,岔开话题而已。

"'魔都'人?"

"我哪比得上上海姑娘会撒娇,否则为什么请大叔帮个小忙,大叔都不肯……"

"小忙……"

我俩各自心怀鬼胎,别扭而毫无内涵的对话进行了几个回合,法拉利已经开到停车场出口。过门岗时,伊登不再同我搭话,而是又从身上掏出一部手机,拨通了一个电话:"嗯,炸吧,就在那辆悍马的头顶。"

我还没反应过来,只听背后"轰"的一声巨响,回过头去,发现大疆幻影已经变成了碎渣,就好像刚才枪击现场的茶杯。炸出的那些粉末状的渣四下飞舞,像被风吹散的……骨灰。

"你在无人机里放了炸药?"半晌,我明白过来,冷汗涔涔而下。

伊登还是那副天真无邪的面孔:"嗯,C4炸药,就黏在云台上,很少一点点。我跟你说,这东西就像橡皮泥一样,很好玩的。本来打算你不听话就炸你的。"

仿佛炸掉我也是一件无足轻重的好玩事。

在这一瞬间,我真切地感觉到,自己只是一张轻飘飘的纸,爆炸的气流想把我抛到哪儿,我就要在哪儿变成灰。我的家人们也一样。炸弹的操控者,决定了我的命运。

我只能听话。

CHAPTER 03

征服者

ZHENG FU ZHE

我没有心情再假装闲聊，于是一路无言。法拉利开入延安路后，我根据伊登的吩咐，给沈云杉发了一条微信，说我下周有事，能否改在今晚或明天见面。我没有斟酌语句，直接表达了伊登要的意思，便把信息发出去了，心里怀着一丝希望，想把自己表现得轻浮一点，不靠谱一点，让沈云杉产生戒心。只要她主动拒绝与我见面，我就可以借口找不到机会而不去杀她。先前沈云杉说她人还在国外，要大后天才能回来，我觉得她至少不会答应提前碰面。

没想到沈云杉立即回复了我："我也很想尽快见到你。方便的话，今天晚上请到十六铺码头6号游艇泊位上，我的人会带你来见我。"

我忽然觉得，她的语气和伊登很相似。我下意识地转头看向伊登，她用余光瞟了一眼我的手机屏幕，脸上浮现一个心知肚明的笑，那表情似乎是在告诉我，沈云杉的回复丝毫不出其所料。

两人如此默契，要么是早已认识的密友，要么是纠缠已久的对手，无论是哪种关系，都说明沈云杉也是个复杂甚至危险的人物。我心里一凉，抱着巨大的求生欲望，打开了她的朋友圈，她的个性签名很特别："与哥伦布、皮萨罗、科尔特斯这些人相比，拿破仑、亚历山大大帝甚至成吉思汗，都'弱爆'了。"

我想了想这些人之间的联系，抬眼看到她的用户名 Conquistador，这才想起来，拿到她的联系方式时，我曾查过这个单词，这是一个西班牙语词汇，意思是"征服者"，指的是15—17世纪间，到达并征服美洲大陆及亚洲太平洋等地区的西班牙军人、探险家，比如征服阿兹特克帝国的科尔特斯、征服秘鲁印加帝国的皮萨罗。当然，哥伦布作为首航美洲，并且将黄金和土著带回西班牙宫廷的人，自然也是当之无愧的Conquistador。

看起来她经常发朋友圈，而且很喜欢发照片，大多是自拍。对于一直与女人绝缘的我来说，她可以说是非常漂亮了——鹅蛋脸，带有异域风情的立体五官，极黑的长发经常盘起来，更衬得她面孔精致。许多张照片是穿紧身运动装拍的，将她曲线玲珑的身体完全突显出来。无论是脸蛋还是身材，她都有点像混血，而且很难想象一个大学副教授会如此魅惑。

朋友圈里倒是有一些匹配她大学副教授身份的内容，比如一些学术分析的文章，大部分我都看不懂。虽然我对军事历史很感兴趣，知道一些大航海时代西班牙人征服美洲乃至东南亚的事迹，但她学术研究的深度显然不是我所能企及的。她思考的一些问题，都是什么古白令海峡在一千三百多年前是否存在无冰走廊，亚洲人有没有可能在那个时候从这条陆地通道进入美洲；公元一千年的厄尔尼诺现象是否造成了蒂亚瓦纳科和瓦里这两个南美古文明的毁灭……这些都是我闻所未闻、也没有多少兴趣去仔细了解的。

除了学术分析，还有一些她在野外工作的照片。她穿着一看就知道很昂贵的专业野外服装，在一看就很难去的国外古迹或深林里，做着一看就很专业的挖掘工作。这……合不合法啊？我一边腹诽，一边机械地往下滑动屏幕，猝不及防地看到一张狰狞的脸，面色乌绿，皮肤干瘪皱缩，眼睛是微微睁开的，露出了里面红色的眼珠。

车内冷气开得很足，我还是被吓出了一身汗，赶紧退出了她的照片页面，把手机屏幕朝下扣到腿上。一旁的伊登轻嗤一声，脸上又出现了那种心知肚明的笑，看起来略带嘲讽。我的心跳恢复了平稳，暗想，这么可怕的女人都坐我身边了，我还怕一张照片吗？而且她都发朋友圈了，应该不是什么见不得人的东西……于是我又拿起手机往下看，发现原来只是一具干尸。那干尸十分怪异，全身的皮肤都绿幽幽的，因脱水而布满了褶皱，还有一双有点吓人的红眼珠。沈云杉给这具干尸拍了许多全身照和特写照，还在干尸所在的坑洞旁和它亲切地合了个影。照片上还有两个老外，背景似乎是沙漠中一座光秃秃的山——不是沙丘，而是土山。山顶的一片平地已被挖开，应该就是发掘干尸的"第一现场"了。

这张照片是两个月前拍的，根据沈云杉的文字描述，是在墨西哥城以北六十五公里处的图拉城遗址附近拍摄的。更让我心里哆嗦的是沈云杉的下一句描述："好美丽的小东西，真想把它弄回家珍藏起来，有了它，科尔特斯征服史更有传奇性。"

果然，又是一个和伊登半斤八两的疯婆娘，而我还要和她正面交锋，还得……杀了她。看起来这个任务愈发艰难了。我失去了窥探的动力，收起手机。伊登瞟了我一眼，这次脸上换成了冷笑。

车子终于到了十六铺码头，正是黄昏将隐之时，最后一抹暗紫色的晚霞将水面倒映得艳中有光，美而蛊惑。这是一个游艇码头，传说国内某位房地产巨头的游艇"狩猎号"就停在这里。狩猎号价值八千五百万，长三十三米，乃国内最大，是该码头的一道风景。我一下车，就看到了它庞大的身躯。而它旁边，就是沈云杉说的6号泊位，泊位上的游艇也毫不逊色，长度与狩猎号不相上下，足有三层，看起来十分豪华。

我又一次体会到生而为人的渺小，不禁呆住了，忽然间听到伊登唤我："喂，好东西，接着！"我回过头，下意识地接住了已经抛到眼前的黑色布包。坚硬冰凉的手感，让我一下子耳热心跳，全身的细胞不由自主兴奋起来：是一把手枪！我隔着布包摸索着，想确认手枪的型号。武器之于男人，就像名牌包之于女人，总有莫名的吸引力。还没等我摸出个究竟，伊登走近，说："沈云杉现在还在海上。她应该是派她的私人游艇来接你去海上见她。"

事已至此，我也不一定能活着回来，不如多了解些信息，免得死于无知。于是我心一横，直接问道："你为什么要杀她？"

伊登不理会我的问题，自顾自嘱咐道："我们对她的一举一动都了如指掌，她也察觉出危险了。她父亲非常有钱，给她配了最好的保镖和最高级的安保设施，二十四小时保护她，我们的人根本接近不了她。不过，最近她终于露出了一个小破绽——她想和你见面。所以呀大叔，你被挑中不是偶然的，只能怪她了。"伊登半真半假地笑笑。

这时，从游艇尖尖的前甲板上走下来两个人，一路小跑着过来。伊登拍拍我的肩："好了大叔，我得走了。接下来就要看你自己的了。你要记住，想见到那十二个人，就必须杀掉沈云杉。"说完，她的手从我肩上一路伸到脖子上，威胁性地横着比划了一下，然后发出"咯咯"的娇笑，开车走了。

"真是个变态……"我起了一身鸡皮疙瘩，不由得缩了缩脖子，然后把手枪别到腰间，用衣服遮住。游艇上下来的那两人很快就跑到我跟前，规规矩矩地站直。他们都穿着黑色T恤，皮肤黝黑，一看就是常年出海的人，只有海上的烈日才能晒出这样健康强硬的黑色——我心中的"渔民色"。我想起还在热带的甲板上受煎熬的家人，心里一紧。这时其中一人开口问："您是林济苍林先生吗？"

很少有人叫我"先生"，我有点不习惯，不知怎么回答，只好默默地点了点头。问话的人国字脸，胡子刮得异常干净，身上的衣物鞋袜都异常整洁，不要说灰尘、头屑，连一个褶皱都看不到，黑色T恤上还绣了一个白色的切·格瓦拉的头像。另外一个人十分壮硕，结实的肌肉把T恤袖口撑得爆满，标准倒三角的健美身材，看起来很能打，应该是伊登说的保镖或打手。

看来"格瓦拉"是主事的。我定定地看着他，他冲我点点头："我们是沈小姐派来接您的。我叫赵祺，请您随我来。"说着做了个"请"的手势，把我往6号游艇泊位引去。游艇侧身上喷着"征服号"的字样。又是征服，这个沈云杉怎么对征服有这么大的执念？想必性格强硬，就像她那几个偶像一样。登上游艇后，赵祺对我说："林先生，按沈小姐的意思，她非常想尽快见您，但一时半刻又回不了上海，因此只好请您乘坐这艘游艇前去与她见面。"

我早有心理准备，但还是装傻套他的话："那具体见面的地方在哪里？大海上吗？"

赵祺一笑："奉沈小姐的命令，现在我还不能说。但我可以告诉您，是个非常有意思的地方，您一定会觉得不虚此行。"

我感觉脚下甲板开始抖动，游艇正在缓缓驶离泊位，进入黄浦江。我心里顿时有些发虚，回头往岸上望去，努力寻找伊登的影子，但那红色的法拉利早已消失无踪。我自嘲地笑笑，看到她又能怎样呢，她那么心狠手辣，我反悔的话，不仅自己会被炸成渣，家人们更是别想救回来了。

不知是出于礼貌还是为了监视我，那个赵祺一直陪着我，不停说话，并不介绍自己，而是讲起了历史：从游艇的来头——英国什么Princess公司订制的，一听就很贵——到甲午战争时中日海军对比，到明治维新成功的原因……大道理滔滔不绝，历史知识武装到了牙齿。等他说到君士坦丁堡的陷落时，"征服号"已经

到了吴淞口，可以远远看到吴淞口炮台了。

看来真的要去海上了。沈云杉说自己在国外，难道是在公海上？行程看起来还要很久，我离开甲板进入舱内，想找个地方休息一下。艇舱里摆设豪华，十分舒适，但我无心享受，目光很快被墙上的两幅油画吸引住了。

其中一幅是肖像画，上面是一个白发苍苍的老者，白种人，面孔瘦削，双眼很有神采，人坐在椅子上，手扶着拐杖。画的背景是一面大落地玻璃窗，窗外是上海的地标建筑东方明珠。

"这位是沈和先生，沈小姐的父亲，宇能集团董事长。"不知何时，赵祺也跟了进来，一边从小冰柜里拿出一听饮料，打开放到我面前，一边说，"宇能集团的资产在国内是数一数二的，但是沈先生很低调，因此很少有人听说过他。"

沈云杉一看照片就是个混血儿，原来她爹是个外国人。我随口问道："沈先生没有英文名吗？"

一直滔滔不绝的赵祺被我问住了，皱起眉头仔细想了想："这个……我一下子记不清了。沈先生似乎出生在荷兰，原名好像叫……对，多鲁斯·德弗里斯。"

我本来也是随口一问，这时已经把目光停留在另外一幅油画上。听到这个名字，不禁心中一动："你说他叫什么？"

"多鲁斯·德弗里斯。"赵祺又来了精神，"据说德弗里斯在几百年前的荷属印度尼西亚是名门望族，甚至有东方'罗斯柴尔德'之称。罗斯柴尔德听说过吧，欧洲赫赫有名的金融世家。"看来他很为自己老板的成就感到自豪。我想起身上那本鬼皮书的主人也叫这个名字，感觉有些蹊跷，想找出两人间的关联。但赵祺不停说话，我根本无法好好思考，只能作罢，继续欣赏另外那幅画，不知不觉完全被其吸引住了。

画上是一片波涛汹涌的海面，海水一团漆黑，剧烈起伏的光影显示出海浪骇人的澎湃；海水上方的天幕也是一片漆黑，残月被乌云遮住了光辉，只留下惨淡苍白的光晕。光晕照射下，一个巨大的、手握镰刀头戴斗篷的死神形象占满了整个天空。海水的漆黑，正好倒映了死神的影子。死神冷峻贪婪的目光，幽幽盯着正在海面上挣扎的一艘怪异船只。

这艘船从轮廓上看，像是一艘西班牙大帆船，整艘船泛着幽幽绿光，十分诡异。细看之下，我惊恐地发现，帆船不是木头做的，而是用惨白的骨头做的！船体、甲板都是森森白骨，巨大白骨做成的桅杆上，飘荡着层层叠叠的似乎是用人的头发编织而成的黑色风帆。最大一块风帆上，用红发编织了妖异的图腾——一个美人头像，两只眼睛被染成一蓝一金。

白骨做的船，绿幽幽的鬼火……鬼皮书上记载过类似的故事，我还因此做过噩梦。这幅画挂在一个叫多鲁斯的人的船上，实在太过巧合。沈家和鬼皮书一定有莫大的关联，所以沈云杉才对其这么感兴趣，而并非出自历史学家对学术的热爱。我心下疑惑，指着画问道："这幅画画的是什么故事，你知道吗？"

赵祺站到我身后，看了看面前的诡异油画，眼里忽然放出光彩——好像早就准备了一肚子的话，就等着我来问了。

"这画的是安提力斯海盗鬼船。这个传说在17世纪到18世纪流传于航海者们之间，当然，和'飞翔的荷兰人''美人鱼'之类的传说没什么两样，都是当时的人们想象出来的，并不是真实故事。"赵祺十分兴奋，一副几百年没和人显摆过学问的饥渴样子，把我拉到正对着油画的沙发上，做好了畅谈的架势，看来这海盗船的故事足够曲折。我今天和海盗真是有缘分……

"这是一个富家女变成海盗，又变成游荡于海上的魔鬼的故事。"赵祺清清嗓子，说道，"你看到海盗船风帆上的那个美人头像了吗？这个美人叫汉娜，是16世纪中叶一个威尼斯富商的女儿。这艘海盗船就是她的。汉娜的父亲经营瓷器和茶叶生意，发了大财，在威尼斯、热那亚、阿姆斯特丹、伦敦等欧洲各个主要港口城市都有非常可观的产业。有一次，他的商船队又要出发前往东印度一带，包括中国，贩运商品。这时汉娜已经成年，受到当时社会风气的熏陶，非常热爱冒险，主动要求陪父亲进行远洋贸易。那时候的远洋船只上不欢迎女人，因为船员们迷信女人会给航行带来祸端。父亲非常疼爱汉娜，还是答应了她。

"起先，航程一切顺利，商船队在中国广州满载瓷器、茶叶等货物，向西欧返航，可是归途中，在印度洋上遭遇了海盗。汉娜的父亲以及商船队所有的成员都被杀害，尸体被扔进了大海。海盗首领留下了美丽的汉娜，将她劫持回去做自己的情人。这伙海盗长期盘踞在印度洋深处一座未被殖民者发现的岛屿上，也就是安提力斯岛，而海盗们堂而皇之地将它命名为'安提力斯海盗公司'。海盗首领是个独眼，浑身长满暗绿的脓疱，被称作'蜥蜴'。蜥蜴为人毒辣，杀人成瘾，汉娜对其十分顺从，又貌美非凡，很快就获得了蜥蜴的宠爱。过了几年，汉娜为蜥蜴生下了一个儿子,那白人小孩粉雕玉琢,在肮脏的海盗船上像个精灵一样可爱,而且十分喜欢亲近蜥蜴。长久未尝到人伦快乐的蜥蜴对这个孩子倾注了所有的爱,也因此对汉娜更加信任。

"这时,汉娜顺水推舟地提出来,她父亲在各个港口还有很多产业,她想回去继承,并且将其全数交给蜥蜴,为儿子以后的生活做储备。蜥蜴满心欢喜,决定亲自带汉娜回欧洲。他们准备了一条像模像样的商船——正是从汉娜父亲的商船队掠来的——由蜥蜴亲自驾驶,开赴欧洲大陆。继承遗产的第一站是伦敦,然而船刚刚在伦敦港口停靠,汉娜立刻向码头的巡警告发,船上的蜥蜴和他手下海盗集团的几个骨干来不及返航,全被活捉。按照当时英格兰的法律,海盗是一律要被当众处死的。汉娜在蜥蜴临刑前潜入监狱,冷笑着给蜥蜴看了一样东西——她亲手砍下的他们儿子的头颅。孩子晶莹剔透的面庞上残留着喷溅上去的鲜血,嘴角却仍是笑着的。

"蜥蜴完全没有想到这个女人会如此残忍,他哀号着,在半疯癫的状态下被绞死。临死前,他大声诅咒道:'这个狠毒的女人,连自己的亲骨肉也不放过。愿神灵诅咒她!诅咒她!诅咒她容颜迅速衰老,无法享受世间一切快乐,悲惨地等待死亡的到来!'

"这个时候哪还看得到汉娜的影子?她杀了人,为躲避英国当局的追查,已悄悄溜回码头上了商船,而船上是早就被她买通的一批海盗。在海盗窝这些年,满心的仇恨、活命的忧虑、耳濡目染的杀伐,让汉娜的心早已扭曲,变得麻木、残忍。她可以不眨眼地屠掉一整艘商船的人,只为了看到财宝时那一秒钟的战栗快感。她爱上了海盗这个行当,决心取代蜥蜴,成为海盗首领,做海上的霸主。

"汉娜极聪明,指挥海盗船轻易地溜出了英国海军的控制范围,一路返航进入印度洋深处,从此成为印度洋一带让人闻风丧胆的女海盗。五年的时间里,她积累起巨大的财富,她手下的海盗横行在印度洋各个航线上,她的恶名遍及天下。总之,作为一个海盗,她是成功的,无与伦比地成功。但也就在这短短五年里,她的身体发生了巨大的变化。首先是皱纹迅速爬满了她的面庞乃至全身,一个二十多岁的女人竟然变得如同八十岁的老妪。然后是感官的急速退化,她开始品尝不到任何食物的美味,在她口中,美酒与白水无异,盐巴与细沙也没什么区别。她不知冷热,最后连杀人的快感都失去了。

"医生无力救治汉娜，她最后求助于女巫。在女巫的水晶球中，一切真相大白——蜥蜴临死前的诅咒应验了。可怕的诅咒使得汉娜从一个丰腴美艳的少妇变成了一个眼球凸出、颧骨高耸、青筋毕露的怪物，上身是皮包骨的骷髅，下身变成了鳗鱼的尾巴，再也无法享受陆地的生活。汉娜愤怒地肢解了女巫，然后更加疯狂地掠夺海上的一切物品，成为表里如一的恶魔。

"汉娜的恶行终于引起了欧洲各国的重视，英法两国的东印度公司在政府的压力下，准备调集庞大的船队进入印度洋最深处去剿灭她的海盗团伙。而就在船队出发的前夜，安提力斯岛上的火山口喷发，橘红色的岩浆犹如破碎的太阳，从火山口流淌向岛上的每一寸土地，仿佛是上帝愤怒的眼泪，将污秽的海盗巢穴涤荡一空。安提力斯海盗公司的据点，就如同古罗马的庞贝城一样，被掩埋在滚烫的火山灰和岩浆之中，岛上海盗无一生还，包括已如行尸走肉的汉娜。

"传说汉娜的鬼魂并不死心，她驾着这艘诡异的海盗鬼船开始出现在印度洋上。白天，船静静地跟随着商船队，毫无异样；一旦到了黑夜，云朵遮住月亮时，鬼船就会露出恐怖的真面目，船上已成骷髅身鳗鱼尾的海盗会将商船队屠杀殆尽……"

故事是个好故事，只是太长，我感觉自己有几分钟已经睡着，并梦到了骷髅海盗。还好这一次，海盗不再是我父亲的脸。

这时天色已全黑，船外的都市霓虹早已变得稀薄遥远。我打断赵祺的滔滔不绝，问："你们到底要把我带到哪里去？还有多久到？"

赵祺一瞥窗外，笑笑："现在可以告诉你了。沈先生买了座小岛，沈小姐吩咐我们把你带到那儿去。"

我暗自吃惊，原本以为只是简单地到公海上会面，像香港电影里那样，没想到沈家经济实力这么雄厚。

第二天，我们仍旧在海上航行。旅途漫漫，舷窗外永远是碧蓝的海水和闪烁着碎光的粼粼波涛，不时能见到几艘小小的渔船穿梭，船上有渔民在劳作。我看了下渔船的制式和太阳的方位，大致判断出这艘游艇应该是朝着东南方向行进。打手一直站在三楼的驾驶台上操作，赵祺不时过来找话题与我聊天，但我无心回应。他越聊越尴尬，最终放弃。在这茫茫大海上，我根本无法逃脱，他也懒得继续监控，只剩招待三餐的时候露面打个招呼了。

到了第三天，已经完全看不见陆地和其他船只了。下午天刚刚有些擦黑的时候，眼前忽然出现了一片碧绿色。我起先以为只是经过这座植被茂密的普通小岛，随着"征服号"越靠越近，我知道这就是被安排见面的岛了。这座岛远看是座耸立的小山，十分天然；但仔细看去，会发现岛内山坡上有许多两三层高的砖瓦屋。屋子的外墙上爬满了绿色藤蔓，将其严实地遮盖住，加上氤氲的水汽，整座岛如同绿色仙境一般。

游艇在小岛侧面的码头停稳，赵祺二人正在做下船检查。我懒得和他们寒暄，径自跳上岸。在沙滩上走了几步，忽然听到"啪"的一声闷响，脚边有一簇沙子喷射开来。

有人在对我进行警告性射击！我顿时觉得浑身发凉，手心密密出了一层汗。刀兵相见的时候到了。

CHAPTER 04

地下室书房

DI XIA SHI SHU FANG

我定在原地,不敢轻举妄动,手下意识地摸向腰间,那是我和我家人唯一的活命希望。岗哨这么严,万一搜身……还没想到对策,只觉一只有力的手忽然按住了我的肩膀。

　　"林先生,千万别着急。岛上全是暗哨和狙击位,没有我们带路,你瞎闯一气,百分百会死在里面。"赵祺半叮嘱半威胁地说。搭在我肩上的手力道不减,另一只手朝着约两百米外山势刚起的地方招了招手。那里有一幢三层砖瓦房,房子外墙满是绿色爬墙虎。赵祺招过手后,我看到屋顶上的爬墙虎微微一动,从中竟站起一个穿迷彩服的壮汉来。他呼哨一声,手在额前一点,算是打了招呼。

　　压在肩上的手丝毫未见放松,我心里有种不祥的预感,略一侧头,正好对上了赵祺的目光。他看起来满脸客气,实际上眼睛里毫无笑意,冷冰冰的眼与收紧的笑肌完全不合拍,呈现出一种异样的阴沉。他用一种流里流气的口气说:"哥们儿,在见沈小姐之前,我们得先搜搜身。我们也不想这样,可我们做保镖的,拿了钱,这种活儿是肯定要干的。"

　　他猛地把我两条胳膊反剪到身后,劲道着实不小,我根本反抗不得。一路未与我搭话的肌肉男上前,在我全身上下摸索起来,很快就摸到了我腰间的手枪。赵祺见状,立刻将我推倒在地,并在我后背上狠狠地踏上了一只脚,美式军用皮靴坚硬的鞋底几乎要嵌进我的肉里。

　　"哥们儿,你这事儿干得不地道啊。我们沈小姐好心好意请你来做客,还拿出最顶级的游艇招待你，你怎么着？准备回敬她子弹头儿？能这么做人吗？"赵祺目露凶光。这货在船上装得文质彬彬、学富五车，我看现在这个土匪样子才是他的本色。此人并非善类，甚至可能是正被通缉的罪犯，能雇用他、让他言听计从的沈云杉想必不是什么好人。

危急的现状让我瞬间不再纠结杀人的事。在这个荒岛上，不是她死就是我亡，没有第三条路可以走了。沈云杉一定得死，我宁可和她同归于尽。但在见到她之前，我要保持清醒和体力。

"祺哥，甭跟他废话，送他见阎王。"一路上几乎一言不发的打手这时候开口了，话音里带着点西北口音，莽里莽气的，似乎想凑上来一枪结果了我。

赵祺没有理他，专心瞪着我，问："说吧，是谁指使你来杀沈小姐的？是不是伊登那个臭婊子？"

我打定主意一言不发。在这种时候，保住秘密就是最大限度保全自己的小命。没有秘密的人，在他们眼里等于一头毫无利用价值的肉猪，会被随意处决。

我的态度显然激怒了这两个人，赵祺终于把压在我背上的脚抬了起来，下一秒就用力踹到我肩膀上："说话啊！说！任何人都不会剥夺你给自己辩解的权利。"也不知他是从哪个 TVB 电视剧里学来的台词，生硬得让人想笑。

见我仍不开口，打手拽着我的头发，"啪啪"扇了两个耳光。侮辱式的动作让我怒不可遏，我想反抗，却被军靴用力压着，怎么都动弹不了，只能恶狠狠地瞪着打手。

"祺哥，这人脾气倒挺硬啊。拆了骨头给沈小姐喂鳄鱼怎么样？"

赵祺冷冷地盯着我看了片刻，脚下用力一拧，我感觉从锁骨到肩关节传来一阵剧痛，骨头怕是已经断了。他看到我脸上因疼痛冒出来的冷汗，满意地笑笑："沈小姐要见的人，暂时别动他。直升机估计快到了，咱们先按照吩咐，把他关到沈小姐的书房里再说。"

打手掏出一副手铐，把我铐了起来，然后又仔细地在我身上搜了一遍，连裤子口袋里的鬼皮书和两部手机也翻了出来，交给赵祺。我的眼神紧紧地跟随鬼皮书的去向，心里十分担忧。这是我应对沈云杉的筹码，也是父亲留下的唯一遗物，不能有任何闪失。还好，赵祺只是随意翻了翻那册子——谅他也看不出什么——就把它连同手机一起揣在口袋里，然后一把把我从地上揪了起来，用搜出来的那把手枪

顶着我的后背,押着我向岛的最顶端走去。

虽然是私人岛屿,看起来没住多少人,但岛上硬件和环境都保持得很好。在这样潮湿的气候下,山路的台阶依然保持着干燥整洁,沿途的树木也经过精心修剪,整座岛仿佛都有种训练有素的气质,似乎是惧于某种强大的力量。我感觉这座岛方圆几十海里,都是沈云杉的威慑范围。

岛上非常安静,墓场般的安静,偶尔能听到一两声凄清的鸟叫回荡在山间。走了大约半小时,天已经完全黑了下来,原先看上去空无一人的岛上突然亮起了点点灯火,一时间,整座岛上星星点点,犹如一个人烟稠密的村子。

安静的深山尚且正常,静谧无声的村子就未免有些可怕了。随着山风的吹拂,藤蔓植物掩盖下的灯火若隐若现,忽明忽暗,加之幽怨的鸟叫,衬得这里像一个鬼村。四周的一切都如此诡异而不真实,反倒是身边押送我的赵祺和打手,在这时无端给了我一点点属于人间的安全感。

又走了大约半小时,终于爬到了岛屿最高处。这里被拓成了一片平地,有数百平方米,中间有一座三层楼的西洋风格别墅。别墅里只有一两点微弱的灯光透出来,周围却有许多彪形大汉在四处走动,应该就是伊登说的大批保镖。看来这里就是沈云杉的住所了。

这时打手对赵祺说:"祺哥,小妖刚刚来电话,她和沈小姐半小时后到,让我们按原计划,先把这小子请到书房里。"

赵祺闻言,一脸难以掩饰的兴奋:"行啊,林爷,那咱就请吧。"说着,他手上推推搡搡,把我往别墅里带。进门后,他顺手开了灯。已习惯黑暗的我几乎被嚣张亮起的灯光晃瞎。视觉恢复后,我瞠目结舌地看着富丽堂皇的会客大厅。大厅里所有的家具——从沙发到茶几柜子,都极尽奢华,欧式的繁复雕花布满了墙壁,从三楼吊下来的巨大水晶灯,造型是众多的美人鱼从绽开的浪花中跃出,妖娆而绚丽,照得整栋别墅仿若白日。

未来得及细看,我就被赵祺一把拖到一个楼梯口前。这条楼梯通往地下,灯光消失的地方是一个带拱顶的入口,拱顶上有许多怪异的图案。下方的入口黑漆漆的,充满了未知的危险,我心里不禁有些发毛。

赵祺可不管三七二十一,一把将我拖下楼梯,拖入一片黑暗之中。他似乎对这条路非常熟悉,在黑暗中能熟练地辨别方位和距离。走了约两百米,只听"吱呀"

一声，他推开了一扇门，然后"啪"地打开了灯，把我拽进亮着灯的房间里。他飞快地将我铐在角落里的一根铁杆子上，"嘿嘿"干笑两声："哥们儿，美妙的夜晚，好好享受，祝您愉快！"随即关上灯，推门走了。

我终于知道他押送我来时为什么那么兴奋了。从他打开灯到关上灯，一共不到十秒时间，而在这十秒里，我见到了此生所见的最恐怖恶心的房间。

这哪里是什么沈小姐的书房？哪个女孩子的书房是这样的？这是一个疯子的实验室吧。汉尼拔的刑房都比这里文雅。

我默默蹲在黑暗中，很想忘掉刚刚的场景，但房间里的画面不停在我脑海里跳出来。这间所谓的书房，面积不小，书却不多，摆得最多的，反倒是一罐又一罐、一面墙又一面墙的动物标本。我见到的都是很显眼的大型动物标本，有蟒蛇、猛禽猛兽之类。另外，和她朋友圈里展示的一样，她是真的喜欢干尸——并不是叶公好龙，而是真的收藏了许多干尸。赵祺这个变态，故意把我和其中一个干尸铐在了一起。

眼睛慢慢适应了黑暗，我渐渐能看到一些东西的轮廓，尤其是身边的干尸朋友。它小小的，佝偻着，微睁的眼皮里是两颗红色的眼珠，身体背靠着一个金属底座上的杆子，被竖着固定起来，而我，就被铐在这根杆子上。

我从未如此希望自己是个瞎子。我努力劝解自己：我是唯物主义者，这些都是死物，世界上是没有鬼的……但越是这样想，心里越是发毛。我有点希望沈云杉赶紧出现，就算是死，也来个痛快的、科学的、唯物的。自我安慰毫不管用，我只好紧闭双眼，慢慢度过她到来之前的半小时。

忽然之间，我觉得房间里似乎有微弱的光源。她来了吗？怎么没听到开门声？也没听到脚步声？她开的灯怎么忽明忽暗的？我把眼睛微微睁开一条缝，看清楚了光源，不由得倒吸一口冷气。

是我的干尸朋友。它浑身的皮肤正在发着绿幽幽的荧光，有节奏地忽明忽暗，不断闪烁，像是撒了一层荧光粉。光一次次亮起来，我一点点看清楚这个可怜的小绿人。它整个身体的皮肤都是半透明的，可以清晰地看到它腹腔里几乎已经没有内脏，只有底部有两团黑乎乎的东西，正对着我的视线，似乎是没有被去除干净的肠子。

我第一次看清楚这两团肠子时，它们还好好地躺在小绿人腹腔的最底部，然

而荧光再次亮起来时,我惊骇地看到,其中一团肠子竟然往上挪动了一点。随着每次荧光明灭,这两团肠子不停地改变自己的位置,一点点向上。我只觉得背脊上一股凉意直冲脑门。

这到底是什么东西?这干尸早就死透了,肠子还在工作?

这时,门外忽然响起了脚步声,紧接着房间的灯被打开了。在亮灯的一瞬间,我发自内心地感谢爱迪生,感谢富兰克林,感谢为现代化做贡献的所有科学家。眼睛又一次被强光刺激,我一时有些眼花,待再度适应了灯光时,两位美女已走到了我跟前。其中一个正是沈云杉,虽然和自拍照上有些出入,但标志性的立体五官还是让我一眼认出了她。她真人看起来三十多岁,长发披肩,上身穿着白色长袖衬衣,领口微开,下身是紧身牛仔裤,绷出两条笔直修长的腿。整个人清丽脱俗,蓝色的眼睛里却是火热的兴奋,好像闻到血腥味的鲨鱼。她旁边的姑娘应该就是赵祺他们说的小妖,看起来二十出头,鹅蛋脸,皮肤雪白,头发梳成一根粗粗的黑辫子。她和赵祺一样,也穿着黑色T恤,下身是黑色皮短裤,个子小小的,手里却端着一把M16步枪,浑身散发出一股杀气。这架势,应该是沈云杉的贴身保镖了。

我和沈云杉对视了几秒。她咄咄逼人的狂热目光实在让人有些心慌,于是我挪开了眼睛。沈云杉却不依不饶,伸手扭过我的下巴,把我拉近她的脸,问:"你就是林济苍?"

还没来得及回答,只听"喀拉"一声,旁边的小妖拉开了枪栓,把黑洞洞的枪口对准了我,狠狠道:"老老实实的!不然立刻把你打成筛子!"我对这些简单粗暴的打手突生厌恶,用力啐了一口,打算不再理会沈云杉。

沈云杉笑了笑,放开了我,从口袋里掏出一个本子,正是被赵祺收走的那本鬼皮书。此刻,这个本子也正闪动着绿幽幽的荧光,有节奏地时明时暗,与刚才那具半透明干尸一模一样。一股凉意从我的脚底升起,一直蹿到胸口。父亲死后,我一直随身甚至贴身带着的,究竟是什么东西?

"林先生,请您告诉我,这份东西是从哪里来的?"沈云杉的声音响起。我沉浸在惊恐和恶心的感觉中,无暇理会她。见我没有反应,她继续问道:"林先生,这本鬼皮书是从哪里来的?"

这册子的来路,我只和赵磊提起过。他找沈云杉翻译时,不知透露了哪些内容。就目前的问话来看,她知道的应该非常有限。为了争取更多反击的时间,我必须尽可能保守秘密。

我不理不睬的态度终于激怒了沈云杉,她眉毛一拧,眸子里闪过一丝戾气。只见她转身走到一面没有挂标本的墙壁前,取下了一柄西洋剑。取下的瞬间,墙壁猛然往里缩陷,露出一个漆黑的洞口。"锵"的一声,沈云杉拔剑出鞘,那剑身竟然是暗红色的,如同刚刚从裂开的静脉中流出的鲜血。

明明有枪,为什么要拿剑对付我?我愣愣地想。这时沈云杉举起手中怪异的西洋剑,用剑尖在黑黑的洞口处敲打了两下。"叮叮"两声尖锐的撞击声,从洞口开始,激起了一连串的回声。回声不断向着黑洞深处蔓延,越来越小,最终归于寂静。

在无比寂静中,我隐隐听到急促的呼吸声,回头一看,小妖正目不转睛地盯着我,脸色煞白。目光相遇,她向黑黑的洞口示意了一个无比惊恐的眼神,然后将枪口对准黑洞。

不妙。

正在这时,黑洞中传来窸窸窣窣的响声,起先轻微至极,之后迅速变大、变近,似乎有什么东西正快速地从黑洞的深处爬向洞口。紧接着,一股极为刺鼻的腥臭味很快弥漫到整个房间,让我几乎作呕。沈云杉看起来很满意我的反应,脸上露出高深莫测的冷笑。忽然,洞口闪起一点暗红色的光亮,与她手里那柄剑的颜色一模一样。

紧接着,一个巨大的三角形脑袋已经吐着信子从黑洞中幽幽探了出来。灰绿色的皮肤,黄黑色的斑点,水桶般粗细的躯干。

是亚马孙森蚺!

我在脑海中迅速搜索有关的信息。我曾经做过一期专栏,是"富豪圈的凶猛宠物",其中重点介绍了亚马孙森蚺,我当时就被它的庞大和凶猛所震惊。这是世界上最大的蟒蛇,可以活吞一个成年人,极难被驯服,只有一些顶级富豪会将它作为宠物。我眼见沈云杉将手里的剑又挥了两下,剑锋在空中划出两道暗红色的光。亚马孙森蚺见到那两束光,十分驯服地从黑洞中钻出来,爬到她脚下,然后顺着她的身子爬上了她的肩头,静静地盘在她看似柔弱的肩膀和头颈上。

挂着几百斤的蟒蛇,沈云杉一步步往我这里逼近,步伐毫无迟滞。我下意识地往后退了一下,沈云杉见状满意地停住步子,开口道:"林先生,这件事对我很重要。我最后问您一次,这本多鲁斯鬼皮书是哪里来的?"

她这么想知道答案，只要我不说，就不会死，还有机会杀掉她逃走。想到这里，我心里虽然害怕，但还是稳了稳中气，大喝："关你屁事！"

沈云杉的脸色变得极其难看，大概从来没人敢对她这千金大小姐说这种粗鄙之语吧。她将西洋剑对准我挥了两下，巨蟒迅速从她肩头滑下，直直向我扑来。我有些慌神，拼命拉动手铐，想挣脱逃命，然而铁杆十分结实，小绿人已经被我拉得东摇西晃，但我还是无法挣脱。手忙脚乱间，我发觉巨蟒在离我十厘米的地方停下了，似乎在等待沈云杉的下一步指示。我从最初的惊骇中回过神来，看到它后颈处插了一根簪子样的东西，簪头是暗红色的，闪着光。大概沈云杉是用这个来控制它的。

"林先生，这条亚马孙森蚺叫小艺。小艺已经六天没吃过东西了，你要是逞强，骨头渣子都不会剩下。"沈云杉压抑住了怒火，几乎是咬牙切齿地威胁我。

"你倒是赶紧说啊！为什么不说？"一旁的小妖突然急了，面色更加惨白，看起来非常害怕那条蛇。

我打定主意一声不吭，干脆闭上了眼睛，避开沈云杉的视线。过了几秒钟，我只觉得右腿一沉，随即皮肤传来一阵沁凉。巨蟒顺着我的腿爬了上来，触感黏腻恶心，身上分泌的黏液已经透过衣裤浸湿了我的皮肤。我知道，接下来，这条巨蟒会把我全身紧紧缠绕起来，让我窒息而死。死前，我会看到它把嘴巴张开到180度，轻松将我吞噬。这个变态女人来真的啊！

胸部传来异常的痛楚，再缠半圈，我的肋骨就要全断了，我的命就这么完了？我的家人怎么办？想到这儿，我拼命睁开眼睛，一边用力往外挣脱，一边四处寻找能救命的工具。这时我突然发现，身旁小绿人的嘴巴不知什么时候张开了，从里面探出一个三角形的头。

小绿人腹腔里的两团东西，是两条蛇！沈云杉竟然用干尸养蛇？！

一条漆黑的小蛇猛地从小绿人的嘴巴里蹿了出来。我下意识地扭头躲过，突然右腿一轻，肌肉紧接着传来了剧烈的酸麻感。片刻后，酸麻和疼痛都感觉不到了，巨蟒松开了我的腿，一双三角眼紧紧盯着旁边一条黑漆漆的小蛇。巨大的蛇头下方，有两个清晰的、已经焦黑的牙印，仿佛被电击过。我身旁的地上落着的这一条小蛇，只有两三根手指粗细，不到一米长，全身无半点光泽，蛇皮上布满了褶皱，看起来似乎严重脱水。

干枯的小黑蛇扬起头来，不停地吐着信子，森绿的眼珠紧紧盯着巨蟒，丝毫没有示弱的意思。而亚马孙森蚺似乎因刚才那一击对小黑蛇有点忌惮，小心翼翼地迎上前，却不敢贸然出击，在离小黑蛇半米远的地方盘了起来。两条蛇就这样僵持了十余秒。我心中怦怦乱跳，眼睛一眨不敢眨，生怕发出一丁点儿动静，打破了微弱的平衡，引来两条蛇对我的共同攻击。我小心翼翼地转动眼珠，瞥了一眼沈云杉，她拄着剑立在原处，视线被巨蟒挡住，似乎并未察觉到形势的变化。

时空几乎凝固，忽然间，我感觉到一条东西在我头顶蠕动，随即右眼一黑，这东西已经爬到了我的脸上。触感干硬，好像一根树枝一样，右脸几乎要被划出口子来。我判断了一下这东西的粗细、触感、蠕动方式，猛然间意识到那是什么，骇得全身僵直。

刚才我在小绿人腹腔中看到两团黑线，也就是说应该有两条黑蛇。其中一条正在和巨蟒对峙，而另外一条，正爬在我脸上！干枯黑瘦的黑蛇迅速而悄无声息地从我脸上滑过，钻进我的衣领。我清晰地感觉到它干枯的身子一寸寸地滑过我的身体，扭着S形迅速向前移动，滑进我的裤管，最后从裤脚处钻了出来滑到地上。它在我身上滑动的整个过程不过几秒钟，我骇到屏住呼吸，心里从惊恐到如释重负，仿佛演完一整部狂蟒灾难片，浑身早已被冷汗湿透。小黑蛇继续无声无息地潜行，绕过正在对峙中的亚马孙森蚺，来到其身后。几乎同时，它的同伴把头昂得更高了，争斗一触即发。

一旁的沈云杉似乎有些不耐烦了，她直起身子，把西洋剑举起来对着我一挥，亚马孙森蚺头上那根"簪子"闪动了一下红色的光。巨蟒甩甩头，有些不情愿地向前探去。微妙的平衡被打破了，与它对峙的小黑蛇弓起身子，做了一个攻击姿态，随即迅速跃起，如闪电般劈向半空，张开嘴巴欲咬住巨蟒。然而巨蟒的蛇头在空中做了一个灵巧的转向，避开了小黑蛇的攻击。形势瞬间逆转，小黑蛇现在整个身体暴露在半空中，巨蟒迅速从侧翼攻击，张开口就朝着小黑蛇咬了下去。

即将拦腰咬断小黑蛇的一刹那，巨蟒猛地浑身抽搐起来，巨大的蛇身不断扭曲，长满尖牙的嘴巴痛苦地一张一合，在扭曲中不断试图咬住自己的尾巴。我望过去，看到另一条小黑蛇正死死咬住亚马孙森蚺的尾部，蛇牙揳入之处，巨蟒的皮肤已经开始发黑，并很快散发出焦臭味。一时静默下来的空间中，"噼啪"的电击声十分刺耳。

CHAPTER 05

黑蛇之灾
HEI SHE ZHI ZAI

　　另外一条黑蛇从空中落到巨蟒的身上,随即闪电般攀住,如同巨大的蚂蟥附着在动物身上吸血一样,将蛇牙深深揳入巨蟒的身体。亚马孙森蚺更加剧烈地抽搐,眼中的光彩迅速暗淡了下去,很快便无力地垂落在地——不过几十秒的工夫,它便被活活电死了。

　　两条黑蛇攻势凌厉,亚马孙森蚺的巨头还未完全落地,两道黑影已如离弦之箭般蹿向了小妖和沈云杉。刚刚在一旁指挥巨蟒的沈云杉见势不妙,已退后并做好了攻击准备。黑蛇腾空的一刹那,地下室立刻响起了"哒哒哒哒"的枪声,是小妖在墙角扣动了扳机。但黑蛇速度十分快,她连打了几枪都没有打中,反而打到了电源开关上,一阵火光四溅后,室内灯光全部熄灭。

　　刹那间,房间里一片黑暗。只有我头顶的小绿人依旧闪着荧荧绿光,成为唯一的光源。

　　小妖大叫:"沈小姐,快出去!"我听到沈云杉应了一声"好",但话音未落,变成了"啊"的一声惨叫,伴随着惨叫的,是微弱但足够让我发狂的"噼啪"电流声。

　　借着微弱的绿光,我看到沈云杉似乎躺在不远处,小妖轻手轻脚迅速跑到她身旁,却没有下一步动作,而是小心地用枪指着沈云杉的身体,枪口微微颤抖。我知道她是在寻找攻击沈云杉的小黑蛇。她应该已发觉小黑蛇会放电,如果它还咬着沈云杉,她再贸然去碰沈云杉的身体,必然会连带着触电。

　　"噼啪"声停止,房间里只剩我和小妖的呼吸,一声低过一声——静止的黑暗中,多呼吸一口，就多一分被攻击的危险。

荧光一闪，一条黑色的影子箭一般袭向小妖，我不由自主地惊呼："当心！"

小妖自己也察觉出不妙。她的反应能力超乎寻常，几乎就在我叫出来的一刹那，她已经回身，肩上的步枪对着黑蛇袭来的方向吐出了火舌。但还是晚了，橘红的火舌之外，我清晰地看到一道明蓝的火星闪动了一下。

小妖的身子向左前方弹了出去，哼都没哼。我听到她的身体撞击在墙壁上发出"咚"的一声，然后就看到她瘫软地斜靠在墙上，再也不动。我强压住恐惧，试探着低唤了几声："小妖，小妖……"无人应答。

绿色的荧光一闪一闪，巨大的地下书房，现在是真正的一片死寂。除了我以外，这儿还有两具女尸，一条死蟒，以及两条恶鬼一样的黑蛇。我不自觉地吞了口口水，猛然间，我听到轻微的沙沙声正在向我靠来。那是蛇类在沙漠或丛林里悄悄接近猎物时的声音，轻微、谨慎，带着一丝杀戮前的兴奋。两条蛇从黑暗中滑向了荧光的照亮范围，朝着整个地下书房里唯一的光源——我头顶的小绿人逼近。

巨大的恐惧，让我本能地喊了出来："救命！救命啊！"

在喊出来的一刹那，我就后悔了。这个书房恐怕隔音效果极佳，我被带进来时，注意到那扇门非常沉重，而且刚才小妖开枪的声音很大，沈云杉的惨叫声也很大，如果外面能听到里面的声音，那些保镖早该一拥而入了。所以，我这一嗓子，外面那些保镖根本就听不到，反而会刺激到黑蛇。我死死盯着黑蛇的动作，它们似乎真的被我的呼救声刺激到了，猛地弓起了身子，几乎同时跃起，如同两道黑色的闪电，朝着我的面门直扑了过来。借着小绿人的荧光，我近距离清晰地看到两条蛇几乎同时张开了嘴，上下两对细长的尖牙之间，颤动着亮闪闪的蓝色电流。

"哒哒哒哒……"

暴烈的枪声又在地下室响起，两条小黑蛇的头刹那间变形、炸裂，蛇血和黏液四溅，对着我的面门洒了下来。我平生第一次觉得枪声如此亲切，血浆如此让人欣慰。我往枪声响起的地方看去，小妖不知什么时候已经"活"了过来，此刻滚坐在地上，端着枪，枪口有些颤抖，似乎还在冒着热气。

"谢谢……"劫后余生，若不是手被铐着，我很想起来拥抱一下这位杀蛇战场上的"同志"。再冷酷的杀手，在极端情况下，还是会迸发出一些温暖的人性吧。我自认不是坏人，来到这里也只是充当杀手的，可见从事这个职业的还是有一些

身不由己的好人……

小妖却冷笑了一声,把枪口往上一抬对准了我。她的脸色被荧光映得一片惨绿,脸上一层层的冷汗时明时暗,有几分像女鬼。我明白了,她杀蛇只是为了自保,我只是恰好在蛇口下而已。杀了蛇,她就要继续工作,来杀我了。但只要是人,就有对付的方法。我盯着枪口,刚想说话,只听"哒"的一声,黑洞洞的枪口深处闪出一点火星,小妖的身体被后坐力震得往后一仰。

我的额头上立刻传来一阵火辣辣的剧痛,随即就感觉有黏黏的液体流了下来。我闭上眼睛,突然冷静了下来。按照痛感和血流的速度,应该是子弹擦着头皮飞了过去,子弹旁边的高速气流豁开了我额头上的皮肤——皮外伤,我还活着。要想继续活下去,就只能靠自己了,杀手是靠不住的。我把眼睛上的血蹭干净,再睁开眼却发现小妖已倒在地上,可能是连续撞击导致的脑震荡让她又昏了过去,刚才这一枪,也是她受伤后难得打偏了。无论如何,她终于松开了手上的枪,M16 步枪 5.56mm 的枪口依旧对准了我,黑洞洞的。这把枪确实很完美,充满着成熟的军事工业气息,全枪长 986mm。人的两臂展开差不多是身高,如果我用左手持枪,尽量让枪身贴近胸口,枪口对准右手腕,就能尽可能在不误伤自己的情况下把手铐打断。

算完距离,我躺了下来,将身体尽量舒展开,用脚去够枪。试了几次,终于勾住了枪绳,然后把枪拖到身边。枪口对准右手手铐链条时,我犹豫了一下。以我的水平,一枪下去,右手炸掉的概率太高了。

但是我别无选择了。再过一会儿,外面赵祺那伙人迟迟不见沈云杉她们出去,一定会进来查看,那时候我就真的死定了。

我一咬牙,扣动了扳机。果不其然,巨大的后坐力让我的左手瞬间酸麻,整把枪带动着我的左边胳膊向上一弹,飞离了手心,落在地上。我感觉右手被狠狠烫了一下,起先以为是中了反弹的子弹,搞不好手心已被打穿,定神一看,原来只是被滚烫的弹壳碰到了。手铐链条如愿被打断,我站起来,捡起落在一旁的枪,黑暗中摸到了沈云杉身旁。借着小绿人的光,可以看到沈云杉仰面躺着,眼睛半闭,嘴巴微张,一副死透了的样子。我蹲下来摸了摸她的颈动脉,果然已不再跳动。

我的心脏顿时狂跳起来,脑子里只有一个念头不停盘旋:"杀人任务完成了,她果然死了,真的死了……"我蹲在沈云杉的尸体旁,一时不知如何是好。不到二十四小时，都发生了什么？一切都太荒谬、恐怖、不真实，像是一场噩梦。可额头上手上的疼痛，让我知道这不是梦。

不知所措间，这个躺满了各类生物尸体、没有一点声音的地下室里，猛然响起了一阵激昂的歌声。

> I hate myself for loving you
> Midnight gettin' uptight
> where are you
> You said you'd meet me……

摇滚味道十足的歌曲在一片寂静中炸响，就像从地下传出来的一样。不怕是不可能的，我打了个寒战，手上步枪的枪口本能地朝着歌声响起的方向指了过去。

歌声是从小妖身上传来的。我脑子空白了一会儿，终于反应过来，是她的手机铃声。

对！手机！我要用手机和伊登联系，告诉她我的事已做完，现在该是她履行自己诺言的时候了。想到这里，我来到小妖身边，循着声音在她裤子口袋里掏出手机，上面还缠着耳机，牵牵绊绊地挂在水钻装饰上。似乎是因为长久无人接听，这时手机铃声停止，四周归于死寂。

我手上滞了一下，继续将缠在手机上的耳机线拿了下去，这时突然收到一条陌生号码发来的短信。

"我是伊登，立刻回拨！快！"

我一愣，伊登怎么会有小妖的电话号码？来不及细想，我立刻拨了回去。电话很快就接通，伊登语速飞快地说："林济苍，你仔细听好：就在你所在书房的一个角落里，有一个夜视监控探头，所以我们知道你已经杀了沈云杉。我的黑客控制了监控画面，现在保安室里还不知道沈云杉遇到危险，但两分钟后，他们就会知道。所以你现在只有两分钟逃跑。"

我条件反射地跳起来，跨到沈云杉尸体旁，搜出鬼皮书揣进口袋，然后迅速提枪往出口走。我悄悄地拉开厚重的铁皮门，外面黑漆漆的，没有灯光，也没有任何动静。岛上保镖们都很职业，不会随意休息，或许是被沈云杉支去别的地方了。

别墅的几个出入口应该都有保镖把守,根据当初进来时的情况,执勤的保镖有十几个,如果晚上设有巡逻,人手会更多。我最好是能躲到厨房之类的地方,找一扇不容易引起注意的窗户翻出去。上岛的那一路上建筑不少,可能每栋里面都有执勤或休息的保镖,但岛的后方也许人手少一些。

想到这里,我侧过身,小心地挤出门去,蹑手蹑脚上了楼梯,猫着腰贴着墙绕过会客厅。可这别墅太大了,会客厅又非常空旷,毫无遮掩,我越走越心慌,越找不到合适的出口。就在冷汗即将冒出来之际,一个声音猝不及防地响了起来:"小妖,怎么这么长时间才出来,沈小姐和那小子聊出感情了吧?"

我只觉头皮发麻,四肢僵硬,冷汗不由分说地潸潸而下。这分明就是赵祺的声音。吊顶大灯瞬间亮了起来,赵祺正站在灯下,会客厅四壁的小壁灯也逐一亮起。我看着头顶正上方的壁灯,感觉自己像是一条搁浅在白沙滩上的黑色鲨鱼,一览无余。赵祺见到是我,反应之快超乎想象,几乎立刻就转向我的方向,用手里的枪对准了我。

从小妖冲我开枪的那一刻起,我就知道自己在这座岛上遇到的只有敌人,因此神经一直紧绷着的。在这电光石火的一瞬间,我的冲锋枪先吐出了火舌。火舌熄灭处,灯光即刻消失了,美人鱼吊灯从三楼重重坠落,正好砸在赵祺身上。我索性一不做二不休,对着四周能看得到的灯和电灯开关一阵狂扫。M16 本身精准度很高,这支的瞄具又很好上手,因此我的准头不错,很快客厅又恢复了一片黑暗。我趁机滚到沙发后面躲了起来。

外头几乎立刻就响起了嘈杂声,大批保镖拥了进来,我趁乱大叫了一声:"沈小姐被压在灯下面了!"

保镖们闻言,七手八脚地去抬落在正中的吊灯。我瞅了个空子,从刚刚亮灯时认准的一扇窗户跳了出去,但只跑了十几米,就听到背后传来机枪"哒哒哒"的声音,还有子弹从我头顶和身边掠过。沈云杉请的保镖反应都够快的!这时候被抓,就是个死!

还好,别墅外就是林子,树枝树叶能挡住保镖们的视线,也能抵挡一部分子弹。我抱头就往林子最密的地方钻。天上没有月亮,只有不甚明亮的星光,我摸着黑一顿乱跑,突然脚下一滑,从一处断崖摔了下去。我这才想起,别墅建在山顶,除了来时走的台阶外,四周可能都是陡峭的山崖,闷头乱跑很容易摔死。还好岛上坡缓，又比较原生态，地上腐殖质很厚，我这一下虽然摔得晕头转向，但并没有受伤，爬起来继续一脚高一脚低地逃命。

一边狂奔，我一边摸出小妖的手机打给伊登。铃声一响，伊登就接了起来，立刻把我劈头盖脸骂了一顿："笨蛋！连逃跑都不会，越搅越乱！现在听我指挥！往前，过一个两层楼的砖瓦房，再过一条小溪，就能看到石砌的碉堡。"我按照伊登的指示飞跑，边跑边把手机插上耳机，揣进口袋，脑子里过了一遍游戏里正确的持枪动作，双手把步枪端好，以防备各个方向随时会来的拦截。

"别靠近左边那栋房子，那上面有狙击手……对，钻到旁边的山洞里面，甩掉尾巴……"伊登的指示简单精准，而且非常同步。看来她黑进的不只是地下室的摄像头，而是整座岛的监视系统。身后的保镖依然紧逼，有几次几乎已经甩掉他们了，但他们很快又能找到我。好在他们似乎是想抓活的，子弹一直往我四肢和肩头招呼，否则我早就交代在这座阴森的岛上了。

就这样约莫逃了半个小时，我感觉体力已经消耗殆尽，而四面八方都传来追踪的声音。这时，电话里伊登的声音模糊了起来："左……那堵围墙……"我往左看去，只有齐腰深的灌木，没有什么围墙，但电话那头只剩下断续的信号音，无论我怎么喊，都没有回应。追踪声越来越近，忽然一颗子弹打断了我身旁的树枝，我打了个激灵，不管三七二十一跳进了灌木丛，压低身子艰难地在其中穿行。

不一会儿，我眼前出现了一小片湖，四周被铁丝网围了起来，再往前就没路了。我想转身找别的路，发现已经不可能——起码八个追兵呈半圆形将我围了起来，我被逼到铁丝网边。

"老实投降吧，信号已经被我们屏蔽了，你没有帮手了。"离我最近的一个保镖抬了抬手上的枪。

眼看他们越逼越近，情急之下，我开始往铁丝网上爬。铁蒺藜十分扎人，我爬得很慢很费力，但奇怪的是，那些人并没有凑上来抓我，反而因我的举动有些意外，纷纷劝阻我："别爬了！你不要命了吗？""高压电网，当心触电啊！"

CHAPTER 06

流鬼奴
LIU GUI NU

听到这话的时候，我已经快爬到铁丝网的顶端，当然并没有触电，心里暗讽："当我是那么好糊弄的吗？"但这话还是提醒了我，这时候没电，不代表等一会儿没人给网接电。我奋力爬到最顶端，闭上眼不管不顾地跳进了湖里。

我几乎是平趴着埋进湖里的，呛了几口水，还好跳得不算远，湖水并不深，伸手可以触到湖底的淤泥。我顺势站了起来，发现湖水只到我的腰部，目测此地离岸边只有半米的样子。我蹚水走了几步，拿不定主意是往深里走，还是往两头绕圈走。我谨慎地回头看了一眼追兵们，发现他们站在铁丝网外一两米的地方紧紧盯着我，眼中都流露出一种十分奇怪的神色，有些怜悯，也有些幸灾乐祸。他们手里的电筒所射出的光线相互交错着，给四周带来了更加诡异的阴影。

"不好。"我心里有种不祥的预感。此时呼吸略平复了一点，大脑从极端紧张的状态下恢复过来，我就闻到水里飘上来一股浓重的腥臭味。想到刚才还灌了几口臭水，我几乎要呕出来。我在海边长大，对腥咸的味道是很有亲切感的，可是这水的臭味却不正常，像是……

忽然，面前飘过一样白花花的东西，轮廓十分奇怪。我努力辨认出来，这是某种四蹄动物的一条腿。

对，是尸体腐烂的臭味。

水里一定有未知的机关，按沈云杉的趣味，可能又是某种恶兽。电影里的侏罗纪公园是假的，是富商拿来赚钱的。可这座岛，这座缩小的亚马孙公园是真的，是她用来玩变态游戏的。我拔起脚三两步跨上了岸，火速定位到包围圈较稀疏的地方，准备再翻出去。可是双手刚刚触到铁丝网，一股电流就贯穿了我全身。我被弹出几米，重新落进了水里。幸亏电流不是很强，算不上高压电，否则我现在就是一团火球了。我勉强站起来，只听网外一阵大笑。

沈云杉手下的这帮变态，果然用通电来玩我。

但我无暇顾及他们，因为原本平静的湖里，似乎有了水流的变化。我立刻端好枪，紧张地盯着水面。不远处的湖面上，出现了一个黑黑的轮廓，长而扁，末端忽然隆起——是凯门鳄标志性的眼睛。

见它是背对着我的方向，我立即朝它射击，可是情急之下，几发子弹根本不知道打到了哪里，之后我再扣动扳机，却无论如何都不能再击发了，不知是卡壳还是灌水导致的。刚才打出的那几颗子弹，却给鳄鱼指明了方向。黑暗中，我眼睁睁看着那个怪异的轮廓转过来，突起的眼睛远远地映着水面上的光波。它迅速游近，我能看到它嘴巴逐渐张开，露出锯齿般的一排利牙。

我往湖心又走了几步，给身后留出足够的空间，然后绝望地举起枪杆，准备和鳄鱼来一场肉搏。凯门鳄的身体表面布满了多骨的鳞片，不知这枪托能不能伤到它一毫。

就在这时，"轰"的一声在我耳边近距离炸响，随即无数泥土、树枝、碎石进到湖里，湖面简直像开了锅一样沸腾。我的耳膜几乎被震破，脑子也晕乎乎的。迷迷糊糊中，只觉得有个人冲到湖里，一把拉着我就往外跑。

几米外的铁丝网被炸出来一个巨大的豁口。我跨过铁丝网，往前跑了一段，那些被震傻的保镖才终于反应过来，继续追上来。我也从震荡中恢复了，定了定神，看向身边带路的人。这人穿一身绿色迷彩服，个子不高，身形瘦削。我总觉得这个身段似乎有点眼熟，但一时想不起来在哪里见过。他的脚步非常快，手上的力道奇大无比，我的步伐根本跟不上他的节奏。被死拽着跑了几百米，我就一个趔趄，跌倒在地。

"大厌头！"那人停下脚步，回过头恨恨骂了一句。我不懂这三个字什么意思，但从口气判断，应该是骂我"没用"。因这一回头，我看清楚了他的样子：十三四岁，卷发，高颧骨，厚唇，龅牙，不过眼睛很灵动，看得出是个机灵人。

这个小孩一把把我揪起来，背在了背上，继续健步如飞地狂奔。这份力气实

在是令人叹为观止。因为我，小孩的脚步被拖累了不少，背后的追兵不断逼近。我暗自准备好枪托，打算用冷兵器制服追兵。

这时，眼前忽然一亮，是一片开阔沙滩。少年已经背着我跑出了林子。我暗道不妙：到了开阔地带，更便于射击了。

事实证明，我的担心是多余的。追兵们还没来得及开枪，从海上率先传来了刺耳的枪声。枪响的时机十分精准，恰好在追兵钻出林子的那一瞬间。立刻有人中弹倒下，其他的人见势不妙，全都退回了树林。

海边一个简易码头处停了一艘蓝白色的小艇。这是一种在近海常见的柴油动力小艇，一般是用来游览观光。此刻，这艘小艇上站了两个人，都穿着迷彩服，其中一个是蘑菇头，远远就能认出来是伊登；另一个看身量也是个十三四岁的少年，头上缠着红色的带子，随风飘扬。

伊登和这个"红带子"站在船头一顿狂扫。背着我的少年似乎非常了解二人开枪的手法，熟练地避过所有子弹，如同猿猴一样飞快跃到了小艇旁，借着惯性蹿上了船。

"伊登，我来了。"少年口气十分轻松，对着伊登露出一口白牙。

伊登却一皱眉："臭死了，滚后面去！"

少年立刻把我放下来，然后拉我钻进艇舱，将我按在尾部。很快伊登也钻了进来，坐到了驾驶座位上。

可她刚刚坐定，我就听到甲板上传来一声惨叫，还有落水的声音。

我在艇舱尾部，看不到上面的"红带子"怎么样了，但借着小艇上的灯光，我看到灰黑色的海水中涌起了大量红色。

坐在前面的少年显然看到了什么，大叫一声"小媳妇儿"就要从窗户跳出去。伊登头也没回，冷冷地说："省省吧，已经死了。"马达声轰鸣，小艇开始移动。少年颓然坐下，呆了呆，然后脱掉迷彩服，从座位底下拿出瓶矿泉水冲洗身上的污秽。

我闻到自己周身散发出腐臭味，也很想冲冲，那湖水里不知漂了多少尸块，细菌肯定超标，谁知道有没有致命病菌或者毒素。但刚挪了挪屁股，少年就抬起头，恶狠狠地瞪着我，显然是怪我害死了他的同伴。

我也不想到这个恐怖的岛上杀人和被杀啊！我心里暗自恼火，但鉴于这小子救了我的命，而且身手不差，我必定打不过，只好老实坐直。我刚刚坐稳，就听到舱壁外响起"铿铿锵锵"的子弹声,还好并没有穿透壁板。忽然,我听到很近的"啪"的一声,小艇前后的挡风玻璃被同一颗子弹贯穿了,子弹几乎擦着伊登的耳旁飞过。但伊登纹丝不动,似乎毫不在意,仍面无表情地继续驾驶。小艇开始起速,在海上划起两道雪白的浪线。

子弹声渐稀,我望向后窗,那些追兵们站在岸边,徒劳地朝着小艇射击,但他们手上的枪支射程已不够。看来沈云杉对岛上的安保太自信了,并没有配备即刻追击的硬件。

"我家人呢?"既然沈云杉死了,那现在就该是我拿"报酬"的时候了。

伊登冷冷瞥了我一眼,没说话。

"喂!什么意思?"我急了,站起来想找她算账。那少年反应极快,一只脚抬起来挡在我面前:"大厌头,干什么?老实点,小心我……"说着,他拿手指在自己脖子上比划了一下,眼里都是挑衅和威胁。他说话平卷舌不分,带点港台腔,变声期的嗓音有些虎虎的,听上去像是没什么脑子,似乎还保留着小孩的天真。

我看着他的手指,刹那间回想起来,他就是之前扫射办公楼、示意我给伊登打电话的小子。想起他们拿来耍我的红衣塑料人,我心中重燃怒火,立刻扑了上去——就算打不过他,让他吃我两拳也是好的。

少年从鼻孔"哼"了一声,坐在座位上的身体猛地90度转了过来,对准我的肩头一踹。他这一脚又快又狠又准,正中我右肩关节,我顿时向后倒去,头重重磕在金属椅背上,一时间头晕眼花。

耳朵轰鸣中,我听到伊登的声音飘来:"大狙,下手有点分寸好不好?"

叫大狙的少年得意地"嗯"了一声:"伊登放心,我听你的,保证绝对不会打死他的!不过他一身肥膘,打起来很舒服。"

"你少看不起人,他将来肯定比你们强。"伊登的声音仍旧冷冷的,有种运筹帷幄的淡定,和昨天使唤我的威胁挑衅口气完全不一样。

哼!以为夸我我就忘了昨天的事吗?我挣扎着坐了起来,怨恨地盯着她的背影。大狙扔给我一瓶水:"谢谢你帮我们杀了沈云杉。"

我怒道:"少胡说!沈云杉是自己被蛇电死的,我没杀她!"脑中飞快地盘点了一番岛上的各路人马,除了倒霉的赵祺可能葬身灯下,我没主动杀任何一个人,也算对得起自己的良心。

伊登诡秘一笑："那你倒是说说，那两条闪王蛇是怎么从冬眠状态苏醒过来的呢？"

我一愣。那个地下室黑灯瞎火，就算有红外监控，蛇斗过程瞬息万变，黑蛇速度又极快，在光线好的情况下都很难捕捉到各类细节，更别提当时的状况了。而现在她连黑蛇的名称和状态变化都知道，显然早就做好了调查。我心里十分不爽。从昨天下午开始，我就一直被伊登这伙不知哪来的变态耍得团团转，他们的手段残暴，计划周密，沈云杉被蛇电死，极有可能也是计划中的一部分。他们根本没指望我用那把手枪打死沈云杉，只是把我当成了一枚可利用的棋子。

可究竟是如何利用的呢？我皱眉看着伊登的背影，想知道答案，又担心开口问了，会暴露自己的分析思路，被她发现我知道太多，可能会被灭口。

伊登仿佛背后长眼，轻笑一声，反而问我："你知不知道，那两条把沈云杉电死的怪蛇，是什么来历？"

知道才怪，明知故问。我不说话，默默白了她一眼。

伊登见我没反应，继续道："这种蛇原产于印尼苏门答腊岛的原始丛林里，当地人管它叫'小电棍'，学名是'苏门答腊闪王蛇'。不过，在苏门答腊当地华人中，这种蛇还有一个很奇怪的名称，叫'梁海王'。这个'梁海王'，就是当年叱咤东南亚的大海盗梁道明，朱元璋那时候的人，原本是从事海上贸易的。朱元璋下了'片帆不得下海'的禁令，因此他孤身一人逃到南洋。眼见老老实实经商、做苦工都无法得到温饱，于是他趁当地局势混乱，做起了海盗，最后称霸苏门答腊岛的巨港一带，甚至建立了一个王国，称作'新三佛齐'，图腾就是闪王蛇。"

"哦。"我换了个姿势，躺到椅子上。无聊，怎么又是海盗故事？还从明朝讲起？这两帮人都是什么爱好！

伊登不理会我的冷淡，接着讲："之所以叫'新三佛齐'，是因为那里原本有个国家叫三佛齐，可以说是一个海盗窝。海盗每每在巨港附近掠夺完商船后，都会满载财物回到老巢。梁道明当海盗很有一套，他不打劫商船，而是拦路打劫海盗船。他置办了一批类似舟山产的那种乌艚船，装饰格外华美，做的是'水上青楼'生意。船上有妖艳的妓女和美酒美食，对在海上漂流了数月、只能吃腌肉的饥渴海盗来说，简直是洞天福地，但凡经过的海盗，没有不上去享乐的。船上还有许多身形矮小，长得十分奇特的侏儒，表演各种杂技。"

伊登顿了顿，像是在拿捏气氛，准备给我来个灵魂一击，但演技实在拙劣。我抬抬眼皮，"嗯"了一声。

"史籍上说，这些侏儒身高有如儿童，浑身绿皮，褶皱丛生……"

我心里猛地一抖，"腾"地坐了起来："难道就是地下室里的'小绿人'吗？"

伊登似乎很满意我的反应，清了清嗓子，继续道："他们面貌凶恶，目露凶光，但全都被穿了琵琶骨，只能听从梁道明的摆布。这种小绿人在当地被叫作'流鬼奴'，生活在苏门答腊岛的原始丛林中，十分嗜血，好杀生，三佛齐和其他几个国家经常派兵进入丛林中剿杀他们，有时候就抓回来几个，穿了琵琶骨把他们当作奴隶使唤。三佛齐当地有专门买卖奴隶的市场，这种'流鬼奴'价格不菲。"说着，伊登回过头来，笑道，"龟仙人，你是不是想问，这'流鬼奴'是不是你那本多鲁斯鬼皮书里提到的'龙牙武士'？"

她怎么知道鬼皮书里面写的什么？翻译件拿到后，就是一路兵荒马乱的怪事，我只大致浏览了一下，根本没有机会仔细看，所以并不知道太多的细节。

没准她猜到我根本没看，诈我呢？想及此，我模棱两可地回道："你也看过鬼皮书？"

伊登闻言，脸上浮现出一丝复杂诡秘的微笑："算了，都是题外话，将来有机会和你细说。"她说罢耸耸肩，又把身子转了回去，依旧拿背影对着我，继续讲海盗故事，"在海盗看杂耍看得开心时，梁道明就偷偷把一小瓶液体泼在地上，然后带着妓女们溜到大船后面的小舢板上，最后整艘船上就只剩海盗和流鬼奴了。液体很快挥发出香气，香气弥散处，那些流鬼奴的鼻子、嘴巴里就钻出来一些东西。"

"黑蛇？"我不自觉地问道。

"对。"伊登得意地笑，"梁道明用这种液体，唤醒了在流鬼奴身体里冬眠的闪王蛇。等海盗全部毙命后，他又把一小瓶液体掷到乌艚船上，闪王蛇闻到后，会回到流鬼奴身体里，重新冬眠。"

"这种液体是他从土著那里得来的秘方。他通过这种手段，聚敛了大量不义之财，成为从众数万、拥甲数千的大海盗。后来三佛齐王国被满者伯夷攻灭，梁道明索性占据巨港立国称王，建立了新三佛齐王国。那些曾经帮助梁道明杀人越货的闪王蛇也成了新三佛齐王国国旗上的图腾。"

"把蛇养在活人身体里……真的假的……我头皮一阵发麻，犹记得地下室的小

绿人兄弟,虽然模样有些奇怪,但确实是人类,如果是制成干尸后当作养蛇容器,倒还能勉强接受,可是活生生地被皮肤干枯锋利还带电的蛇寄生,一定非常痛苦。

背后长眼的伊登似乎看到了我龇牙咧嘴的样子,叹了口气说:"这些被作为养蛇工具的人往往要忍受极大的痛苦,最后还要被在他们体内产卵的蛇给活活电死。不过这些有关闪王蛇的记载,一开始没有多少人相信,因为实在太过离奇。闪王蛇的确有寄居在人体中的可能,苏门答腊当地一些土著部落首领,就曾经将从敌对部落俘虏过来的人作为养蛇的工具。但学界普遍觉得,苏门答腊岛那里靠近赤道,四季炎热,蛇类怎么可能冬眠?又怎么可能连冬眠的时间都能人为操纵?更何况还是在温暖的人体内冬眠。"

我目瞪口呆,不禁脱口而出:"你们还讲科学?"几百年前的魔幻海盗故事,还有科学家正儿八经地研究?

"大厌头!什么态度!"大狙狠狠往我椅子上蹬了一脚,以示威胁。

伊登似乎很满意大狙的举动,嘴里幸灾乐祸地"呜呼"了一声。过了一会儿,她以一种不计前嫌的口气,又继续给我讲科学海盗故事。

"本世纪初,一个叫罗清文的生物学家提出,梁道明的故事有可能是真的。罗清文的观点是:动物的冬眠是为了适应环境变化而进化出来的一种能力,而一旦完成了进化,未必真的需要气温降低、食物减少等因素,才能使动物进入冬眠。现代生物学家都认为,逐渐缩短的白昼是一种冬眠信号,它会导致冬眠动物一些内在因素的改变,比如激素水平的变化,从而使得动物进入冬眠。罗清文提出,按照这个逻辑,如果人类能够控制这些激素变化,就意味着可以随意控制动物的冬眠进程……"

她怎么话这么多?如果按照"反派死于话多"的电视剧走向,我现在应该找准机会用一直背在身上的M16砸晕她,然后把她绑起来拷问家人们的下落。可惜旁边有个很能打的大狙,而且把她打晕了我自己也不会开小艇。

我一边脑补伊登被枪托砸得满脸开花的场景,一边听她絮絮叨叨地说了半天罗姓生物学家对冬眠的研究,几乎快睡着的时候,我终于听到了重点:"罗清文专门前往苏门答腊岛,在原始丛林里待了三年,最后带回了控制闪王蛇冬眠进程的香水配方。他细加研究,对香水配方略微调整,已经能够控制闪王蛇冬眠的深度。

"他的研究成果公布后,对国际生物学术界的冲击可想而知。可是在那之后不久，罗清文就神秘失踪了。龟仙人，你知道是怎么回事吗？"

"被你们劫持了呗。"我又一次脱口而出。

伊登嘿嘿笑了起来："聪明！他乘船去参加国际学术会议时，被我们抓住，关到我们的舰上专门配制这种香水。至于苏门答腊闪王蛇，我们也派了专人去捉。"

这时，大狙忽然一脸得意地插嘴："抓他的时候，他反抗，还是我一枪打爆了那老头的一条腿，他才老实了。"

真的让我说中了……我不禁暗暗反思自己为什么和这俩变态同样的思路。伊登这时不知是说兴奋了，还是真的天真无邪，竟然开始跟我吐露他们变态组织的计划。

"我们原先在这方面投入精力，是为了其他目的。沈云杉成为我们使用这种手段的目标，完全是意外。她要做一件让我们老大十分不痛快的事情，这件事要是做成了，对我们有很大的危害。于是从一年前，我们就准备杀她。可安排的杀手一个接一个失败，沈云杉的安保措施却是越来越严密。后来，我们了解到沈云杉想从南美运一具小绿人的木乃伊回国，未果，转而从东南亚的古尸交易市场买入了一具。我们觉得机会来了。为了杀她，我们派人在货轮上，把两条事先被催眠的闪王蛇藏进了木乃伊的身体。然后，就需要控制一个能够接近她的人，在这个人身上涂抹特殊香水，唤醒这些闪王蛇，电死沈云杉。"

"所以你们就利用现代海盗来控制我？你们和海盗是一伙的吧？还真是富有传统继承精神。"我想起她控制我的手段，心里又恼怒起来，忍不住嘲讽。

伊登并不在意我的语气："我本来就是海盗啊。能接近她的人只有你了。她这一年来唯一失去理智的时候，就是见到鬼皮书照片的时候。对鬼皮书的狂热欲望让她放松了一根蛛丝那么细的神经。还记得在十六铺码头上我摸你脖子吗？就是把唤醒香水抹到了你身上。所以你到了那间屋子后，两条蛇就会醒过来，然后咬死她。其实她鼻子很灵，还好你这人似乎不太洗澡，身上汗臭味厉害，掩住了香味，没有被她发现异常。"

伊登交代完事情经过，就不再吱声，专心开小艇，艇舱内一时陷入死寂。我闭上眼睛装睡，脑子里一点点梳理整件事的来龙去脉，愈发觉得伊登背后组织的深沉可怕。这些人有武器，有军舰，能压住市区枪击案，来头可见不小。为了杀沈云杉，他们更是处心积虑到了极点，连在木乃伊里放蛇这么诡异恐怖的古法都想出来了。而我，莫名其妙成为他们的棋子，又被灌输了这么多业内机密，想要脱身，

恐怕没那么容易了。

我试探性地开口："终于知道你们这么处心积虑地对付我是为了什么了。你们已经达到目的了，能放了船上那些人质吗？我死去的爹妈到底怎么复活的，现在能告诉我了吧？"

伊登没有回答，艇舱里陷入了尴尬并且危险的寂静。过了好一会儿，伊登拿捏着语调，有些不自然地说："杀掉沈云杉对我们而言的确重要，但仅仅为了她，我们还不至于如此大费周章。你的重要性，不仅仅在于杀死沈云杉。控制你，我们早就在计划了。你倒是想想看，你要见沈云杉是昨天白天才确定的，在这么短时间里，我们怎么能够做这么多事情——把对你重要的人，包括死人和活人，都集中到一条船上，再进行劫持，还给你快递无人机、手机，其实……这一切我们一个月之前就已经在策划了。"

最后一句话声音很低，听上去几乎有些抱歉，不知道她又在耍什么花招。我心里涌上一阵彻骨的寒意，直接问道："你们到底要从我这里得到什么？"

"想得到的很多，你对我们，对很多人而言，很重要。"伊登的声音还是低低的。

又给我打哑谜。我控制不住情绪，愤怒地大声吼道："还想要什么，直接说！还扯什么狗屁重要不重要，没有那一船的人，你以为你是谁，你有多重要，能这么控制我？我爸妈是真是假，他们现在在哪里，快说！"

撒完火，我清楚地看到伊登透过小艇上的后视镜用奇怪的眼神看了我一下，接着是长久的沉默不语。

我忍不住逼问："我爸妈到底在哪儿？"

"你……"伊登沉吟了一下，开口说了一句莫名其妙的话，"你仔细看看我。你对我当真一点印象也没有了？"

"早就看够了！"我恨恨地踹了一脚前排座椅后背。

"啪"的一声，椅背猛地裂开了一个口子，蓝色皮质外罩里面的黄色海绵立刻翻了出来。

一直闭目养神的大狙听到动静，立刻绷直身体弹了起来，对我大叫："低头！"我迅速趴到座位上，紧张地通过窗子往外看去。借着小艇的灯光，我看到左边几百米开外出现了十几个黑点。黑点越来越近，居然是十几艘单人摩托艇。穿着黑色T恤的彪形大汉们，一手控制方向，一手举着M3冲锋枪朝我们的小艇射击。

CHAPTER 07

飞翔的啤酒桶
FEI XIANG DE PI JIU TONG

大狙望了一眼右侧窗子，嘴里骂道："竟然夹击我们！大厌头，你打左边，我打右边……"

话音未落，我听到了子弹击穿血肉的声音，扭头一看，他死死捂住自己左边的肩膀，鲜血正从指缝里涌出。

"大狙，伤哪儿了？"伊登厉声问。

"没死。"大狙满不在乎地说。他平卷舌不分，我不知道他说的是"没死"还是"没事"，我只知道，子弹击中人体，哪怕没打中要害，也绝对不是闹着玩的，"空腔效应"会使得子弹在人的肌体里形成巨大的毁伤创口。这会儿，说不定大狙肩膀这一块的骨头已经粉碎，里面的肌肉可能更加惨不忍睹。

大狙脸上冷汗直冒，但没有一丝恐惧，反而露出了野兽般凶狠的表情。他松开血淋淋的肩膀，从座位底下拖出一个长条盒子，放到大腿上打开，里面是一把拆成零件的突击步枪。

"林济苍，给大狙包扎一下！"伊登一边加速驾驶，一边回头嘱咐。我这才反应过来，马上脱下T恤衫，正要给大狙系上止血，却被他恶狠狠地一把推开。他单手三下五除二组装好了步枪，扔到我手上："拿着，AK-47。"不得不承认，大狙对这把枪十分熟练，单手操作居然也能用不到五分钟的时间组装起来。这时艇外的枪声越来越密，我来不及思考，把枪口往窗外一塞，对准摩托艇就开起枪来。心里还是过不去杀人的坎，我瞄准的都是摩托艇前面的水面，试图阻止他们向前，但开了半天枪，窗外的摩托艇有增无减。

几分钟后，大狙又组装好一把他所谓的AK-47，捅到另外一侧窗户外。他的枪法似乎很准，没过一会儿，就从右边过来帮我的忙。十几艘摩托艇很快消失在漆黑的海水中，星光照耀下，依稀可见海水慢慢变红。我忽然想起沈云杉游艇上那幅魔鬼控制海面的画，心里有些忐忑，甚至害怕。哥哥，终于有一天，我也开始害怕大海了。

艇舱恢复了安全。伊登喝住大狙，让他老实坐好任我包扎。我把T恤撕成几块，一部分缠住止血，一部分做成三角巾兜住他的胳膊。大狙手臂受制，十分不爽，恶狠狠地瞪着我。

我不甘示弱地瞪了回去，拍拍手里的枪："这不是AK-47。"

"喊，对你这种外行才说AK-47的，我们内行都知道，AK-47的正式名称是AKM。"

我冷笑道："AK-47会有可伸缩枪托？AK-47会有空仓挂机功能，开枪前连枪栓都不用拉？AK-47会全身黑得如此彻底？这哪儿是AK-47，这是AK-12吧！"

我本意是想卖弄一下自己对于枪械的知识，好在气势上压过大狙，让他对我客气点，也让伊登不要小瞧我。但这番话说完，我看到大狙不善的眼神，立刻就感觉到自己有可能是在找死。

脑子反应过来了，身子却没有，眼看着大狙猛地扑了过来。他的动作实在快得不可思议，缠斗了没两个回合，我右手上的AK-12就被他扔在地上，代之以一把寒光闪闪的匕首，又一眨眼的工夫，这把匕首已经顶住了我的咽喉。他手上控制住匕首尖和我喉咙的距离，脚下一蹬，全身用力将我顶在了舱壁上。他的身体很瘦小，看不出有什么肌肉，但力气却极大，我被他压迫得全身无法动弹。

匕首尖始终和咽喉保持着轻微的触碰，紧张的情绪过去后，我明白他不敢杀我。我咳了一声，眼神瞟向伊登。她回过身，皱眉对大狙摇了摇头。大狙不情愿地把我放开，踢了一脚椅子，用力把地上的AK-12拾起来丢给我，确切地说是砸向我。他目光依旧狠毒，毫不退让，好像在说若我不老实，就随时随地杀掉我。

伊登的声音冰冷冷的："想死就尽管在这儿闹吧。一个回不了家，一个见不到家里人。"

我抱着怀里的AK-12，深恨自己刚才多嘴。AK-12绝对不是国际军火市场，

或者至少不是在军火黑市上随便就能买到的武器。它是 AK-47 的娘家卡拉什尼科夫公司生产的第五代 AK 步枪，功能自然是极牛的，曾经被 E 国作为新一代步兵的主力装备，但后来因为造价太高被放弃。E 国转而将其作为联邦国家安全局特种部队的制式武器。这样的装备出现在这片海上，其来源渠道不会多，伊登这伙人又非常忌惮暴露底细，大狙已经此地无银三百两地说这是 AK-47 了，我还非要点破，显然是找死。伊登在一开始也没有阻止他动手，大概是故意让大狙教训我一下，让我不要大嘴巴。

言多必失啊！活着不好吗？

不让我知道底细，侧面说明我掌握得越多，就越能掐住他们的弱点。我摸摸 AK-12 还热着的枪管，大胆分析了起来。就目前完成的任务来看，伊登带领的应该是海盗中的执行部门，负责冲在最前面打打杀杀，看似威风，其实是最底层、最苦逼的打手，日常死伤无数。这些通常被叫作"海狗"，也有些海事专家以及熟悉海盗的记者将之称作"海狼"——知识分子还是挺温柔、挺富有同情心的，要我说，这伙人也就配被叫作"狗"。如果我现在还安安稳稳在杂志社上班，或许有一天，我也会在关于海盗的专题里，给他们一分钱的尊重，叫他们一声"海狼"，可是，命运已经将我抛到和海盗对峙的路上，无法回头了。

伊登刚刚说了半天古代海盗的故事，其实海盗这个职业沿革到今天，其组织结构出现了巨大变异。现代海盗往往有一整个集团负责整条"产业链"的运作，有负责搜集情报的，是潜伏在各个港口的"斥候"，这些人有的就是港口工作人员，为海盗做眼线是他们的"兼职"，只不过"兼职"的收入是他们工资的好几倍，甚至好几十倍；有对搜集来的情报进行分析整理并确定行动目标的，是海盗行话里所谓的"神经元"，这群人往往是退役的各国情报官员或者海事专家，对判断哪些船的价值高、哪些船容易下手、哪些船得手后容易销赃十分有经验；确定目标后，就轮到行话里所谓的"海狗"干活了，"海狗"的活计就是冲上目标船只杀人抢货；"海狗"得手后，将船带到指定的隐蔽港口，由所谓的"海蚂蚁"负责处理船只，将整艘船以及船上的货物打扮一新，分装零拆，准备出卖；最后，再由所谓的"美人鱼"，就是一群打扮入时，对付男人很有一套的美女商务在全球各处寻找买家，完成最后的出售环节。

而为这一系列罪恶产业链提供资金的，往往是各国的上流社会人物。他们表面上西装革履，从事正当生意，有着很高的社会地位，是富豪榜上的常客，但其实都干着血腥的买卖，不但资金雄厚，而且手眼通天，连急需竞选资金的政客都有求于他们。他们负责为整条产业链上的所有人支付工资或奖金，并且提供必要的装备。

　　对于这种人而言，搞到什么装备都不会很难。如果他们愿意花点心思，A国军队海豹突击队的制式装备也不是不可能拿到的。只不过他们不喜欢暴露底细，所以给手下配备武器时，都比较讲究基本法，尽量选择大路货，好用就行，反正普通的商船上也没有能制衡他们的武器，而真的遇上军舰，那就是另外一个技术层面的对抗了。

　　上层金主脚下踏着的，除了商船上无辜平民的尸体，就是伊登、大狙，还有"中指猩魔"这类前线海狗的断肢。亏他们还这么有职业精神地揍我，帮金主保守秘密。我看看伊登瘦小的背影，又看看大狙稚嫩的少年面孔，蓦然想到，伊登这伙海狗，有可能全是娃娃兵！现在一些长期战乱的地区，招募未成年人加入暴力组织已经是司空见惯的现象，"娃娃兵"海盗的事情近几年在新闻媒体上屡有报道。

　　想到这里，我甚至开始有点可怜他们了。眼前出现了一幅孩童父母死于战乱，他们被恶魔招募，也成为恶魔一分子的场景。接下来的故事走向，应该是他们知道父母被自己的大老板所杀，于是奋起反抗，揭露大老板真面目，然后一窝蜂杀向大老板在某地的地下堡垒，在一场酣畅淋漓的大战后，把大老板干掉，大团圆结局。

　　多么经典的好莱坞桥段。

　　正出神，不防被人恶狠狠扇了一耳光："大厌头，想什么呢！准备！"

　　说完，大狙猛地打开右侧窗户，把枪口伸了出去，略一瞄准立刻射击。只听"突突"两声，远处正在迅速接近的摩托艇中，有一艘的骑乘者应声栽到海水里，摩托艇也翻了。

　　"啊哈！"大狙兴奋地大叫了一声，上瘾一般接连射击，几乎弹无虚发。他的枪法确实厉害，不过AK-12的特性也帮了他的忙。AK-12可以单手操作，又无需拉枪栓，大狙可以不受受伤胳膊的影响。而骑艇追踪的保镖必然单手操作，手里拿的应该是我之前见过的M3，射击精度要大大地打个折扣。我们在小艇上，暂时是安全的。

　　但也不能掉以轻心。我拿起枪，对准左侧窗外的摩托艇群射击，这次瞄准的

Chapter 07　飞翔的啤酒桶

是摩托艇的艇身。其实这不过是掩耳盗铃，现在已经离岛很远了，从艇上栽下来的人，就算不中枪，也会淹死。但我心里就是过不了那一关，无法把枪口对准人。一顿狂扫后，枪支的后坐力把我的肩膀和虎口震得生疼，却没有命中一艘艇。眼见左边的摩托艇群肆无忌惮地越逼越近，大狙不耐烦地把我推开，自己过来射击。而这边的摩托艇群逼近的势头略减，他又得换到另一侧去招呼。

对手太多，我又不中用，大狙明显忙不过来了。眼看着摩托艇越来越近，他烦躁地冲伊登喊："海马这只畜生怎么还不来？不是说好了他接应的吗？"

伊登闻声，拿起手机拨了出去，过了好一会儿才接通："海马，你在哪里……我不管你，人都在你这里，说好是你在外围接应的。一分钟之内出现！"

大狙听到对话，冷笑道："伊登，不是我说他坏话，海马有二心啊，他一直想自己做老大。我看不能指望他了。"

伊登沉默片刻，嘀咕了一句："现在给老周打电话，让他做掉海马！"

我心里凉了半截。被职业保镖追击已经够倒霉的了，竟然同时还要对付这伙海盗的内部矛盾，这是要上演海上黑社会火并吗？大半夜，大海中心，后头有追兵，暗处有敌手，怎么看都凶多吉少。

伊登正要拨号，突然，左边的摩托艇群后面传来一阵枪声，紧接着就看到摩托艇上的保镖们纷纷栽入水中，仅剩的几艘也匆忙调转方向迎击。应该是伊登和大狙口中的"海马"向我们的追兵发难了。

小艇左翼的压力减轻了，大狙可以专心对付右边的追兵，我也跟过去帮忙。但他仍旧不满意地骂骂咧咧："早就跟在他们后面，就是不动手！现在被逼得紧了才开火！"

伊登放下手机，专心驾着小艇在海上高速狂奔。追击的保镖分左右两翼，斜向靠近。摩托艇小巧，速度极快，但走的是斜线；小艇速度较慢，但走的是直线，因此对方一时之间还追不上来。加上大狙和海马的阻击，局势呈现胶着状态。

大狙只轻松了一小会儿，又接着骂开了："海马有没有认真打？他手下那么多人怎么到现在还靠不过来？"

伊登迅速抄起了电话："老周，干掉海马……对！你没听错，干掉他后你接过他的指挥权……你照做，我和大狙已经撑不住了……"话音未落，电话听筒里清晰地传来两声枪响和一声惨叫。

黑社会沟通效率就是高，简单粗暴。

伊登声音陡然提高："老周？喂，海马？"和电话那头确认过死活之后，她猛地把手机摔到地上，愤怒地说，"海马把老周干掉了！"

就在这时，只听"咚"的一声巨响，小艇向右侧猛地一冲，我们三个顿时七倒八歪，我的头狠狠撞在舱壁上，几乎晕了过去。

仍旧是黑夜，星星已隐身，月亮升上中天，把海面照得透亮，但月色中有种诡异的压迫感。我向窗外望去，一个巨大的阴影已经将小艇笼罩起来。看体形，和黑夜下的剪影，正是沈云杉的私人游艇"征服号"。应该就在伊登忙着"清理门户"分心驾驶时，它从侧方转了出来，仗着体形大下盘稳，利用惯性撞了我们一下。"征服号"的甲板上，站着一个头缠白布的身影，看体形和姿势，是赵祺没错。

"沈云杉死都死了，这些家丁们为什么还穷追不舍啊，领遣散费走人不好吗？追上我们，沈云杉又不能复活，装什么忠心护主！"我忍不住嘟囔。

伊登重新站好，控制住方向，冷静开口道："沈云杉死了，她心狠手辣的爸爸沈和可还活着。保镖们没有保护好她，肯定第一时间报告给沈和以求脱罪，然后再抓住我们邀功。"

果然是家丁，一点气节都没有。我又瞄了一眼赵祺，他动了一下，能清楚地看到他举起了一把冲锋枪。枪口火光亮起的瞬间，伊登已经以最快的速度将小艇重新启动起来，如箭一般蹿了出去。

"征服号"很快就跟了上来，连同赵祺在内，甲板上有六七个人。他们一边射击，一边兴奋地叫着，叫声顺着海风飘过来，充满了焦躁和失控的情绪。"征服号"加足马力，试图追上来再度撞击小艇，但速度和灵敏度显然不如小艇。伊登的驾驶技术也的确了得，左躲右晃，就是没让"征服号"再次对准撞上。但小艇的动作实在太过剧烈，我和大狙就好像被装进瓶子里拼命摇晃的臭虫一样，苦不堪言。

伊登也好不到哪儿去，动作明显有了迟滞，似乎撑不了多久了。

"铃……"粗暴尖利的铃声响起来，把我吓了一跳。大狙一手托枪，用受伤的手臂在裤袋里摸索出一个手机，立刻接起来："你们干什么去了？什么？好！那就好！靠你们了……"

挂掉电话，他对伊登说："海马杀了老周，他手下有些人知道他要造反，不愿意跟着。这些人要放啤酒桶来救我们。"

伊登回头看了大狙一眼,一直波澜不惊的眼睛里竟然有惊喜之意:"让他们快点!"

啤酒桶?这当口啤酒桶管什么用,临死前喝两杯?还是像《霍比特人》里面那样跳进桶里肉搏?我起先觉得纳闷,但随即一个念头猛地闪过。

不会吧?他们连这个都有吗?

过了大概五分钟时间——在这漫长的五分钟里,小艇中了两弹,其中一颗子弹是擦着伊登的座椅飞过去的——大狙的手机又响了起来。挂断电话后,他兴奋地大声道:"释放成功了,啤酒桶的摄像机开始工作,他们正在设置,画面三十秒内输出到我的手机上。"

"好!"伊登的声音也夹带着按捺不住的兴奋,甚至有些颤抖。

摄像机!看来我的猜测没错。这伙用AK-12的海狗,装备果然顶级,也不知道是哪个金主撑腰的。我瞟向大狙的手机屏幕,上面起先是一个绿色的进度条,三十秒过去后,进度条长度为零,画面立刻变成了一个空中鸟瞰的实时监控摄像画面。现在是夜视画面,蒙着一片惨绿色,不算清晰,还时不时有白色的噪点闪动,但总体上能看清楚海面上发生的事情。

摄像机从甲板上升起,看甲板上的构造,是和我们的小艇相同型号的一艘艇。摄像机离甲板越来越高,可以看到甲板上站了一个人,手上拿着一个半个手提箱大小的方形物体,应该是飞行器的遥控仪。他抬头看着镜头,确认飞行器在半空中运转正常后,便钻回了艇舱内。

随着飞行器逐渐升高,镜头拍到了那附近有许多类似的小艇,我大致数了数,居然有二十多艘。这些小艇此刻处于一片混乱之中,有些居然正在互相交火,有些则在互相撞击。很明显,这些小艇原本都是伊登的部下,海马杀死老周正式反叛后,一部分小艇依然忠于伊登,于是一场内讧不可避免地爆发了。

飞行器迅速飞过了内讧区域,在越过了十几艘摩托艇后,来到了一艘三层私人游艇的上方——它找到了"征服号"。

我预想的画面出现了。如同射击游戏中的场景一般,屏幕的下方射出两条由一团团圆形的火球组成的火线,直接对准"征服号"扫射。"征服号"上被扫射到的地方,要么火花四射,要么立刻出现黑色的圆洞。艇上的人被打得措手不及,几乎立刻调转枪口朝着镜头所在的方向射击。

突然，我听到自己所在的小艇后方 M3 冲锋枪扫射的声音中，夹杂着另一种奇怪的声音。

"咚咚咚咚"，像是棒球棍结结实实击中棒球棍的响声，而且极其密集。

我把眼睛从手机屏幕上移开，望向小艇的窗外。现实战况，比手机里的惊心动魄一百倍。

火光照亮黑夜中的海面，"征服号"私人游艇华丽、紧凑、流线型的船身在海上沉浮着，在它的右后方，悬浮着一个小小的剪影，毫不间断地喷吐着赤红的火光，仿佛地狱的入口打开了。火光吞噬下，"征服号"游艇冒出耀眼的火星和滚滚的浓烟，船身上漆黑的洞眼越来越多。

小小的剪影，远看确实很像一个啤酒桶，不过啤酒桶只是它的底座，其上还有一个倒过来的、出头的"山"字结构，有点像一个无头机器人。"机器人"腋下的两个枪管正在不断地吐出火团，像要一点点烧毁庞大的对手。

顶级军用无人机，果然名不虚传，绝对不是"大疆幻影"那种货色所能比拟的。它的全称叫"汽油动力微型飞行器"，英文简称 GMAV，外号"飞翔的啤酒桶"。

这是由 A 国霍尼韦尔公司生产的新型无人机，它的速度达到了每小时 70 公里，主要功能是情报传递——它的头部装载着一个摄像头供实时传输影像。除此以外，它也装备了对地打击系统。在最初的版本中，啤酒桶可以携带一枚三公斤重的精确制导炸弹。后来霍尼韦尔公司根据用户的意见，对它进行了改造，使之可以装载遥控发射的小型双管机枪。

而我面前的这架"啤酒桶"就是改进版。

以这样的顶尖军用设备打击一艘民用私人游艇，无异于一场屠戮。火光几乎照亮了百里内的大海，将夜幕下的船身映得惨白一片。"征服号"上的人全都调转了火力，拼命向半空中的啤酒桶射击，但毫无用处。仅仅过了两分钟，"征服号"已经是遍体鳞伤，它的船体开始摇晃、倾斜，发出了"吱嘎"的解体声。游艇上的人自顾不暇，完全放松了对我们的追击，小艇乘趁此机会与"征服号"之间拉开了大约五十米的距离。

我庆幸能够逃过一劫，心里却轻松不起来。这种居高临下、完全压制性的打击，太残酷了，愈发显得人命如蝼蚁。这时我却听到大狙对伊登冷冷地说道："伊登，靠上去，我把他们都干掉！"

疯了吗？活着不好吗？我心里暗骂。而伊登只是在驾驶位上"嗯"了一声，似乎正中下怀。

小艇急速掉头，直面"征服号"全速驶去。五十米、四十米、三十米……两者之间的距离越来越近，可以看到"征服号"甲板上的火力已经很稀疏了，上面的人或死或伤或躲，仅有的几束枪火在猛烈的迫击下像易折的嫩茎，往天上爬不了多远，就被暴力拧断。这时，忽然传来"轰"的一声巨响，比任何武器的声音都要大。

"征服号"的油箱被击中了。猛烈的爆炸吞没了甲板，橘红色的火焰冲天而起，火光中，有疯狂扭曲的人影，海风送来了他们的号叫声。声音渐哑，扭曲的人影倒下不动了。

眼前的世界模糊起来，耳朵里只剩爆炸后的嗡嗡声。耳目混沌之时，大狙猛地推了我一把："大厌头，杀啊，跟着我杀啊！"说完，他从窗户钻了出去，站到小艇的甲板上，随即传来 AK-12 标志性的"突突"声。

熟悉的枪声震醒了我，我望向大狙枪击的方向，是几个从游艇上落水的人影，正在海浪里一浮一沉。大狙的执念，就是"把他们都干掉"，因此他毫不犹豫地痛打落水狗，一边射击，一边发出兴奋的号叫，很像月圆之夜的狼。叫到兴奋处，他猛地转身，把枪口对准了我。

"大厌头，给我杀！"

我掉过脸，根本不想理他。谁知他立刻钻回舱内，用枪指着我的脑袋，喝道："去给我杀！"

他的脸上倒映着火光，眼睛里是失控的狂热。我觉得非常恶心。可是我实在不愿意不明不白地死在这里，只好端着枪钻出天窗，站到前甲板上，直面正在燃烧的"征服号"。

豪华游艇四周的海域，现在飘满了木屑、塑料、残肢，和完整的尸体。血花在海面上拉伸，渐渐连到一起，形成了一面完整的血幕。天上的云有时经过，黑黑的影子倒映在血水上，更添了几分血腥气氛。

这么乱的视域，往水里随便打几枪就行了。我略松了口气，瞄准漂浮的泡沫箱子，正欲扣扳机，大狙拍了拍我的肩："那里还有个动的，你给我杀，快！"

我顺着他的指示望去，大概离小艇六米开外，水下有汩汩波动，还有模糊的影子，似乎是谁在游动。后脑勺顶上了硬梆梆的东西，我眼角余光扫过，是大狙的枪口。阴魂不散。

我只好抬起枪，随便往水里打了一梭子。

枪声响过，水中的声音和影子都消失了，但没有东西浮上来。没有尸体，也没有活物。

虽然我打不中，但水面就这么大，不至于消失啊。我探身往水里看去，大狙也察觉到异样，同我一起查找动静。忽然间，身后艇舱驾驶位上的伊登尖声叫了起来："金眼狗！在那里！"

她的语调中充满了恐惧、惊怖，可我四下打量着水面，就是看不到到底是什么东西让她会有这般表现。

"你们脚边！左边！"伊登的叫声又响了起来。

我往左脚边看去，终于看到了那个让我汗毛直竖的东西——

一个惨白的人头，就在我脚边，抬起脸来对着我冷笑。

火光忽明忽暗，映得那笑脸分外阴森。

这时伊登把船上的灯转了过来，我终于看清，那其实是一个人，两只手扒在甲板边缘，只把头探了出来。湿淋淋的长头发在脑后扎成了一个小辫，鼻梁上还架着副墨镜。海水不断地从额头滴下来，把他棱角分明的脸泡得更加惨白。那种白有些不正常，是石头一样的灰白，像是在福尔马林里泡了几年。恍惚间，我觉得这张脸可能是用石头雕刻出来的。

"突突突突！"我还沉浸在惊骇里，大狙却已经开火了，正对墨镜人的脑袋。但枪口的火光刚刚亮起来的一瞬间，墨镜人消失了。甲板上空留两块手形的水渍，乌黑，诡异地往下滴着水。

大狙一把抓住我的左胳膊，把我往艇舱里拖。他的力气极大，我还听到他粗重的喘息声——墨镜人似乎让他极度紧张。

钻回艇舱后，大狙用力将天窗关闭，然后上前拍了拍显然惊魂未定的伊登："竟然碰到了这个阎王爷。快点走啦。"伊登深吸一口气，"嗯"了一声，开始调转小艇的行进方向。

这时，我忽然听到"哗"的一声，似乎有什么东西破水而出。我循声把头扭向左边的海面上，却没有看到任何东西。紧接着听到"咚"的一声，似乎有什么东西落在小艇的顶板上，整艘艇都为之一沉。

CHAPTER 08

断魂船

DUAN HUN CHUAN

大狙几乎是立刻就端起枪往顶板上射击,一边狂扫,一边癫狂地大叫,和伊登一样,声音里都是恐惧和惊怖。这情景看得我目瞪口呆。不知道这艘小艇的顶板是什么材料制作的,如果是子弹打不穿的材料,就意味着整个艇舱内部会变成流弹乱飞的移动棺材。

幸好,伴随着枪响,顶板上出现了许多弹孔,月光顺着这些弹孔透了进来。伴随着月光一起进来的,还有弹孔边缘滴下来的鲜血。

这样的战果,也没能让伊登和大狙的脸色缓和一点。看来他们丝毫都不觉得枪击能够置对方于死地。大狙仍毫无目标地扫射着顶板,突然,一条惨白的、鲜血淋淋的胳膊从他背后的窗子伸了进来,乌青的手指猛地掐住了他的喉咙。

大狙狂躁的叫声和粗重的喘息声在刹那间就消失了,连喉咙里的"咕哝"声也没有发出来。他的眼睛瞬间变得血红,颈骨也咯咯作响。那乌青发紫的指尖压住了大狙的颈动脉,他迅速陷入昏迷,脸色也变成了极为骇人的紫红色。

伊登大叫:"姓林的,你快开枪啊!他是沈和的人,就是冲着你来的!"我迟疑地端起了枪,突然看到大狙背后的窗外,墨镜人那张惨白的脸倒着探下来。隔着黑黑的墨镜,我能感受到他的两只眼睛直勾勾地盯着我看。

我颤抖着把 AK-12 举起来,枪口对准了他的脸。

"嘿,你以为打仗是打鸟吗,轻脚猢狲?"

他这句半生不熟的象山话一出口,我顿时就愣住了。

最遥远的回忆被勾了起来。

这辈子居然还能听见这句话，这不可能，绝对不可能！面前这个男人是谁？他到底是谁？

我看着他，想把面前这张扭曲的脸与记忆中那张我无比珍视的脸联系起来，但做不到，根本做不到，这两张脸绝对没有任何相似的地方！

不会是他，绝对不会！不会的！我的内心疯狂地喊叫，但手指再也无力扣动扳机了。

窗外那张半人不鬼的脸上浮现出瘆人的微笑，我忍不住浑身剧烈颤抖起来。不久之前，在象山老家的供桌上，我看到了一排同样的笑脸。

为什么会笑得这么像？

"你是谁？你到底是谁？"

我话音未落，只听一阵"啪啪啪啪"的枪声，大量子弹从墨镜人身后斜45度角的方向打了进来。刹那之间，艇舱里一片狼藉。子弹射入时击碎的玻璃碴和坐垫里的海绵在整个舱里飞溅着，就好像原本清澈的一缸水被搅得一片浑浊。

墨镜人的反应速度十分惊人，他迅速放开昏迷不醒的大狙，整个人缩回顶板上，然后从顶板另一端跳入水中。

我回过身看向另一侧的窗外，墨镜人入水的地方泛起一条红色的血迹。随即，他的脑袋又探出了水面，冷冷地看着我。此刻他的脸色更为惨白，我想我的脸色也好不到哪去。突然，他又冲我露出了刚才的微笑，然后迅速消失在海面上。

空中射来的子弹并没有停歇，少了墨镜人的阻挡，艇舱受到的攻击更猛烈了。我吃惊地看到，向小艇射击的居然就是啤酒桶。此刻它正悬挂在小艇外的斜上方，身上的指示灯不停地放着红光，像一艘搭载火药准备入侵的UFO。

伊登左手握着方向盘，操纵小艇飞快地转向奔驰，右手拿起手机，大叫："喂，你发昏啦！我让你杀掉金眼狗，你对着艇舱里射击干吗？"

我眼睁睁地看着啤酒桶应声在空中调整姿势，但并不是对着墨镜人消失的水域，而是将枪口压低。

直接对准了伊登。

我刚要出声提醒，伊登早已发觉异常，矫健灵敏地一跃而出，也跳入海里。几乎在同时，驾驶台被啤酒桶完全打烂，高速行进的小艇立刻失去了控制，翻转

着向前急飞而出。我只觉得天旋地转，有如被投入滚筒洗衣机甩干的一条鱼，全身不停地撞击艇舱里的钢板、座椅，恍惚间听到了骨头爆裂的声音。

枪声持续不停，舱内冒起了滚滚浓烟，我感觉小艇随时可能爆炸，心里只有一个念头："我要死了！我不想死！"在这短短的几秒钟里，对于死亡的剧烈恐惧攫住了我的心。我不顾一切地抓住所有出现在手边的物体，想要维持平衡，但无济于事。最后的知觉，是脑袋重重地砸到了什么东西上……

不知过了多久，我在僵硬和疼痛中恢复了意识。眼睛无论如何也睁不开，身体也动弹不了，整个人陷在起起伏伏的黑暗里，感觉像是被凝固在巨大的果冻里，瘫软无力，无法挣扎。

耳边渐渐响起了马达声，声音越来越大。我拼尽力气，终于睁开了眼，从梦魇里醒来。已经是白天了，阳光直射在我身上，伤痛处渐暖，似乎不那么难受了。我往四周看了看，这里应该是钢铁铸件构成的甲板室，玻璃窗上沾着水迹，折射着太阳的光晕，清新而有活力，像是小学时刚刚做完大扫除被擦干净的玻璃窗。

"大厌头，醒啦？"

大狙的声音从我脚底下响起来，我撑着抬起头，他就坐在我对面，背靠着墙，换了一身灰色运动服，头上缠了干净的纱布，左胳膊打了石膏，用三角巾吊着。整个人也是一副被大扫除后的干净样子。

如果不是嘴巴里叼着的那根烟，他看起来完全就是一个放暑假不小心摔断胳膊的初中生。

我想问他这是哪里，新船哪儿来的，我们是怎么脱困的……但是见他似笑非笑地看着我，轻蔑的神情从眼角、嘴角满满地溢出来……我忽然很不想理他，干咳了一声，坐起来看风景。

白天的大海十分宁静平和，海水碧蓝，浪花雪白。但看不到陆地，也见不到岛屿，目之所及，只有船尾的白色浪花向两边飞溅。太阳被顶棚挡住，我也辨认不出方向来。

如果是正常路线，开了一晚上，按理早应该回上海了。我们要到哪里去？是转向另一片陆地，还是往大洋的深处？难道要去他们的海盗老巢？

胡思乱想间，我忽然发现刚刚欣赏过的那扇玻璃窗有些异样，左下角有一块没有擦干净的污渍，细看过去，竟然是一小点血迹，而且色泽殷红，似乎是刚刚喷溅上去的。

我心头一紧，连忙抬头四顾，发现这个船舱很干净，墙壁、地板上都有被清洗过的痕迹。

真的是大扫除了一遍。那么这里杀过人吗？这艘船是海盗杀人之后劫持的？我觉得背上隐隐有冷汗冒了出来，如果真是这样，杀人劫船的过程，是不是就在我昏迷的时候，在我身边发生的？

正心神不宁，大狙忽然把一样东西扔了过来，正好砸在我的额头上："看看啦！比你想象的都要刺激啦！"

那样东西很小，也不重，但大狙的手劲太大，还是把我的额头砸得生疼。我耐着性子低头捡起来，仔细一看，居然是一小截断指，还带着指甲。

我触电般将断指扔在了地上，抬头怒视大狙，试图掩盖刚刚的慌乱。大狙其实已欣赏过我的反应，脸上露出了满意的笑容。

我有些恼羞成怒，正欲开口骂娘，甲板室的门"砰"地打开了，进来一个穿迷彩服的少年，看起来和大狙差不多年纪，瘦瘦小小，迷彩服穿在他身上松垮垮的。他径直朝大狙走去，板着脸说了句我听不懂的话，应该是在交代什么，然后就走了。

"准备准备，该坐直升机上军舰了。"大狙兴奋地搓搓手。我吸取了刚才的教训，面无表情地继续瞪他。他见状白了我一眼，站起来走出甲板室。我也跟着他走了出去，离开了全是二手烟的狭窄空间。外面气温不高，海风吹来十分清爽舒适，我估计体感温度不高于28度，同纬度的陆地上大概会在30度左右，而这个时节上海最高温只有25度。所以船是往南开的，百分之九十的可能是往东南亚去。无论如何，是离海盗窝越来越近了。或者说，是离我的家人越来越近。

我想做点救人的打算，但毫无主意。大狙已从拐角处的楼梯下去了，我不想离他太近，就地靠在了栏杆上。他这类会格斗的人反应都非常机敏，眼风锐利得很，我做什么打算他都能第一时间察觉。我观察了一下，自己应该是在桥楼的第二层。现代船只在甲板上前、中、后各有一个围蔽建筑，分别是船首楼、桥楼和船尾楼，其中桥楼是最重要的，驾驶室、船员起居室、救生艇和雷达一般都会安放在桥楼。他们放心地把我扔在桥楼，也没有捆绑或拘禁，显然是……非常看不起我。

呵呵，那我正好扮猪吃老虎。

Chapter 08 断魂船

从二楼看出去，能够看到整个甲板上的大致情况。这应该是一艘远洋渔船，而且是一艘典型的竿钓渔船，全长大约六十多米。船尾楼变成了钓台、鱼饵箱安放的地方；桥楼和船首楼之间的前主甲板平台上布满了起货机、自动竿钓机还有送鱼传送带，总之是全套的捕鱼设备。这要么是艘十分规矩的渔船，被伊登他们劫持了，船员生死不明；要么，是伪装得非常好的海盗船，可以骗过任何国家的海警，这样的话，船上应该有一些假扮船员的成年海盗，更不好对付。无论是哪种可能，都说明这伙海盗行动力成熟，心狠手辣。

明明是一群小孩，何至于此？

我不由自主地搜寻伊登的身影，很快就找到了。她一身红衣，在前主甲板上非常显眼，手里拿着一部接收天线大得夸张的卫星电话，不停地走来走去打电话。在她身边，有五个十六七岁的少年，也都穿着迷彩服，手上都有家伙，三个拿着AK-47，两个拿着AK-12。这时大狙从我正下方走过去，站在伊登身旁。一个少年扔给他一把AK-12。他专心看着伊登，似乎并不关心我的动向。

没看到成年海盗的身影，我觉得他们劫持渔船的可能性大一些。于是我动了动心思，打算等会儿再下去，先看看这层其他起居室的情况，找找原来的船长和船员。他们被绑甚至被杀是显而易见的，但或许有一两个活口，或者航海日志，能提供点武器和位置线索。

透过窗户，可以看到舱室里空空如也，很多床铺上凌乱不堪，脏兮兮的被子和枕头胡乱堆放着。有些床铺上有大片的污渍，但光线所限，我看不清是不是血迹。阵阵海风吹来，我的鼻子里灌满了熟悉的鱼腥味。但……似乎还带有另外一种味道。

我又往前走了两步，伊登尖利的叫声忽然响起来："你给我下来！"我心里一慌，循声望去，只见伊登喊完这一嗓子就继续打电话，丝毫不再理会我。她身边的五个少年都抬头看着我，大狙索性不耐烦地把AK-12的枪口瞄准了我，用嘴往甲板上努，意思是我不下来他就开枪。

嗤，费那么大力气去岛上救我，从海里救我，我倒不信他现在真能开枪打死我。

正打算不予理会，大狙猛地开枪了。我本能地蜷起身子，枪响了两声，停住了。我小心翼翼地直起身，看到身后的甲板室墙壁上出现了两个弹孔。

甲板上的那群少年爆发出一阵狂笑，就好像看到耍猴的一样。而我只能压抑着心头的怒火，顺着铁制的梯子缓慢地往下走。话说……伊登刚才制止我，或许说明桥楼上有不能让我看到的东西。趁梯子挡住视线，我迅速抬头向刚刚中枪的位置看去，果然看到驾驶室就在正上方一层，透过玻璃能够看到一个穿着蓝色衣服的中年人站在船舵前驾驶。这个中年人的脸色有些不大自然，阳光下白惨惨的，满头是汗。我猜想，他身后正有一个伊登的同伙在用枪指着他。

我下到前甲板平台上，这里鱼腥气更重，边边角角里还能看到鱼下水和一点点银光闪闪的鱼鳞。所有人都一言不发，站在原地不动。只有伊登一边走一边打电话。她说的是英语，很纯正的美式发音，语速很快，我只能大致上听懂她在说什么。

"计划不变，你放心……海马以前野惯了，不服我管束也正常……他应该会自己回老家去……军舰上没问题，你放心……不会，当初我招人的时候就比较注意，没有全部招来自一个地方的海盗，所以海马造反最多也就影响十几个人……我知道，不会耽误的……"

说到这里，伊登挂断了电话，看了我和大狙一眼，然后用英语问大狙身边的一个手下："直升机到哪儿了？"

那人用十分蹩脚的英语回答："还有二十分钟。"

伊登点点头："让班邦下来吧。"

那人立刻举起手上的 AK-47 朝天射击，眼睛看着驾驶室的方向。我顺着他的视线看过去，驾驶室的窗户上，除了驾船的中年人外，出现了又一个穿迷彩服的少年，应该就是伊登说的班邦了。他看起来比甲板上这几个更小些，模样老实乖巧，黑黄的小圆脸像颗小土豆，可惜嘴角叼着一根烟。

开枪的少年对班邦做了个"过来"的手势，班邦点点头。紧接着，我听到"砰"的一声枪响。驾船的中年人满是冷汗的头应声被打爆，鲜血混合脑浆喷溅在驾驶室前面的玻璃上。扭曲的脸起先被子弹的冲击力摁在玻璃上，之后随着身体的瘫软，脸也慢慢滑下去，在玻璃上抹了一道红中带白的轨迹，最后消失在窗下。

这不是游戏，他们不是孩子，我的家人救不出来了。

我心灰意冷地看着那一摊血迹，多么希望噩梦就此醒来，可是伊登不放过我。她不知什么时候来到我身边，凑近我耳边轻声说："龟仙人大叔，作为一个军迷，你不会没听说过断魂船吧？英文叫'Killing Vessel'。"她语气轻松，嘴角挂着微笑，好像在说一件八卦。

冷眼看着她，我忽然发现，这是第一次，我对她的惧怕大过对她的恼怒。

我怎么能相信海盗的承诺，心心念念和海盗做交易呢？愚蠢。自古以来和魔鬼做交易的没有一个有好下场。

伊登不理会我的冷脸，继续用谈论八卦的口气说：" 我们做海盗的，有时候要上岸，但又不可能大摇大摆驾驶自己的船进港口。于是就劫持一艘渔船或者货船，将船上的人杀光，最多只留下一两个活口帮忙驾驶船只，应付各种盘查，这种船就叫'断魂船'。"

其实我早已猜到，只是一直在逃避，不敢直面事实而已。现在听到伊登亲口说出来，那理所应当的口吻，见怪不怪的模样，实在让我作呕。

伊登看到我的样子，脸上露出了得意的笑容：" 看样子大叔你不知道啊。这艘船上有冷柜，本来是用来冻鲜鱼的，鲜鱼自然都被我们扔了，冷柜现在被我们用来冻尸体……"

"别说了！"我怒道。我的愤怒却引来了魔鬼们的大笑，大狙他们还是一副看耍猴的样子，伊登也"咯咯"地笑个不停。她一边努力地止住笑，一边把一副背带扔到我脚下："好了，不吓唬你了。把这个戴上，是做什么用的你应该知道。待会儿和我们一起回军舰上去。"

地上的东西，是一团类似"背背佳"的带子，大狙他们都已经套上了。我认出来，这是 SPIE——特种巡逻投放撤离绳索，一种用于执行直升机人员吊离任务的带子。穿戴在身上后，背上有一个"D"字形的吊钩，直升机上垂下的锁具上的钩子挂在上面后，就能将人员吊离地面。这里甲板面积过小，直升机不可能降落，采用这种方式撤离人员，是最理想的。

这群人居然用正规海军陆战队的标准方式来进行撤离。

我收回目光，冷冷地问："我什么时候能看到他们？"既然都到了这步田地，就算是和魔鬼谈生意，也要谈完，能多走一步是一步。

伊登打量了我一眼，说道："想要见到他们，你只有跟着我们走。你现在还有一个选择：留在这艘船上，和冷柜里的尸体为伴。这里已经是公海，而且不处于国际航运线路上。你运气好的话过几天就能被别的船只发现，然后回到陆地上去。不过那些人，你这辈子休想再见！"

直升机螺旋桨的声音传来，远方天空中出现了一个黑点。不久，一架直升机出现在这艘断魂船的上空。伊登挑眉看着我,目光里都是挑衅。无奈,我只好把绳索套到身上。

过了一会儿,直升机垂直悬停在渔船的正上方。我眨了眨眼睛,难以置信,这居然是一架 SH-60 海鹰直升机。伊登这伙海盗不单拥有顶级的单兵装备,还拥有军用直升机这样的重型武器!

而且,SH-60 海鹰是舰载直升机,它是搭载在军舰上的。先前我老是听伊登和大狙谈到回军舰上,但不以为意,因为据我了解,在海盗中,"军舰"是一种黑话,指的是海盗的据点或者老巢。但现在看来,这群海盗可能真的拥有一艘军舰!

他们拥有的是怎样的军舰? SH-60 海鹰可以搭载在许多军舰上,比如 B 国的"日向级",还有前两年炒得很火的"出云级"准航母。但我倾向于认为,他们更可能拥有一艘已经退役的军舰。再不靠谱的政府或者军工企业,也不可能让一艘现役顶级军舰落入海盗手里吧?

我的家人朋友,会被转移到军舰上吗?

大约半小时后,我、伊登、大狙,还有另外六个海盗,如同一串大闸蟹一样,被挂在直升机的下方,向大洋深处急速飞去。

直升机不再攀升后,海盗们忽然出现了一阵小小的骚动。我不明所以地看过去,大狙手里正拿着一个起爆器,其他人一脸兴奋,口里嗷嗷叫着。我对这个起爆器太熟悉了,军事游戏里俯拾即是——C4 炸药引爆器。他们是想……炸直升机?还是等会儿炸军舰?都不可能啊……

正猜测间,忽然听到"轰"的一声巨响破空而出,声浪几乎把我的耳膜直接洞穿。我目瞪口呆地往爆炸声响起的方向看去,如血夕阳的照耀下,平静的海面上炸开了一个巨大的火球。伴随着这声惊天动地的爆炸声炸开的,是少年海盗——不,少年杀人魔的欢呼,他们兴奋地叫喊着,就如同足球运动员漂亮地踢进了一个球一样。

爆炸接力般发生,根据方位判断,大狙是把炸药安放在了船舶燃油系统的几个舱室上,包括燃油舱、沉淀柜、日用油柜、燃油输送泵等,因此每一次 C4 炸药的爆炸都能带起燃油的爆炸。最终,这艘巨大的远洋渔船化成巨大的火球,缓缓地没入血红的海水之中。

我看着这残酷的一幕,心中又惊又怒。即便这里是国际水域,即便这里不是国际航运路线，很少有船只经过，但如此肆无忌惮地在大白天残杀船员、引爆船只，这些海盗的做法只能说是：丧心病狂、有恃无恐。

对，有恃无恐！难道他们的背景已经深到可以如此无法无天了吗？还是我过于天真，在治安良好的中国长江三角洲地区生活惯了，对海盗世界、对处于无政府状态的国际海域的险恶太没有概念？

盛大的地狱焰火被海水吞没的那一刻，伊登对我大声说道："林济苍，恭喜你，你马上就要脱离凡夫俗子的生活，进入大海深处了。那里有许许多多的怪事，是你以前从来没见过，甚至是想也想不到的！很刺激，不要退缩。大海是很美的，你只要进入一次，它就会永远召唤你！"

我理都不想理她。

但很快我就意识到，伊登说得一点儿都没错。我所要领略的新世界的确是从前那个平凡的我所不能想象的。三天前的我，哪怕穷尽想象力的极限，也不会意识到自己的人生中会有这样一段经历。这是一个永远也无法事先料想的噩梦。

即使是现在，就在我写下这段文字的时候，满身的伤痕隐隐作痛，那些造成这些伤痕的怪物和妖孽，让我仍然忍不住浑身颤抖、彻夜难眠。

CHAPTER 09

QU ZHU JIAN

直升机向前飞着，天渐渐开始暗了下来。伊登、大狙等几个人挂在特种绳索上已经睡着了。

海面上异常平静，像镜面一样，能够清晰地倒映出我的影子。我好奇地向海中张望，想看看现在的我究竟是一副怎样的尊容。

我如愿看到了自己的样子：一张非常憔悴的脸，胡须已经老长，身上依旧是那身从象山回到上海时所穿的衣服，汗臭味和在鳄鱼潭中沾染到的腥臭气不断蒸腾发散。

我死死盯着自己的脸，眉毛、颧骨、鼻尖……每一处，都对应着家人的基因。我和哥哥长得不像，他像妈妈，我像爸爸，但外人总说我们俩一看就是亲兄弟。或许是因眉眼间的气质，或许是因调动表情时肌肉的走向。我对着如镜水面，不自觉地做了个微笑的表情，却被倒影吓了一跳：供桌上那排遗像、墨镜人惨白的脸，突然都重叠到这个笑脸上。

就在这时，水中的倒影忽然开口，用极为阴森的语气说着："我才是你，你拥有的一切都应该是我的，我才是林济苍，我才是……"

我惊恐地移开视线，却看到伊登、大狙他们挂在特种绳索上都垂着头和四肢，身体随着海风摆动，就好像垂挂在同一棵树木上的几具尸体，似乎连气息都没有了。我忍不住叫道："伊登……大狙……"声音怎么都大不起来。

我闭上眼，再睁开眼，水里的人还在诡异地笑着。我忽然反应过来，那件从象山穿到上海的衣服，我早就撕成一条条给大狙绑上止血了。

这一定是做梦，一定是……我挣扎着，用尽全身力气，大叫："伊登！大狙！"终于醒了。

一颗子弹从下方直击我的额头，彻底把我打清醒。我低头一看，是下方的大狙扔上来的。

"喂！你干什么？"我不满地怒视他。

"春梦做醒啦！叫得那么大声。"班邦用蹩脚的中文说了一句，几个少年海盗哈哈一阵大笑，笑声中满是猥琐之意。

"龟仙人大叔，我有男朋友的，拜托下次做梦的时候换个幻想对象。"头顶上，伊登淡淡地说道。我想起刚才做梦时大声呼唤过她的名字，脸上一红，但也懒得去解释什么。

最后一线晚霞将白云染成了血红色，海面上倒映出这些血红色的云朵，我不禁想起墨镜人消失时海面上泛起的那些血花。就在我们左前方，一艘军舰巨大巍峨的身影矗立着，随着波涛起伏。

"好了，孩儿们，到家了！"伊登一声清脆的呼喊，引起大狙等人一阵欢呼和口哨。我虽然早就做好了见真军舰的心理准备，但真的看到如此一艘庞然大物时，内心还是非常震撼。

我仔细地辨认这艘军舰——长长的桥楼，分成两个部分，后部呈三个层次的阶梯状结构，其中最靠近桥楼的一层最高，而且这一层平台上刷着的油漆告诉我，这明显是个直升机停机坪。尤其让人印象深刻的，是船体中部伸出的那根由两个六角形椎体上下倒扣所构成的一体化隐形桅杆，这东西充满了科幻感，乍看上去会让你觉得这是《红色警戒》之类的游戏里才会出现的武器，说不定什么时候就会像花朵一样打开，露出里面的花蕊——其实是导弹，然后飞向你的鼠标在屏幕上所指点的位置。但这其实是 A 军 1997 年开始在军舰上使用的技术——全封闭桅杆探测系统。

这是一艘 A 国"斯普鲁恩斯"级驱逐舰！

这一级别以 A 军"中途岛战役"指挥官名字命名的军舰，在 1975 年建造了第一艘，到 1983 年总共建造了三十一艘。从 1998 年开始，"斯普鲁恩斯"级驱逐舰陆续退出现役，到 2005 年全部退出现役。从公开资料来看，这三十一艘军舰中，

二十五艘成为靶舰，被 A 国人用自己的导弹或其他武器击沉；四艘拆解，也就是大卸八块变成了一堆废铁；一艘充当了武器实验船；还有一艘充当了人工鱼礁。

现在看来，公开资料里说的不全是真的。

作为资深军迷，我对"斯普鲁恩斯"级驱逐舰的各项性能参数都能倒背如流，知道这种军舰的最大作用是作为 A 军航母编队中的反潜主力。但我想不通的是，伊登这些人，或者伊登的幕后大老板究竟是通过什么手段搞到这样一艘 A 国军舰？而这样一个十分招摇的庞然大物，又是如何获取补给和维修的？它总要靠岸补给，但它出现在任何一个港口，都一定会引起轰动，甚至给军舰上的这群海盗崽子们惹来大祸。当然，供养如此一艘军舰，其花费之大也不是普通人所能想象的，不过这一点对于伊登的幕后老板来说，是最不成问题的。

直升机逐渐接近，我引颈望向舰首船舷处，想看一下军舰的舷号，以此判断这艘军舰的来历。如果舷号是 963，那么就是"斯普鲁恩斯"级驱逐舰的首舰——"斯普鲁恩斯"号，它应该是在 2006 年被作为靶舰，在 A 国西海岸被一枚"鱼叉"导弹击沉的；如果舷号是 968，那就是"亚瑟·W·拉德芙德号"，它应该是 2011 年 8 月在德拉威尔附近搁浅，成为人工礁石了。

不出所料，该有舷号的地方一片空白，和其他地方一体是灰白色。这艘军舰的经历被掩盖起来了，成了一个谜。

除此以外，我观察到，这艘军舰上一些重要的武器都不见了。比如，舰首和舰尾的两门 MK45 型 127 毫米舰炮都不见了，应该安装舰炮的地方如今被钢板焊缝了起来。舰尾的"海麻雀"MK29 导弹火控雷达发射器也没有了踪迹。船体中部那个充满科幻感的一体化隐形桅杆估计也就是个摆设，里面最多有一些通信天线，雷达天线很可能也被拆卸了。桥楼倒是有一挺 12.7 毫米机枪。看来这艘军舰上海战武器都被拆卸了，不过这些武器对于海盗而言也没什么用，他们恐怕也操作不来。

在世界军事史上，退役军用船只落入有钱人或者财团手上的事情不乏先例，最为著名的莫过于 E 国的"明斯克"航母。但那也是在军方将整艘船只几乎拆成一具空壳后才交付给买家的，现在也只能停泊在港湾里充当主题公园。像这样只拆除了主要武器设备，保留动力系统甚至还留下一架直升机，获得者还是一帮海盗的事，简直就是奇闻。

兴许这奇闻的背后，还有能够让 A 国那些重量级媒体记者们发狂的丑闻。

直升机飞到军舰后部的直升机平台上方，缓缓下降。我看到，直升机平台的下一层，也就是原本应该安装"海麻雀"MK29导弹发射器的平台上，站了许多人。

在距离平台只有一米多时，几个海盗纷纷自己解开钩子，跳到平台上站稳，我也跟着做了。将我们送到后，直升机并未降落，而是继续升高，沿着刚才的方向往前飞。

"伊登！"

"伊登回来了！"

平台上的人纷纷叫道。这些人和大狙他们一样，也是些少年海盗，穿着迷彩服或者运动服，手上都拿着一把AK系列自动突击步枪。

伊登脸上笑嘻嘻的，从打开的库门进入了空空如也的直升机机库，然后走扶梯来到了机库下面的一层。根据我看过的资料，"斯普鲁恩斯"级驱逐舰的直升机平台和机库下面，应该是军官起居室，是军官们的餐厅和娱乐场所。但等我到了这一层时，发现这里已经经过了改造。一个大的起居室已经被钢材隔成了六个小房间，或者说六间甲板室。这些甲板室的房门有的打开，有的紧闭，从打开的房门望进去，似乎是带窗的宿舍。

伊登快步从两排甲板室中间的走廊走了出来，来到平台上。大狙、班邦他们跟着，我也只能跟着。她一出现，平台上所有的海盗都立正站好，对她行注目礼。

伊登一一扫过手下们的脸，收起笑容，问："还有谁没到？"

一个穿深蓝色运动服的少年答道："博拉克他们的断魂船距离比较远，除了他们都到了。"

"海马呢？"伊登冷冰冰地问。

这句话一出，刚才气氛还算活跃的平台上立刻安静下来。大狙和身边的班邦低声交谈了一下，走上前来对伊登说："在和尚岛海域对咱们下手以后，海马和他手底下十来个人往东南方向去了。已经发了追杀令，赏格100万美元。"

原来沈云杉所在的那座岛叫和尚岛。

伊登冷冷道："100万美元够吗？远洋那几个货色最近都开始玩毒品和军火了，这点钱现在还不够他们在公海赌场上潇洒一次的。提供确切消息，100万美元；把脑袋送来的，500万。"

大狙点点头："好，我这就去办。"说着，转身走进刚才路过的那个宿舍区。

还未走远,伊登忽然对他喊了一声:"让医生给你处理下伤口,还有块弹片在里面!"大狙回过头,呲着龅牙难看地笑了一笑。

伊登回过头,对其他人大声说道:"老规矩,等博拉克到了,点个名,解散!大家都辛苦了,好好休息一下,过两天还有事情要做。我已经和大老板核实过了,这一趟的奖金已经打到各位的户头里,待会儿解散后各自回去查一查。"

一阵口哨声和呼喊声响了起来。

我看着伊登,觉得她不再是陆地上那个狡猾精怪的红衣少女了,而是一个完完全全的海盗头目。

此时天色已经全黑,平台上灯火通明。少年海盗三三两两地凑到一起,抽烟聊天,有的就地坐下,恹恹欲睡的样子。伊登走过来,扔给我一包东西。我拾起来一看,是正规军的单兵自热口粮,包装袋上写的都是不认识的外文。这帮海狗,装备厉害是厉害,但是很杂,各国货掺着用,也不知是出于什么考虑。

我确实饿了,立刻拆开,把自热容器里加上水,趁加热的工夫,把袋子里的饼干火腿等小吃一扫而空。自热饭盒里是鳗鱼饭,还有海苔,味道是不错,但是油水不大。我三两口把东西吞下肚,见伊登已经走开,便悄悄地站起来,四处观察,试图找到其他亮灯的地方,和他们藏匿我家人朋友的证据。但是没有,整艘军舰十分沉静。

我看着身边这些小海盗们,他们千人一面,都是一张凶狠黝黑的脸,精瘦矫健。就是他们,是他们中的有些人,是和他们一样的人,劫持了我的家人,把我推向大海深处、地狱底层。奇怪的是,有几个人时不时会朝伊登那里看上一眼。我隐隐觉得有些不对头,却又说不清楚。或许,在男多女少的海盗窝里,女人总是让他们垂涎吧,哪怕这个美女是他们的头目。

无论是海马与伊登的内讧也好,男海盗对他们女头目的爱慕也罢,我都不感兴趣。我关心的只有一件事。

"他们在哪里?你什么时候带我去见他们?"我按捺不住,走到正在与班邦聊天的伊登跟前,直接问道。

"啊?谁啊?"伊登把目光从班邦身上移开,盯着我,一副完全不知道我在说些什么的语气。但她清澈的目光深处,闪动着一丝狡黠和快意,似乎把我耍得团团转才能令她十分开心,因此她不会放过任何一个耍我的机会。

欺人太甚！我握紧了拳头，眼里几乎喷出火来。班邦察觉出我的异常，伸手就推了我一把："有话好好说，离伊登远点。"

我强忍住怒气，脸上挤出一丝笑容，冲他俩点点头，回身走了两步，猛地回转身，嘴里大喊一声："起开！让你推我！"一脚就蹬在了班邦的胯部。

说老实话，班邦的身手肯定不是我能比的，但他应该没想到看上去很窝囊的我会突然爆发。我这一脚踢得结结实实，班邦大叫一声退了两步就坐在地上。他这种海盗崽子哪里肯吃亏，从靴子里"噌"地抽出一柄寒光闪闪的匕首，站起来就要冲向我。

"班邦！听话！"伊登以训狗的口气喝了一声。班邦顿时站住了，很不甘心地瞪着我，手里摆弄着匕首，似乎是在威胁我。我确实被激怒了，暴跳如雷，冲动地大喝："来啊！有胆子的来啊！看看是谁给谁放血！"

平台上所有人的目光都开始向我这里集中，有些人开始起哄。

"班邦，这谁啊？"

"干掉他！"

"要不要下海单挑？那才刺激！杀完了直接喂鲨鱼！"

班邦眼睛里冒着火，往我这边走了两步。伊登伸出手，按在班邦的肩头，拍了拍，然后冷冷地对我说："你要见的人现在都在南部海域，我们后天就出发去见他们。你赶紧给班邦道歉，不然我这就让人把他们全部杀掉。现在看押着他们的，都是班邦的好朋友。"说着，她从腰后拿出一部海事卫星电话，扬了一扬。我认出来，这就是当初她给船上的"中指猩魔"打电话，让他杀我爸爸时用的那部。

"电话给我，我要和他们说话！"我感到身体在微微发抖。

伊登冷笑了一声，嘴巴里迸出四个字："想都别想。"

有几个海盗崽子开始围拢上来，我甚至听到了拉枪栓的声音。此时的我虽然手无寸铁，但还是一字一顿地说道："我现在要和他们说话！"

"突"的一声，一颗突击步枪的子弹不知道从什么方向打过来，就射在我的脚边，打出了火花。

我右腿本能地一缩，心知这是在警告。但好几天的忍耐、等待，让我的意志消磨殆尽。我的暴脾气，在带着血的海水里沉了几天，最终还是浮起来了。我失去了委曲求全的理智，非但没有让步，反而向伊登走了过去。走了没几步，右腿

腿弯处就被人从后面狠狠踹了一脚,整个人立刻面朝下摔在冰冷的地面上,鼻子立即剧烈地酸痛起来,有液体从中流出。

我想站起来,但根本站不起来。有两个海盗崽子从后面把我狠狠地压制在地上。

"废了他!废了他!"海盗崽子们的声音带着压抑不住的兴奋。

忽然,伊登手上的卫星电话响了起来。我停止挣扎,像死狗一样趴在甲板上,屏住粗重的呼吸,耐心听她的对话内容,也许与人质有关呢。

可惜电话那头的声音听不到,只听到伊登用英文不停地跟对方确认:"嗯,我知道……我能搞定……放心……我知道后果……"

虽然看不到伊登打电话时的表情,但我听得出来,她的语气似乎有些慌张,并且在尽力给对方一个"一切尽在掌握中"的印象。

伊登越到后面语速越快,我的英文水平渐渐跟不上了,只听出她说了好几次"seahorse",也就是海马。

甲板上响起"咚咚咚"的脚步声,似乎有人在走向伊登。随即我听到了大狙的声音。

"阮平的船就在附近,他说海马在他手上,现在要和你谈一谈。好像500万美元他们还不大满意。"

大狙的声音很轻,但还是引起了一阵骚动。

伊登似乎急于应付手上的这通电话,迅速而小声地说:"班邦,你和阮平那伙人挺熟的吧?你去和他说。钱不够可以加,尽快把海马杀掉,老板要看他的人头。"班邦答应了一声,随即脚步声起,和大狙一起离开了。伊登又开始向电话那头表忠心,可能对方就是她口中所说的老板。

我感觉踏在背上的腿放松了力气,试探着动弹了一下,没人管我。我迅速爬了起来,狼狈地擦了擦鼻血。伊登一边打电话,一边冲我身后的海盗使眼色,要他们走开,然后目不转睛地盯着我看,目光充满挑衅,嘴巴一张一合。我看出来她的唇语:"老实点。"

我冲着她啐了一口带血的唾沫,心里很想炸掉这群咬人的毒蚂蚁。

直升机旋翼巨大的轰鸣声由远而近地传了过来,应该是他们等着会合的博拉克一伙来了。军舰停机坪上的双管白色标灯闪烁起来,指引直升机降落。

不一会儿,SH-60海鹰直升机就出现在我们的视野中,下面依然挂着特种绳索。垂吊在绳索上的人随着绳索飘飘荡荡，有如挂在树枝上的诡异果实随风飘动。我一下子想起来之前做的噩梦，心里隐约觉得不太对劲。我下意识地回头，用目光搜寻刚才乱看伊登的几个人。但海盗们都兴奋地聚到一起，我实在辨不出来。

直升机很快就接近了"斯普鲁恩斯"级军舰的尾部，但它并没有向停机坪飞去，而是悬停在我们所在的平台右上方，侧面的舱门对准了平台。

海盗崽子们都面露诧异。这应该不是常规动作，一定有异状。忽然有人叫了一声："直升机下面挂着的好像都是死人！"

平台的灯光照亮了绳索上的人，现在我看清楚了，吊着的六个人的确都已经死了——而且死得很惨，有的脑壳被打掉一半，有的胸口被打烂，有一个只剩下半截身子，血不停地从断了的腰上淋下来。

"博拉克人呢？""挂在下面的那个不是驾驶员吗？"

平台上开始有点乱了，一股不安的气氛开始蔓延。

"龟仙人，你自己当心些。"不知道什么时候，伊登已经走到我的身边，轻声说道。

直升机的舱门忽然打开了，露出门道内轴上安装的勃朗宁0.5英寸口径机枪——如果没有改装的话。改装就更糟了。机枪对着平台吐出了火舌，片刻间，整个平台上火星四溅，伴随着中弹海盗的惨叫。

更乱的事情发生了。平台上有一些海盗端起枪，却未对准直升机，而是对准自己的同伴射击。

事情发生得实在太快，我根本来不及反应。愣了足足有半分钟，我才意识到这群海盗又爆发了内讧，有人劫持了直升机发难，平台内部的叛军里应外合——很可能是海马的同党。我的直觉是对的，那些紧盯伊登的人确实不对劲。

一时间，平台上子弹乱飞，呼喝声响成一片。我躲在一个角落里，注意到一些海盗崽子在右臂上绑了一根红色带子，丝毫不畏惧头顶上的勃朗宁机枪——机枪明显越过了他们——直对着平台上的其他人扫射，看来绑带子的是叛乱方，没绑的都是忠于伊登的人。伊登一方人数占优，但明显被打了一个措手不及，因此死伤惨重。

不过半分钟的时间，平台上已经是血肉横飞，躺满了尸体。这里无遮无挡，海盗们有的直接站在那里向身边横扫，有的趴在地上用尸体做掩护放冷枪，场面十分混乱。

内讧很快升级,不知道是谁扔出了一颗手雷,就在我身前二十米左右的地方爆炸。我能听到碎片从我耳边破空而过的声音,左后方即刻传来了一声惨叫。我回头一看,有个海盗崽子的眼球里深深插入了一块弹片,倒在了地上。

剩下的海盗似乎被提醒了一样,手雷的爆炸声开始四处响起,平台上的厮杀也更加残酷、血腥。子弹"嗖嗖嗖"地在我身旁乱窜,我再不怕死,也不愿意在这里被一颗莫名其妙的流弹干掉。于是我匍匐下来,缓缓向平台边缘前进,想趁别人不注意,寻找机会逃离这是非之地。我回忆了一下,从宿舍区走廊可以通往桥楼,此外,平台下的那面墙上还有一个舱门可以通到宿舍区。我看了一下平台上的战况,想从人不多的走廊逃离。

但我很快发现,这个主意是行不通的。绑红带子的叛乱者早就知道走廊和那个舱门的重要性,因此派了一个人在走廊的入口处守着,并且不时朝平台上打出冷枪。

我进也不是退也不是,在平台上蒙头乱转。忽然间脖子一紧,有人从后面揪住了我的衣领,拖着我就往走廊入口跑去。这人劲道之大简直匪夷所思,拖着我这个体重八十多公斤的人,居然还能快步如飞。我拼命挣扎,终于把身体扭转了过来,可以不再像只死狗一样被拖着,能跌跌撞撞跟上他。在平台上的灯光照射下,我看到了他的左脸——实际上已经很难称其为脸了。

这是一张完全被"熔化"的面孔,如同干瘪的橘子皮一般,粉红色的疙瘩互相粘连,夹杂着黑红的硬痂,似乎是大火烧伤造成的,又像是被腐蚀性液体融化的。尤其骇人的是他的眼睛,有如一只被抽干了水分的枣子,嵌在被融化的脸皮之间。

他拖着我来到走廊入口,把守的海盗却没有阻拦,径直把我们放了进去。我平复了最初的惊骇,开始死命挣扎:"你是谁?放开我……"我死死抵住经过的门把手,不肯再往前一步。谁知道这货什么来头,万一他想杀我怎么办?

狭窄的走廊帮了我的忙,他没法施展蛮力,只能停下脚步,用力把我挤到墙壁上,整张脸凑了过来。

刚才我只看到他左半边脸,如今我看到了他的整张脸,心头又是一凛,一口唾沫呛到了气管里,顿时剧烈咳嗽起来。

这人左半边脸就如同烧化的铁锭,红色的铁水重新凝结后变成了不成形的废铁渣;而他的右半边脸却是一张正常人的脸,脸膛黝黑,略微有些偏瘦,眼睛炯炯有神，看上去很年轻。

两半边对比鲜明的脸拼接在一起，让这人的面庞诡异到了极点，看着让人不安。

他仔仔细细打量着我的脸，忽然笑了起来："嘿嘿，你跟我来，不要挣扎。"他的嗓音配上他的脸，也是十分怪异，是一种机器语音，不像一个活人发出的。

我被镇住了，发不出声音，也动不了，只能不停咽唾沫。他见我没反应，又说："我不是伊登，伊登看中的是你这个人，我只看重你身上的血。"

你比伊登还可怕好吗！没有血我还能活吗！我怒视他，一字一顿地问："你是谁？"

"我叫海马。"

不等我惊呼出声，海马一把卡住了我的喉咙。在那一刹那我只觉得颈动脉都被他压闭了，顿时头晕目眩，几乎要昏厥过去。海马随即狠命把我往前面一推，喝道："往前走！"

颈动脉被压闭会造成大脑缺血，虽然只是片刻，但还是让我一时间十分难受。此时我只觉得眼前冒金星，思考都有点困难，但腰上明显能感觉到有东西在抵着——不是AK-47就是AK-12，我只好跟跄着往前走。

走廊细长，不知他要把我押到哪里。我尽量拖延着慢慢走，希望能遇到伊登的人。果然，走过了几个舱门后，听到前方有脚步声传来。我引颈望去，两个身影迅速沿着走廊朝这里跑来。是大狙和班邦！

海马也看到了，他立刻打开离我们最近的一个舱门，想要把我塞进去。我装作腿脚不稳的样子，故意在地上摔了一跤，试图拖延时间——大狙和班邦虽然也不是好人，但不会轻易要我的命，可这海马出手狠辣，好像也不太在乎我的死活。我宁可落到大狙和班邦的手里。

大狙和班邦冲到了距离我们不足十米远的地方，看清楚是海马后，他们同时放慢了脚步，端起了手上的AK-12。

"海马！你怎么在这儿？我就在想阮平这种货色怎么能抓住你。这人是伊登姐的心肝宝贝，你赶紧放开！"班邦叫道。

海马发出难听至极的笑声："嘎嘎嘎，好，给你！"说着，他狠命把我一推。我跟跄几步，几乎栽倒在班邦身前。班邦俯下身子欲拉我起来，这时我听到"突突突"三声高亢的枪声，紧接着班邦的身体便压在了我身上，喉咙里格格作响。我费力

地挪出来，看到他嘴角涌出大量血沫，背上已有了三个血洞——心脏、肺、肾脏，处处致命，鲜血将他的后背染红了大半。

我难以置信地抬起头，大狙的枪口还未收起，仍对着班邦。他冲我微微笑了一下，龅牙一闪。

"对自己兄弟下手也这么狠，我真对你刮目相看。"冷酷的金属音响起。

大狙收起龅牙，冷冷道："可惜刚才伊登在接她老板的电话，否则我就能把她骗到驾驶室杀掉。"顿了顿，又道，"我为你做到这份儿上，如果你上岛的时候不带上我，你也知道我会怎么做。"说完，他扭头往平台方向走去。

我高估了海盗的忠诚。他们又不是七侠五义，哪来那么多赤胆忠心，所有的行动都是出自利益考量。大狙所说的岛，一定隐藏着什么利益或者秘密。这两个人的联盟应该是新建立的，彼此都不太信任，至少大狙处于弱势，不然他不会丢这种色厉内荏的狠话。

海马没回答他，径自踢开了舱门，把我扔了进去。房间里没有开灯，黑漆漆的，我跟跄着站稳，海马他们已经把灯打开了。墙上、地上有大量喷溅的血迹，还是鲜红的。金属质地的桌椅都焊在地板上，血流经桌脚便汪成了一摊。我下意识往后退了一步，脚下却碰到了什么软软的东西，低头一看，是一个脑浆迸裂的海盗崽子，应该是伊登的人。看来海马他们不只是在平台大开杀戒，军舰上的其他角落都没有放过。

"咔"的一声，海马将一只手铐套到我的右手上。我见情况不妙，用尽吃奶的力气想挣脱。万一被铐住，没了自由身，还不知会被怎么折磨。海马迅速用肘顶住我胸口，把我推到冰冷的墙壁上。他的力气实在太大，我非但动弹不了半分，甚至连气都喘不上来了。

他把脸贴近我，贴到我整个视线里全都是他那张诡异扭曲的阴阳脸，然后阴森森地说道："你想走吗？你仔细看我这张脸，是不是觉得眼熟？"

刚才我就隐隐觉得他这张脸除了左边半张被熔化掉之外，似乎还有不对劲的地方，现在这种感觉更加强烈了。我努力想聚焦在他右边半张脸上，但他左脸的视觉冲击力实在太大，我双眼接受了视觉信息后，根本无法剔除掉左脸的细节。

见我反应迟疑，海马"嘎嘎"笑了起来，声音像是叉子在刮瓷盘。令人毛骨悚然的是，笑的只是他的右脸，左脸丝毫不动。

"你再看看，"说着，海马用枪挡住了自己的左脸，只留出右边半张脸，"有没有照镜子的感觉？"

眼睛聚焦的刹那间，我几乎要惊叫出声。海马左胳膊往上一抬，在我喉咙上一摁，把我的气管连同颈动脉压闭，硬生生将我这一喊给压没了。

他右边那半张脸……这不就是我的脸吗？！

缺氧使我头晕目眩，耳边传来了海马鬼魅一般的声音："我就是你，你才是我。你的一切其实都是我的，我一定要拿回来……"

CHAPTER 10

血色书页

XUE SE SHU YE

迷迷糊糊地，我被海马反剪双手铐在了椅子上。他在我身上掏来掏去，似乎在找什么。我看着他的右脸，感觉自己在做梦。

其实仔细辨认，那半张脸和我现在的长相并非完全一样，而是我十六七岁时的模样——海马也就这么大年龄。只不过，海马是板寸头，肤色也比较黑，和十六七岁时那个腼腆斯文的我比起来，多了一分精悍和凶狠。

未几，海马直起身来，将我口袋里的鬼皮书举了起来，他的喉头爆发出"嘎"的一声怪笑。我依旧昏昏沉沉，连嘴炮的力气都没有了，只好由他去。过了大概两分钟的时间，我突然觉得手腕处一阵剧痛，温热的液体顺着手腕流到掌心，然后"滴答滴答"地落到地上。

疼痛让我瞬间清醒过来。我吃惊地发现海马已经将鬼皮书的缝线拆开，将其一页页撕下，放在地板上铺展开来。我的血液就滴在其中一页"鬼皮"上，"滴答"作响。血滴在鬼皮上，起先形成了一个血珠，然后血珠渐渐被吸收进去，如同水珠滴到毛巾上后浸进纤维里，最终完全被吸收进去。一滴滴鲜血不停地被吸进去，而吸饱了血的鬼皮丝毫没有变色，只是淡淡地显出了红色荧光，构成了几根线条。

海马将灯关上，甲板室内顿时暗了下来，鬼皮上的红色线条却更加清晰起来。随着血液不断滴落，红色线条不断扩展，渐渐扩张到了其他邻接的鬼皮上。过了一小会儿，所有的鬼皮都开始闪现出荧光，荧光的线条组成了一张巨大的图画。

血红的荧光对眼球和大脑是一种莫大的刺激，完全让人头晕目眩。更重要的是，这图画没有色彩的变化，也没有什么透视原理，更没有地图那样一目了然的图示。这对大脑的认图能力是一个巨大的挑战，任何人看到这幅由红色荧光构成的图画，第一反应都会觉得这完全就是小孩子胡乱的涂鸦，没有任何意义。

但当我仔细看去时，发现图画四周那一条条弯曲的线条应该是海洋或者河流；被这海洋或者河流包围的应该是一座岛屿。这似乎是一座火山岛，占据了整幅图画约莫三分之二的画面，上面有湖、有树。不知道这些湖和树原来是长什么样，但现在在这幅"鬼皮图"上，它们都泛着血红色的荧光，似乎是血湖和红色的肉树。岛上还有一些建筑，被画得歪七扭八，不知道这些建筑原本就残破如许，还是画师画技实在太差的结果。在岛周边的水体中，还有一些其他东西。最引人注意的有两样，一是左下角一种勉强能认作动物的物体，模样是一个巨大的圆盘上镶嵌着一个巨大的眼睛，这眼睛几乎把整个圆盘占满了，"圆盘"还向四周歪歪扭扭地伸出一些触须，其中一根触须尤其长，从图画的左下角一直延伸到岛屿的底部。这样子乍看上去还以为是太阳的某种图示。另一样是一艘船，准确地说，是一艘"骨船"——几根骨头拼接在一起形成古代帆船的模样，风帆一条条的，似乎是由什么毛发织成。我立刻想起鬼皮书里的描写和沈云杉游艇上的油画，大觉蹊跷。一定得找个时间仔细看看鬼皮书里的内容了，我目前遇到的一切都与之有千丝万缕的联系，实应做好完全的准备。

除了这些，我无法再去辨认巨大图画中的其他细节了。颈动脉被海马压闭了两次，又不断地失血，我整个人非常虚弱，时不时陷入短暂的昏睡中。每次醒来，我都会发现手上的血依旧不停往下滴，手臂已经麻木，感觉不出伤口开在哪里，但过了这么久还没有凝血，肯定开得又大又深。我问海马什么时候能给我止血，既然整个图都显现出来了，我的血也应该没用了。但海马毫不理会我，兴奋地用手机不停地拍照片，每一张书页都仔细拍了许多细节，全景更是拍了不知道多少张，一边拍，一边指指画画，口中念念有词。

昏睡越来越频繁，时间越来越长，我渐渐有些恐慌。难道我要因失血过多，无谓地死在这里吗？我还有很多人要救，很多家人要见，我和他们有多少年没有见面了啊。我有些悲哀，但忍住了要哭泣的冲动，不想在这个畜生跟前流下一滴眼泪——和这种人分享一张脸是我这辈子最大的耻辱。我也不再提醒他帮我止血，既然总是要死，不如死得硬气点。

半昏半醒之间，巨大的爆炸声轰进了我的耳膜。甲板室的隔音并不好，交战平台的枪声一直未曾中断，间或还有勃朗宁机枪的射击声，甚至手雷的爆炸声，但这么响的动静却还是第一次。这声音有点类似直升机被单兵防空导弹击中的声音。这种单兵防空导弹很小，一个人可以扛在肩膀上发射。应该是只有伊登才有的高级装备。

果然，爆炸声响过不久，一束亮光从窗户射了进来。我的大脑受到灯光刺激，精神略微一振，扭头看向窗外。SH-60直升机正没头苍蝇般胡乱飞着，机体上冒着火焰，机顶上的旋翼也有毁损。很显然，直升机的动力系统和驾驶系统已经遭到严重损坏，驾驶员完全失去了对直升机的控制。看得出驾驶员试图拉抬直升机，避免其失速，但直升机旋翼的转速还是越来越慢，直升机机体也转着圈下坠，最终伴随着"哗"的一声巨响落入了水中。

失去了直升机的空中火力支援，平台的叛乱者一定会气焰大减。我呆呆地望着直升机落水的那一片海域，脑子有些乱，只能做非常简单的判断。不久，视网膜中出现的一个诡异亮点，吸引了我的目光焦点。我将目光移过去，在窗户的右下角，出现了一幅奇异的场景。

我看到了一艘船，一艘最典型的古代盖伦帆船，也叫西班牙大帆船，全身由闪着绿色幽光的白骨构成，鼓起来的船帆似乎是用毛发编织而成。

我打了个寒战，清醒了不少，手上的酸麻疼痛一阵重似一阵，不是做梦。白骨船离军舰大约几十米，样子和沈云杉那幅油画上的一模一样。它并不是静止的，而是往我们这边行驶过来，但它航行过的地方，没有一丝水花溅起，有如悬空于海平面。

海马忽然起身，走到窗户边看了看，叹了口气，又回到原地蹲下来，开始收拾地上的书页。收好后，他又从怀里拿出一本薄薄的册子来，褐色皮封面，黑紫色外文。

怎么还有一本鬼皮书？！

他手上的册子和刚刚被拆开的那本一模一样。难道多鲁斯鬼皮书还不止一本？

海马动作麻利地从裤脚抽出一把匕首，将第二本鬼皮书的缝线挑开，又开始一页页把鬼皮铺陈在地面上，然后回头看了我一眼。

"嘿嘿嘿嘿，还要麻烦你再贡献一点血！"他发出的怪异笑声，让我下意识地有些不寒而栗。我似乎能看到自己因为失血过多而死亡的尸体——惨白、干瘪、失神的双眼无助而愤怒地瞪着天空。

这时，外面突然响起了一阵枪声。"突突突"，正是 AK 突击步枪的高亢号叫。这几声枪响明显迫近了许多，就是在甲板室外的走廊里响起的。伴随着枪声的，还有一阵脚步声，似乎有好几个人正在外面走动。

海马一个箭步蹿到门口，把头探出去张望了一下后，迅捷无比地将地板上的鬼皮收了起来，过来把我的手铐打开，将我塞到床底下，自己也躲了进来。

我立刻按住手臂上的伤口止血。海马一只手卡着我的脖子，另一只手箍住了我的上半身，双腿则死死箍住了我的双腿，让我全身动弹不得。

"应该就在这几间房间里，大家都仔细搜搜。"外面响起了说话声，是伊登。

甲板室的门应声打开。

看样子，平台上的血战，尽管开局不利，但最终还是伊登占了上风。我心里竟然有些许高兴。

床上的被单将床板与地面之间的缝隙遮住了一半多，透过剩下的缝隙，能够看到船员的尸体和敞开的门。四双脚从门口走进了甲板室，其中一双是伊登的——她从头到脚透着高调，连鞋子都是嚣张的粉红色，一眼便能认出。

几个人看到地板上的尸体，似乎全都吃了一惊。伊登的声音又响起来，尖利而有威严："好好搜！"

"是！"随从立刻应声。

大狙的声音！

我心头一凛："大狙这货在伊登身旁？那肯定是要寻机会杀她了。伊登不是我的朋友，甚至可以说是敌人，但她至少是一个可以沟通谈判的敌人。如果她死了，我与海马和大狙根本无法沟通，自己的性命尚且堪忧，更谈不上让他们放回我的家人。

我想出声提醒伊登，可海马早就猜到我的想法，他更加用力地卡住我的脖子，让我一点声音都发不出来。

我绝望无助地与海马角力，突然间，垂下的床单被人一掀，大狙那张丑陋的龅牙脸出现在我眼前。他看到我和海马，一点吃惊的表情也没有，反而露出龅牙，抛给我一个诡异、残忍的微笑。而此时，伊登就在他身后不足一米处。从她双脚

的位置角度来看,她的目光可能正落在这张床铺上。

大狙笑过之后,重新把床单放下,走到伊登面前,平静地说道:"什么都没有。"其余两个人也在一通翻箱倒柜之后,回复伊登:"搜不到什么。"

伊登"嗯"了一声,脚调转了个方向,眼看着就要出去。我知道,这可能是我最后一次机会。如果伊登走了,她自己会死在大狙手里不说,我也可能会被海马活活掐死。于是我奋力一挣,用压在地上的右腿膝盖做支点,整个人鲤鱼般挺了一挺,肩膀撞到了床板,发出"咚"的一声。

伊登猛地侧转身子:"你去看看!"

于是大狙又一次将床单掀开,眼里是恶狠狠的杀意。我瞪着眼睛和他对视了足足有三秒钟。最后,大狙拍了拍床板,骂骂咧咧:"这军舰上要打扫打扫了,有老鼠!"话音刚落,AK-12的枪口就伸进了床底,当即就扫出一梭子!

几颗子弹在如此狭小的空间里乱窜,溅出无数的火星,居然没有伤到我。枪声过后,另一个海盗崽子开口道:"姓林的没准跑远了,咱们去船前头看看。"伊登"嗯"了一声。脚步声踢踢踏踏,四个人都离开了甲板室。伊登粉红色的鞋子在门口处停留了足有五秒钟,还是踏了出去。

"好好找,一定要找到姓林的!"少女清亮的声音渐渐飘远。

蠢货!我心中暗骂伊登。我不能理解,这个古灵精怪,满脸都写着"我是聪明人,就要捉弄你"的女魔头,怎么会被大狙可笑至极的谎话骗住,又被另一个蠢货牵着鼻子去了舰首。

直到后来,我才终于明白,我低估了局势的复杂性。我当时的理解是,她太信任大狙了,根本没料到大狙会背叛她。那时的我才是蠢货,活该被所有人耍得团团转。

脚步声渐渐听不到了,海马喉咙里低骂了一声,把我踢出床底,手上仍不放松对我的钳制。

"你很喜欢伊登啊!嘿嘿,好,很好,很有意思。"扭曲的脸又凑了上来。我每次听到他笑,全身都会起鸡皮疙瘩。如今听他说"很有意思",心里更加觉得不对劲,十分不舒服。

他一把把我拽到先前那张椅子上,或许是觉得我已经流了那么多血,而且被他卡喉咙卡了半天,根本不会再有力气反抗,这次他居然没有再把我铐住。他拽着我的头发，一把把我按到了面前的办公桌上，桌子上有个铁架，架子上固定了一台笔记本电脑。

海马左手按着我的头，右手打开了电脑开关。我注意到，这台电脑并不是舰载军用加固计算机，而是一台普通的民用笔记本电脑，连防窥屏幕都没有。这也让我确信，这些海盗崽子尽管得到了一艘军舰，但既不会用，也没什么可用——卖军舰的人毕竟不敢做得过火，将许多关键部件都拆卸了。这艘军舰充其量就是个移动的海盗巢穴。

电脑屏幕上出现了一堆分屏幕，是军舰上各个部位的监控探头所传回的画面。这些摄像头原本是用来供指挥员明了每一个战位的状态，包括战斗状态、损失状态和施救状态的，现在却被一个海盗操作着，实在是讽刺。

我注意到其中的一个分屏幕上有动静，伊登领着总共八个人刚刚从屏幕下方进入。那里似乎是主甲板前部，原来"斯普鲁恩斯"级军舰安装舰炮的地方。

海马怪异的金属声再度响起："看到那块钢板了吗？对，原来应该安装MK45型127毫米舰炮的地方，你知道这块钢板下面是什么吗？"他调出另外一个分屏幕，放大又放大，最终占据了整个电脑屏幕。

摄像头正对原舰炮下方的弹药库。夜视镜头有些模糊，我不太清楚海马用意在哪里，决定保持沉默。

耳边传来"吧嗒"一声，似乎是海马打开了什么遥控装置的开关。随即，屏幕有一个红点开始不停地闪烁起来，正处在舰首平台那块钢板的下面。

我的脑子里顿时"轰"的一声。

定时炸弹！伊登这伙人，脚下踏着定时炸弹！

"定时炸弹还有三十秒起爆。如果这个都炸不死她，也没有关系。"海马平淡的金属声中，竟然带了点兴奋的语调。他调出了分屏幕，指着伊登的身影，"大狙会帮我干掉这个女人！嘎嘎嘎嘎……"

屏幕上，伊登领着一伙人在甲板前的平台上逐渐散开，四下搜索，船头堆积了不少杂物，他们的搜索进度很慢。伊登在最前面找，而大狙却缓缓地拖在队伍的最后面。他冷冷地看着面前的这群人，趁所有人不备，缓缓地举起枪，对准了正在前方四下张望的伊登的背部。

在这千钧一发之际，我不知道哪里来的力气和勇气，猛地转过身，从海马腿

上抽出了匕首，反手刺近海马的面门。我只觉得手感一钝，匕首嵌进去颇深，应该是刺进了眼睛里。我又一用力，狠狠将匕首拔了出来。

白刀子进红刀子出，干净利落稳稳当当，我心中有种久违的舒畅感。管他是杀人还是惩恶，我只知道我做了件正确的事。

刚才还洋洋得意的海马"啊"地惨叫了一声，摁着我的头的右手立刻松开了。我立刻弹起来，摆出对抗的姿势，匕首尖死死对着海马。他双手捂住自己的脸，鲜血从指缝间流淌出来。

按我平时的脾气，这当口一定会扑上去狠狠多扎几刀，甚至把他脸上的五官割掉一两样才会觉得解恨——你不是用我的脸吗，我干脆毁掉你的脸！但这时的我已经管不了那么多，丢下还在挣扎惨叫的海马，抄起他放在桌子上的AK-12就冲了出去。

"30秒！29秒！28秒！"我心里头暗暗默念，双腿发疯般撒开了狂奔，直冲舰首平台。幸好我对"斯普鲁恩斯"级军舰的建筑结构比较了解，直接冲出了宿舍区，沿着桥楼旁边的走廊直扑平台。

"18秒！17秒！"

我终于看到了舰首平台的一部分，似乎还看到了伊登手下的一个人身影一晃。

"当心大狙！伊登，那里有炸弹，快回来！"要关照的事情太多了，我一下子不知如何组织语言，只好凭直觉大喊大叫，但海上的风浪将我的叫喊声吹散了大半。

"11秒！10秒！"我焦急地默念着，脚下依然在狂奔，马上就要踏上平台了。

就在这时，我听到"突突突"的几声枪响，全身不禁为之剧烈地一抖。只见大狙端着枪背对着我，他的前方，除了伊登以外，所有的海盗都已经横倒在地上，有的已毙命，有的还在挣扎，但也失去了反抗能力。伊登正对着大狙，右手捂着左上臂，鲜血从指缝间喷涌而出，已经将她的右手完全染红，手里的枪掉落在地。手无寸铁的她双眼睁大看着大狙，颤声问道："你……你……干什么？"

大狙面无表情地说："伊登，对不起了。"说着走上前，将枪口对准了伊登的前额。

我愣了两秒钟，反应过来，继续朝着他们跑去，边跑边叫："伊登快跑……"

话音未落，大狙猛地回过头来冲我开枪。而我早有准备，当即扣下了扳机。

"7秒！6秒！"我一边默念，一边射击。我实在不希望伊登就此死掉，实在不希望见到家人的指望就这样破灭！

只可惜我的枪法太烂，大狙根本没有中弹，不过他那几枪也没有打中我。他忽然停止射击，吼道："快滚！老子讨厌你，可不想杀……"

我拼命大吼："钢板下有定时炸弹，快跑！"

这一次，大狙和伊登似乎终于听明白我在喊些什么了，脸色同时大变，看来大狙对定时炸弹也不知情。海马为了杀伊登，连同伙的命也不顾了，或许在他看来，这两个人统统死掉才是最美妙的结局。

几乎就在我那句话喊完的一瞬间，爆炸发生了。伊登和大狙只来得及掉转方向。

没有听到爆炸声，或许我的耳膜在一刹那就被震破了。但我能够感受到一股巨大的灼热气浪把我狠狠地向后推去，我的身体重重地撞在舷墙上。这一下撞得很重，我只觉得喉咙口都开始发甜，嘴角流出了鲜血。刚才那块钢板所在的地方已经是一片火海，我奋力站了起来，只觉得一阵眩晕，"砰"的一声再度倒地，昏死了过去。

当我醒来时，前甲板因爆炸而燃起的火焰还没有熄灭。四周一个人都没有，大狙和伊登都不见了去向。我拼命把自己的身体支撑起来，摇摇晃晃走向爆炸的地点。我心中有些害怕，害怕看到被炸弹炸碎的肢体。伊登如果真的死了，我该怎么办？我该怎样离开这艘诡异的军舰？该如何去寻找那些已经死去，却又似乎复活了的至亲？

爆炸的威力并不太大，以现代的炸药技术，如果是足够当量的C4或者其他烈性炸药，将整个船头炸毁都是有可能的。但现在，似乎只有那层钢板被炸碎，周围一些甲板有些变形，火焰也主要在爆炸点的周围燃烧，似乎一时半刻还不会殃及军舰的主体结构。我站在被炸出的破洞前，向下看去，黑洞洞的有如深渊。"斯普鲁恩斯"级驱逐舰原先装备的MK45型127毫米舰炮可以发射六种炮弹：薄壁爆破榴弹、黄磷烟幕弹、照明弹、高杀伤破片榴弹、半主动激光制导炮弹和红外制导炮弹，这些炮弹原本就应该储藏在我脚下的这个巨大空间里，但现在，MK45型127毫米舰炮都被拆除了，军舰上自然也不会有这种炮弹，很可能下面是空的，或者安放了一些不会爆炸的东西。否则刚才海马在这种地方引爆定时炸弹，那就是自杀行为。

我把目光向破洞四周扫去，除了一些焦黑的肢体，还看到了几摊血迹。这些

血迹色泽都很殷红，似乎是刚刚滴上去的。甲板和舷墙上还有一些呈喷射状的血迹，看得人触目惊心。

血迹向着走廊延伸至桥楼。我顺着找去，行走中，发现桥楼的墙壁、甲板上还有舷墙上除了血迹，还有很多弹孔，似乎有很激烈的交火发生过。

也许伊登没有死，他们一定是忙着互相交火、逃跑、追击，最后走远了。

我端起枪，飞快地向船尾的方向走去。忽然间，"突突突"的射击声从舰尾传来，随即密密麻麻的射击声如爆豆般响起。

"斯普鲁恩斯"级军舰的全长也不过一百七十一米，因此我很快跑到了舰尾，也就是原来安装"海麻雀"导弹发射器的平台。就在我准备冲出去时，爆豆般的射击声猛地停止了。我一下子冷静下来，留了个心眼，没有贸然冲出去，而是躲在走廊与平台的交界处，利用旁边的桥楼隐藏自己的身体，悄悄地张望过去。

海盗大内讧自然是惨烈至极的，地面上血迹四溅，尸体横陈。此刻平台上还有二十多名活着的海盗，泾渭分明地分成了两个阵营，不扎红带子的人数略占上风，但海马一伙人的手上有五个人质。这些人质全都跪在地上，低着头，反铐着双手，被海马他们用枪顶住了后脑勺。

如此熟悉的场景，令我五内俱焚。我紧紧攥住拳头，不停劝诫自己稳住。我看得清晰，人质之中，有被大狙用枪顶住后脑勺的伊登。

此刻的伊登头发散乱，脸色煞白，几缕头发被汗水黏在了脸上，显得十分狼狈。她呼吸粗重，似乎对大狙的枪口十分害怕，浑身颤抖着。一滴滴鲜血从她左臂的弹孔中涌出，顺着臂膀流到手上，又滴在了地上，形成一个不小的血泊。此刻的她已经没有了在上海时的那份调皮镇定，也没有了上军舰后的那份霸主气场，似乎恢复成一个柔弱的小女孩，等待着命运的审判。

我悄悄举起了枪，把枪口瞄准了大狙。我要救伊登。

我努力地瞄准着，但说老实话，我实际接触枪的时间很短，瞄准射击根本就没有把握。别的不说，以我现在的体格和手上的力气，想要平衡枪支的后坐力都很困难。于是我一直在瞄准，希望有十足把握时一梭子要了大狙的命。

大狙煞有介事地吼道："不想伊登死，你们都把枪放下！伊登，让他们缴枪！"
伊登用虚弱却清晰的声音说："把枪都放下吧。"

对面的海盗崽子们面面相觑，一时都不知道该怎么办。忽然间，只听"咚"

的一声，一个海盗崽子重重地把枪扔在了地上。如同多米诺骨牌倒下第一张后引起的连锁反应，伊登的其他手下纷纷把枪丢在了甲板上。但是他们一边扔枪，一边把队形散开，这是为了防止缴械后遭到扫射，全军覆没。没想到他们居然有这么成熟的战术，几乎是下意识的条件反射。

几个绑红绳的海盗崽子冲过去，把满地的枪踢远。我望向海马，他右边的脸正对着我，面色惨白，毫无血色，但也没有伤口。估计我那一刀是捅在他左脸上了，说不定还扎中了他那只已经不成样子的眼珠。想象着海马左半边脸的样子，我不由得有些恶心。

海马的脸因为兴奋而略略有些扭曲，指着伊登，吩咐大狙："杀了她！"

大狙明显愣了一下："现在？"

"对，打爆她的头！打爆她的脸！"在说"打爆她的脸"这几个字时，海马的眼睛里放出异样的光芒。他的下巴流下了血水。

"真变态！"我愈发感到耻辱地看着他的右脸。

大狙此刻的表现有些怪异，一向暴烈、将杀人视作乐趣的他，脸上居然闪过一丝迟疑之色。

"要我杀她……也可以，你把你手上那本鬼皮书给我看一下！"大狙说。

海马的喉咙里发出"嘎"的一声怪笑，扣动扳机。"突突"两声枪响过后，他身前的一个人质头部中了两枪，倒地毙命。海马随即把枪口对准了伊登的头颅，扣动了扳机。

就在两颗子弹从AK-12的枪管射出的一刹那，大狙用自己打着石膏的左肩顶了海马一下。子弹从伊登耳旁掠过，打在甲板上。

我看到伊登浑身颤抖了一下，但她没有尖叫，而是低下了头，做了两个深呼吸。

大狙怒道："大厌头，你敢跟我夺食？"

海马又"嘎嘎"了两声："当倒钩，你还太嫩了。你以为我不知道你刚才在停机坪上居高临下地杀我兄弟？你以为我不知道是你用'西北风'把直升机打掉的？你不是想对我表忠心吗？来，动手杀了伊登啊！三秒钟里你不杀她，我就宰了你！"说着，海马把枪口对准了大狙，他的几个手下也把枪口对准了大狙。

大狙四下看了看，一字一顿地说道："好！我杀给你看！"

大狙说这句话的时候，我忽然平静了下来，连心脏的跳动似乎也缓和了。他

站的位置刚好在我 AK-12 的瞄准镜中。

几乎与此同时,伊登似乎觉察到了什么,她猛地扭过头,两只眼睛透过几缕垂挂在脸上的头发,直勾勾地盯住了我。我看到她轻轻摇了摇头。

她的动作没有逃过海马的眼睛,他顺着看了过来,整张脸暴露在我的视野当中。他的左眼下方,有一个巨大的伤口正汩汩地流着血,血从凹凸不平的皮肤表面曲折地流下来,打湿了他的前胸,恶心至极。

"突突突!"

"突突突!"

"突突突!"

我、海马、大狙三人手中的 AK-12 几乎同时射出了三梭子弹,各自向着自己的目标飞去,也几乎是同时击中了目标。

CHAPTER 11

火井

HUO BING

枪火过后，大狙和海马都倒在了地上，伊登却安然无恙。

　　我摸了摸火辣辣的耳朵，有些疑惑。海马射出的子弹从我的脑袋旁边掠过，打中了后面的桥楼舱壁，弹了开去。

　　倒在地上的海马腰部中了两枪，鲜血正喷涌而出。或许正是因为他中了枪，才没有打中我。

　　我的枪口是对准大狙的，海马中的枪是……大狙射出的。

　　大狙在最后一刻调转了枪口。而他之所以在近距离也没能击中海马最要害的部位，是因为他击发的时候中了我的枪。

　　我射出的子弹打中了他的左肩，将他肩上的石膏彻底打碎，子弹嵌入了他的身体。

　　戏剧性的一幕让所有人都惊呆了，嘈杂了一晚上的军舰上此时鸦雀无声，只能听到海浪拍击船体的声音。

　　好机会！我猛地举起枪，对准系红绳的几个海盗开始射击。可惜刚才的那股子劲头已经过去，心跳手抖，射出去的子弹都不知道飞到哪里了。枪声惊醒了海盗们，枪响的下一秒，大狙直扑向海马，单手掐住了他的脖子。海马受伤颇重，但毕竟是个悍匪，不等大狙右手发出力来，一脚就踢在大狙的胸口。两个浑身是血的匪徒当即扭打在一起，面目狰狞，拳头更狰狞，一时难分高下。

　　伊登反应极为迅速，大狙扑向海马的一瞬间，她就地一滚，摆脱了叛军的控制，回到了自己人的阵营里。她手下的海盗崽子训练有素地各自奔往自己的枪支，当即开始扫射。平台上又开始了新一轮的血战。伊登非常有气势地冲在枪火最盛的地方，大声叫道："不要伤了大狙！海马我要活的！"

她的声音结实清楚，好听而有力度，给她十七八岁的小小身躯以三十岁的气势。

海马的人一个个倒下，还有的开始四散奔逃，大狙高亢的嗓音猛然间响了起来："停下吧！都结束了！海马完蛋了！不要再自己人杀自己人了！"

平台上静了下来。海马神情萎顿地半跪着，被大狙用右臂的臂弯卡住了脖子。很显然，海马不服，很不服，仍旧努力而徒劳地挣扎着，鲜血汩汩地从腰间流出，原本正常的右脸挂满了血，左脸已经被血糊成烂泥样。

大狙脸色苍白，豆大的汗珠一点点滴在地面上。但他十分兴奋，目光中的傲狠遮掩不住。"放下枪！"他大喝。

海马的手下都怔了，面面相觑，端着的枪口丝毫不降，似乎在等海马翻盘。

僵持间，大狙看向伊登。两人四目相对，伊登阴着脸点了点头。下一秒，大狙的右臂弯向上狠命一收。

"咔"的一声脆响，是颈骨被生生折断的声音。

大狙松开胳膊，海马的身体瘫软下来，如同一摊烂肉般面朝下扑在地上，完好的右眼睁着，已失去了神采。一股血水从他脑袋下方流出，在甲板上流淌开去。

尘埃落定。

还活着的叛军几乎同时把手上的枪支扔在地上，双手十指相扣放在脑后，跪到地上。

我站在人群外，总感觉有道冰冷的眼神往我这边扫。我撇过头，对上了大狙的眼睛。这个人实在是捉摸不透，他杀了班邦，打伤了伊登，现在又杀死了海马。玩无间道吗？他到底哪一头的？

大狙冷冷看着我，指了指自己左肩的伤口。刚才那一枪无论如何是和他结下梁子了，我在这里多了一个不可调和的仇敌。无论他是哪一头的，总之跟我永远不是一头的。烦恼的是，其他海盗崽子看我的眼神也非常不善。我自问也没做什么对不起他们的事，只能感叹一句大狙的魅力太强了。这帮海盗崽子大概已经在脑子里把自己塑造成七侠五义了，非常崇拜大狙这种能打还讲义气的，我这个不能打的外来货，跟他没法比。

而我要想在这艘军舰上、在这茫茫大海上活着,要想见到我的家人,就必须像大狙一样,狠一些,毒一些,捉摸不透一些。

在海盗崽子仇恨的目光中,我走向了伊登。一边走,一边朝瞪着自己的血红眼睛一个个回看过去,把手上的AK-12举过头顶,狠命地摇晃了几下。这个挑衅的举动似乎激怒了一些人,他们都看向伊登,似乎想要请求她的同意,宰了我。我甚至听到了拉开枪栓的声音。

伊登严肃地看着我,但我突然发现,她的目光里闪过一丝十分异样的光彩,可以理解成赞赏吗?但这抹光彩稍纵即逝,她很快又恢复了玩世不恭的顽皮表情。

"先把海马料理了吧!这位龟仙人不着急!"

听到"龟仙人"三个字,我不自觉地把背挺了挺。在残忍暴力的海盗窝里保持正直,是现在的我唯一能做到的事了。

要亲眼看过才知道"料理"的意思。

海马死掉的手下都被直接扔进了海里。有几个没死透的,则被补上两枪,照旧扔进海里。而投降的那几个被逼到舷墙边,排成一排,然后一顿乱枪尽数打死,尸体直接栽入海中。枪声响起的时候,我忍不住别过头去。我不曾想到,"处决战俘"这么残酷的事情在我有生之年竟然能够亲眼看见。

而伊登这边死掉的海盗,尸体都被白布包好,放在甲板前的平台上,准备海葬。伤员,包括后来因重伤昏迷的大狙,则被抬到了桥楼中治疗。

这艘军舰上除了杀人越货的海盗崽子以外,还有一些后勤人员,包括医生、维修和驾驶人员,都是有经验的成年人。我之前在甲板室内看到的尸体,应该就是他们其中的一部分。后勤人员的人数居然并不比海盗少。其实这也正常,偌大一艘浮动的军舰,没有后勤保障是不可能的。刚才战事激烈时,这些人都躲在自己的起居室里等待结果,如今战事结束,他们又都出来工作了。他们脸上没有任何表情,手上动作专业熟练,有种成年人特有的超然淡定。

在练好枪法之前,我打算和这帮看我不顺眼的海盗崽子们保持安全距离,于是安静地挑了块离伊登很近的阴凉地方坐着,谨慎地观察他们的一举一动。伊登受伤不轻,却没有去休息,而是站在甲板上,看着两个手下搜查海马的尸体。这个让人捉摸不透的少女站在海风里,瘦弱的身体似乎随时会随着军舰的摇曳和海风的吹拂倒在地上，甚至飞向半空。那两个手下很快有了收获，是两本鬼皮书和一部手机。

伊登看到鬼皮书，眼睛里瞬间放射出惊喜的光芒。她好奇地翻了翻册子，然后小心地把散开的书页合拢，塞进口袋。接着翻看起海马的手机来，看着看着，原本兴高采烈的她眉头紧锁了起来，也不知看到了啥。

一个手下问她："海马身上再没有什么其他东西了，怎么处置他？"

伊登眼皮都没有抬："你们说怎么处置？"

另外那个手下笑嘻嘻地说："按照规矩，是要做成'布里格'的。"

伊登"嗯"了一声："你们还有什么更好玩的办法吗？倒是说来听听。"

见两个人都不再作声，伊登说："那就这样吧。"

两个崽子眼睛一亮，其中一个"噌"地就从腿上抽出了匕首。伊登把头从手机上抬起来，一脚踹了他个跟头："这么着急动手干吗？多没意思！"那人愣愣地看着伊登，伊登一抬手，朝着我所在的地方一指，"把龟仙人大叔请过来，让他好好见识见识。"她故意把"请"字加强语调，拖得老长。

那两个海盗崽子立刻冲过来，不由分说架着我就到了海马的身边。

伊登对着我"咯咯"笑了几声，她笑得很娇媚，但充满了邪气，让我想到了新闻中经常出现的虐杀小动物的"熊孩子"。我被她笑得汗毛根都竖了起来，不知她葫芦里卖的什么药。

伊登笑完就缓缓地走开了，看得出她走得很吃力。有个医生在桥楼入口处等了她很久，见状快走了几步上前想扶住她，但被她推开了。

她一走开，一个崽子就兴高采烈地拍拍我说道："看好戏吧！"

另外一个崽子放开了我，掏出匕首，居然开始割海马的头颅。刀落处，血滋出来，筋肉纵翻。

我惊骇地大喝："住手！你们快住手！"

两个海盗崽子一齐大笑起来。那个仍架着我的海盗崽子将我试图扭向一旁的头给扳过来，用广东普通话说："伊登让你看，你就给我好好看吧！"

我被迫眼睁睁地看着海马的头颅被割了下来，鲜血流淌了一地。头最终被拔离颈椎的时候，海马口中忽然流出一道漂着白沫的血，好像刚刚才咽气的样子。

两人从海马的迷彩服上割下一大块布来，把头颅包裹起来，扎住口子，悬挂到舰首的旗杆上。那里原来是悬挂军旗的地方，如今却被海盗用来悬挂人头。血

很快把包裹的布匹染红，然后洇了出来，一滴滴落在甲板上。

"嗒、嗒、嗒……"血花落地的声音像把钝匕首一刀刀扎进我脑子里。我头痛欲裂。看到有人被枪杀，会让人心惊胆战；但看到有人被斩首，准确地说是割首，这让人除了心惊胆战外还会作呕。我不知道"布里格"是什么，但就伊登所说，这是一种规矩。我猜想，或许在海盗的世界里，发动叛乱的海盗一旦被镇压，他要面临的下场或许就是被斩首，做成"布里格"。

海马的叛乱平复后，军舰上恢复了安静。军舰漂浮在大洋深处，慢慢航行着。我不知道所在位置，也不知道航向，只期望尽早到达目的地，见到家人。

接下来整整一个月的时间里，我都没有见到伊登，也没有见到大狙。海盗们把一间甲板室安排给我，就是我被海马劫持的那间。我没有办法抱怨，那些海盗崽子们要么看不起我，要么因为大狙的事情对我十分愤恨。我觉得，如果不是伊登，我早就被他们给杀了。好在我这人也不迷信，独自一人把墙上地上的血迹弄干净后，在这间"凶屋"里倒也照样能够睡着。

一日三餐都有人送到甲板室中，其他海盗则都是在甲板下船舱的餐厅中用餐。唯一的不便就是气候炎热，而可供应的淡水只够一星期洗一次澡。

开头几天，我被海马的下场恶心到了，把自己关在甲板室，足不出户，根本不想看到海盗的身影。但在甲板室实在无事可做，我把鬼皮书的翻译文件仔仔细细读了几遍，里面翻来覆去讲了几个故事，都和赵祺讲的海盗船故事很像，只是细节描写略有不同。没有鬼皮书原文的参考，光看这些文字，实在得不出什么有用的信息。况且，这翻译里面还有沈云杉的功劳，她是否动过手脚尚未可知。

我干脆不去想鬼皮书的事，因为每次一想到它，海马那和我一样的半张脸就会浮现在面前，那天在这里所受的身体和精神折磨也记忆犹新。我在甲板室里闷了几天，决定不能如此坐以待毙。最起码，要把这帮海盗的人数、武器、每个海盗的专长等摸清楚，或许还能得到些关于目的地的信息。

我开始走出甲板室，在军舰上瞎溜达，吃饭时也索性到餐厅里与海盗们一起用餐。我这么做，倒也没有遇到什么阻拦，但海盗崽子们没有一个理我的，全都用冰冷戒备的眼神盯着我。后来见我没什么威胁，也放松了警惕，看到我也不再收声，当我不存在。就此，我听到了很多他们的谈话，一个海盗团的图谱渐渐在脑海中汇聚成形。

我先前以为，海狗、海狼都是指海盗集团中负责杀人越货的执行部门，只不过是一种事物的两种称呼而已。身在其中才明白，海狗和海狼完全是两码事。"海狗"是一个大头目专门豢养的一批海盗，领取固定的"工资"，有任务便执行任务，任务干得漂亮还有奖金。海狗通常情况下不会为其他头目卖命，也不会自己在海上临时找一条船下手，除非大头目有明确命令，总之完全听从大头目的摆布，是大头目所属整个海盗集团中的一个部门。

"海狼"则更加类似于单干的个体户，有时候会根据客户的要求对指定船舶动手，完事后领取酬金；有时候则会自己寻觅目标，实施犯罪计划。当然由于缺乏专业的情报团队，他们自己寻觅的目标一般油水都比较少，有时候他们索性不做海盗，回陆地上打家劫舍，杀人放火。

伊登的这伙手下，其实都是海狼。他们多是一些战乱地区参加当地反政府武装的娃娃兵。这些娃娃兵往往不堪成年士兵的凌虐，自己脱离出来变成小股的、自行其是的海盗，也就是"海狼"。

大概在两年前，伊登通过各种秘密渠道在远洋一带大肆招募娃娃兵海盗。伊登招人时的首要条件就是入伙的人年龄必须在18岁以下，以13岁到16岁最佳。她公开说这个年龄段的人想法单纯，比较听话。伊登给出的条件十分优越，吸引了大量的娃娃兵海盗。有一些是通过各种渠道入伙的零散海盗，"中指猩魔"就是其中之一。但也有两个原本势力就比较大的入伙者，除了自己，还带来了一大批人。

其中之一就是海马，海马和他手下的二十多人在入伙前就是一群海狼。另外一个就是大狙了。平卷舌不分的大狙是娃娃兵出身。大狙在军队里面学会了用枪、格斗，尤其是他的枪法，可以说精准至极，堪称人形狙击步枪。几年前这支武装组织和政府达成协议，接受招安自行解散。大狙和手下十几个娃娃兵一开始也回到城市里，试图重新开始正常的生活。但很快，他们发现自己与社会格格不入，而且除了使用枪支几乎什么都不会。最终他们又一次拿起枪支，离开城市，在靠近贸易海峡的几座荒无人烟的岛屿间做起了海盗，后来投靠了有豪宅——军舰的伊登。看来伊登单枪匹马出来闯的时候，就有这艘军舰了。是什么人看中了她的什么特质，会这么放心地把堪称价值连城的军舰给她呢？其中是否有交易？

根据我的观察，这帮海盗崽子在军舰上的日子就是每天练刀练枪，虽然比不上正规 A 国海军陆战队的训练，但其强度和训练程度已经很专业了。看来伊登带人很有一套。她手下这批海盗年纪虽小，但都是干过大事的悍匪，海马和大狙还是一些国家的重要通缉犯，赏格都在十几万美元，相当于某些重要的恐怖分子了。据说他们刚入伙时，根本没把伊登放在眼里，只想要军舰，一开始打的主意都是先站住脚，然后找机会做掉伊登，直接和她背后的大老板联络，但伊登表现出的能力却逐渐让这些海盗崽子不敢小瞧她。不说别的，单是她在船舶技术和航海技术方面的知识，就不是土海盗们能比的，海马和大狙只会打打杀杀，连什么叫水密舱都是一知半解，根本玩不转这艘庞大的驱逐舰。而这艘军舰从驾驶人员到维修技术人员，都是伊登一手招募，连这群人都对伊登的专业知识水平十分敬服。

而且伊登行事十分果断泼辣，心狠手黑，鬼点子巨多，海马、大狙当年撒谎经常被她识破。大狙现在说话漏风，除了龅牙外，还因为嘴里少了三颗牙——他假托牙疼，想告假离船，伊登没有准假，而是很干脆地从陆地上绑了一个牙医来帮他检查牙齿，在没打麻药的情况下拔了他整整三颗好牙。大狙最后满嘴是血地保证不会有下次，伊登才让牙医停下。海马更是差点被她扔在拆掉动力系统、扔掉饮用水的游艇里活活渴死。

人凑齐后，伊登就领着他们在远洋贸易航线上活动，但他们从事的并不是抢劫船只这类传统的海盗营生，而是"伊登老板交代的事情"。至于具体是些什么，这群海盗崽子们倒是从来不谈，也许是不敢谈，也许是他们根本不清楚。他们像是一条流水线上的员工，只拧自己负责的那颗螺丝，究竟做出来是手机还是炸弹，他们不知道也不关心。

我猜想，所谓"伊登老板交代的事情"可能包括两大类，一类是暗杀——他们为了暗杀沈云杉就动用了很大的阵仗，连啤酒桶这样的顶级装备都甩出来了；另一类可能比较神秘，和大狙说的"上岛"有关系，我怀疑和鬼皮书上显示的地图有关。此行的方向，是不是这座神秘岛呢？伊登定航向的时候，有没有看过鬼皮书的内容？

大的海盗集团，也就是拥有情报搜集、劫持船只、改造船只以及销售渠道全套能力的犯罪集团，世界范围总共有六个，而班邦曾经提到过的阮平隶属于这六个集团里实力最弱的一个。但伊登出现后，她所属的这个集团风头盖过了传统的所谓"海盗六大豪门"。伊登背后的大老板据说是靠军火生意发的家，这也侧面解释了他们为什么能有军舰和各类顶级武器，用起来和不要钱一样。这个老板似乎已经漂白，如今在某岛国是个有头有脸的大人物，崽子们提起他都神秘兮兮的，估计也根本不知道他真实的底细——若是知道了，恐怕早被灭口了。

大概在三个月前，伊登开始根据幕后大老板的吩咐策划一次行动，行动的目的有二，一是暗杀沈云杉，二是把我弄到这艘军舰上。

而大狙说的小岛，就是在那个时候流出消息来的。海马暗地里散布说，伊登在寻找一个二战时期B国遗留在远洋的大宝藏，也就是"山下奉文宝藏"。相传二战时B国陆军大将山下奉文在各国掠夺了大量财富，在即将战败时，把它们都藏到了某座山中。而宝藏具体位置信息的关键，就在我的身上。

其实这个宝藏的传说流传已久，连我都略知一二，每年都有很多冒险家揭秘、预测其发掘的关键点，分析数据听起来头头是道，实则毫无根据，基本都是玄学，很像每期福彩双色球预判。可惜海盗崽子们科学素养不行，竟然立刻就有人信了，跟着海马搞叛乱，试图从伊登手里把我抢过去。

没想到我一个废物竟然成了香饽饽。

至于大狙……就海盗崽子们对我的态度来看，他百分之九十九是玩无间道，到海马那边当卧底去了。杀班邦、伤伊登，应该都是计划的一部分。最后伊登得到了鬼皮书和用老子的鲜血浇灌的地图，而从头到尾，大概只有我和海马信了大狙的背叛。看来我俩不只共享了半张脸，还共享了起码半个脑子——蠢啊！

真真假假的信息接收得越多，我的脑子越乱（怪不得这帮海盗根本不在意我的偷听），而家人复活的秘密、他们的下落、海马和我的关联、我的血的用途……这些我想知道的关键问题，仍旧一点头绪都没有。

Chapter 12

夜半鬼事

YE BAN GUI SHI

  在军舰上住下之后,我睡得越来越晚。一方面是每天没什么体力消耗,不困;一方面是因为夜晚的海上夜空真的很美。风平浪静的晚上,我经常躺在甲板上看银河,繁星聚集到一起,轰轰烈烈越过天空,好像要奔去宇宙的另一头。这是在城市里根本看不到的星空。我记得有个说法,人类如果长久看不到星星,会失去探索的动力。海盗们愿意在大海上长久漂泊,肆无忌惮地抢掠,是不是受到自由辽阔的星空和大海的影响呢?海太大、太深,航行永无尽头,大概只有完全的疯狂才能压制住随时袭来的渺小感和恐慌吧。

  我想起学生时代非常喜欢的一首诗,英国桂冠诗人梅斯菲尔德写的《海之恋》——

  我必须再去看看大海,为倾听那咆哮的海涛的召唤,
  多么粗犷多么嘹亮,世间又有谁能把它违抗;
  我希望海空中有疾风如骏马奔驰,有白云似苍狗翱翔,
  还有浪花的飞溅,泡沫的翻腾,海鸟的吟唱。

  海是宽容而无辜的。如果没有发生劫持,现在的我或许还坐在杂志社的格子间里,一个字一个字地描绘心里的大海;或许还会和未来的爱人一起出海,去探寻象山附近的小岛,坐豪华邮轮旅行……

人生无常，这次的事情如果能真的结束，我恐怕会像哥哥一样惧怕大海，再也不会回到海上了。

伊登一直在桥楼前部的船长室里养伤，只偶尔出来转一圈，表示自己还活着，让海盗崽子们放心。但我们鲜少遇到，仅有的几次偶遇她也没跟我说过话，只是远远地保持距离，用眼神打招呼。她的胳膊上一直缠着石膏，有一次经过她身边，我发现白色的石膏上画着图案，仔细一看，是个驮着绿色龟壳的墨镜老人，正是《七龙珠》里的龟仙人，搞得我哭笑不得。

海上没有信号、没有网络，伊登还严禁赌博，这船海盗平时唯一的爱好就是动漫，他们的手机和电脑里下满了动画片，训练结束就三三两两凑到一起看。十六七岁的"大海盗"，基本上都在看《海贼王》，那些十二三岁的"小海盗"，还沉浸在《海绵宝宝》吵闹的世界里。反正连动画片都和海盗有关，又热血又天真，给他们提供虚幻的"鸡汤"！不过还好内容都比较健康，勉强能算作……德育吧。其实，还不如多看点《无间道》。

最会演"无间道"的大狙，住在桥楼中部下方的一间宿舍内，按照军舰原设计，应该是在军官居住区里。一个月里，他始终没有出现，或许是因为伤得比伊登更重些。我心里毫无愧疚，反而有些解气。

在海上，并不是时时都岁月静好。海况十分复杂，暴风骤雨说来就来。海就像一个有策略的将军，指挥海浪不时攻击我们。我很不适应大风天气，军舰底盘虽稳，但禁不住海浪的疯狂颠簸，摇晃是难以避免的。这时我就很容易晕船，吃下去的东西都会吐出来。

一天，风浪巨大，我好容易撑过了白天恶劣的海况，到了晚上风浪稍缓时，仍有些晕乎。我平躺在床上，死死盯着天花板，努力控制住呕吐的欲望，脑子里胡思乱想，试图转移注意力："斯普鲁恩斯"级驱逐舰的设计自持力为三十天，续航力六千海里。也就是说，这种军舰一次满载补给后，可以在海上航行最多三十天，考虑到我们这艘舰上拆除了所有超重型武器发射平台，连原先搭载的直升机也被击毁了，还有很多海盗崽子在叛乱中被打死，那么它的油料和食物、饮用水的消耗量会减少很多。但最多也就支撑四十天，然后无论如何也要进行补给。现在距离我登船已经将近一个月，我倒要看看，这么大一艘驱逐舰，他们如何找到补给的港口,没有哪个主权国家会让一艘海盗船堂而皇之地开进自己的港口。

或许,他们会进行海上补给,类似于战机的空中授油,那技术含量就更高了,而且危险性更大。伊登这么小的年纪,作为船长,能指挥这群海盗完成海上补给作业吗?

白天吃得太少,又几乎都吐了,现在略一用脑,大脑就很快发出缺糖的信号,我开始犯困。单调的海浪声像时钟一样有节奏地响着,船上只有几个值班的海盗在甲板和桥楼上来回走动的声音。

我迷糊着掏出手机看了看,凌晨两点半。这手机还是小妖的,背后贴得花花绿绿。我翻检了无数遍,里面什么都没有,甚至连一张照片、一个手机号都没存。沈云杉身边的人都这么小心,她本人有多难接近,可想而知。伊登一个小孩,能想出如此曲折的方法杀掉她,心思实在缜密。

忽然,我听到"嘎"的一声。

虽然混在海浪的巨大声响之中,但这动静还是让我浑身的汗毛根炸了起来。那声音像嗟叹,更像阴笑。我撑起身,仔细辨别声音传来的方向。但等了十分钟,再无动静。

我只好又躺下来,合上眼睛努力想让自己睡着。

"嘎嘎——"又是两声。那声音除了瘆人外,又隐隐有一丝熟悉感。

我听出这声音是从我房间附近传来的,想来是哪个看我不顺眼的崽子大半夜装神弄鬼。我抄起被窝里的 AK-12,一跃而起。

门外没有动静,我走到甲板上,遇到一个巡逻的小海盗从军舰后部走来,小小的三角眼冷冷瞄了我一眼,冷漠地和我擦身而过,自顾自往前去了。我好像曾和他打过什么交道,但一时想不起来。船上海盗虽多,跟我打过交道的却不多,除了几个轮流送饭的,也没谁了。我心下疑惑,望着他瘦削的背影走远,专心致志地搜刮记忆时,又听到"嘎"的一声。

这一声格外清晰,是从船首甲板上传来的,正是三角眼背影消失的方向。

我三步并作两步走了过去,却发现船首甲板上空无一人。三角眼呢?我的背脊上忽然有些发凉。

甲板平台上,当初被海马炸出的大洞还在那里,早上甲板上浪大得厉害时,海盗们用帆布将其遮了起来,避免大量海水涌入下层。除此以外,宽大的甲板上还堆放了不少杂物，主要是木条箱和报废的枪械。我四下环顾，找不到三角眼和怪笑声的来源。驾驶室射出的灯光微弱地散射在甲板上，给甲板蒙上了一层淡蓝的微光和幢幢阴影，视野因此变得更差了。

"嘎嘎嘎嘎"，一串诡异至极的笑声突然响起，极近，就在舰首最前端。我看过去，发现那里没有其他，只有一根旗杆。

刹那间，我只觉得头皮发麻，禁不住打了一个冷战。

海马的头颅就挂在那根旗杆上，而那熟悉的笑声，就是海马所发出的！当初我被他囚禁在甲板室内痛虐，听到的就是这种笑声，带着金属音调的冷酷笑声。

我脑海里涌出的第一句话是："这不科学。"

我是亲眼看到他被扭断脖子，被一小刀一小刀割掉脑袋的。人死不能复生，对于从小就接受唯物主义教育的我而言，这是根本无须证明的真理。哪怕看到死去的亲人复活，我内心深处仍然认为，他们不是复活，而多半是根本未死，他们先前的死亡只是一种假象，一种为了达成某种目的而蒙蔽世人的假象。

因此，今晚听到这么多声怪笑，我一直没往海马身上想。我潜意识认为，这种笑声应该随着海马的死亡而不会再现。

但现在，这声音明明白白来自海马头颅所悬挂的地方。除此之外，别无答案。

他的头颅被挂在那里已经差不多一个月了，在此期间没人去关注。要挂多久，伊登没说，也没人敢问。海上日光强烈，按常理来说应该早已腐烂了。

我想起三角眼是谁了，他就是当时负责割下海马头颅的海盗崽子。他手上脸上溅满血的样子，一下子从记忆深处跳到我眼前。画面太残忍，我之前无意识中将其屏蔽，选择性遗忘了。

此刻他已经不知所踪，似乎根本没有来过前甲板平台一样。可这么短的时间，他不可能从桥楼另一侧的走廊离开。

我壮着胆子向旗杆走去。旗杆在最前端的尖角上，此刻海上的风浪虽然不像白天时那样夸张，但还是不时有大浪拍打在船体四周，溅起的巨大浪花有时会高过旗杆的顶端。贸然跑过去无疑是有些危险的，但我顾不得那么多。我要发挥无神论精神把这颗头弄下来，把这有意吓唬我的破玩意扔进海里一了百了。

甲板上异常潮湿，我一路抓住栏杆，努力靠近了旗杆。旗杆并不高，目测只有两米多，不到三米。我本想攀着栏杆够到布包，但凑近了却发现：

旗杆上光秃秃的，什么都没有。

难道那颗头已经被海浪打掉了？

下一秒，"嘎嘎嘎嘎"的笑声又响了起来。这一次，是从下方传来的。我身子一颤，低头看去。光线晦暗，我努力地辨认，发现船舷上扒了一个人。我不知道他是用什么方式扒住的，这艘军舰的舰首船舷由上至下向内倾斜，船舷与海平面成大约45度角。任何东西，除非是粘在上面、吸在上面，否则必定落海。可这人，居然就这样扒在那里。

他身上的衣服完全湿透，姿势也很奇怪，身体舒展，两只手掌和两只脚掌的掌心都牢牢地贴在了船舷上，如同四只海星一般，而他整个人就好像一只吸附在船舷上的壁虎。普通人在平趴的姿势下，是不可能把双手双脚掌心同时贴紧平面的，除非把腿骨折断。

我神使鬼差地又凑近了些，发现他虽然身子紧扒着船舷，头却以诡异的姿势扭向了大海，好像头被装反了方向的乐高小人。在我凑近的那一瞬间，那人的头迅速转了180度，扭回来与我四目相对。

这是一张高度腐烂的脸，皮肉已然开始发绿，骨头大面积露出。白色的蛆虫从鼻孔爬出，又从左边的眼洞里爬入，澎湃的海浪也冲不走。脖子上还有一道狰狞的紫红色印痕。

是海马。或者说，是腐烂了的海马。

在看清楚的那一刻，我惊恐无比地大叫了一声，随即不顾一切地举起手上的枪，疯狂扫射。

子弹根本打不中他，AK-12的后坐力使我双手发麻，再也无力扣动扳机。死一般的寂静中，扒在船舷上的腐烂海马对我"嘎嘎"笑了两声。我下意识地后退，他却并没有冲上来，而是"咯"的一声，又把头180度扭回去，开始往船底爬，活像在墙壁上游走的巨大蜘蛛。

接近海面时，他突然又将头扭回来，与我打了个照面。

我看着那张脸，完全吓蒙了。脚底一滑，跌倒在甲板上。

那是怎样的一张脸啊，刚才还是烂到白骨森森，此时却如同吸饱了水分一般，重新胀了开来。左边那半张熔化的脸又一次变得伤疤密布，血红狰狞；而右边那半张脸却变了模样。

那是一张典型的渔民的脸，黑红脸膛，发际线有点高，但发际线以上的头发还挺茂密，只不过一半已经发白；皱纹堆垒，坑坑洼洼；额头有三颗黑痣。

用我的脸就算了，他竟然敢用我父亲的脸！

我拼命摇头，不断告诉自己：这是做梦，是幻觉！

我挣扎着爬了起来，左手死命扶住栏杆，右手拿着枪，然后将身子探下去。但他已经不在船舷上了。我拼命地集中精神，在波涛间寻找。他正在奋力地朝着舰尾游，似乎察觉到我的动静，忽然停了下来，拧过头朝我看了一眼。他的右半边脸，竟然变了个模样，线条柔美，鼻梁挺拔，白得发光——是本来应该在"中指猩魔"手里的闵琼。

人质劫持的画面在脑海中突现，压抑了许久的恐惧爆裂开来，我举起枪，一边号叫，一边疯狂地扣动扳机。

"突突突突"的枪声响彻海面，但没有一颗子弹击中飞速移动中的目标。过了半分钟，平台上灯火四起，一群海盗崽子骂骂咧咧地从桥楼和甲板下的船舱里拥了出来，将我围住。

"你发什么疯？"

"这才几点啊？"

"有病吧！收拾他！"

几个人一把把我从栏杆上拽下来，一边七嘴八舌地骂着，一边七手八脚夺走我的枪，借机推推搡搡、踢踢打打，发泄他们长久以来的不满。疼痛和屈辱让我暴怒，我反身一把勒住了一个踹我膝盖的胖子，将他扑在地上扭打起来。僵持间，只听有海盗崽子厉声叫起来。

"你们来看，快来看啊！是科拉松和老周！"

"谁杀的？"

围着我的海盗们被吸引过去，我得以喘息，挣扎着坐起来。有人从左边的栏杆处拖上来两具尸体，尸体脖子上勒着麻绳，显然是被人吊在栏杆上的。在重重小腿的缝隙里，我看到了其中一具尸体的脸。

正是之前遇到的三角眼。

而他身边躺着的另一个，就是做布里格那天在场的另外一个海盗。

"这两个人是你杀的吗？"刚刚和我打架的胖子三两步跨到我面前，猛地一个

巴掌打了过来,"老实说!"

我心头火起,脸上却笑了出来:"你想怎么样?"

胖子喝道:"老老实实说,这俩人是不是你杀的?"

我老老实实点头:"你们说是就是喽,对不起,别杀我啊,饶命。"

海盗群炸开了锅,那胖子立刻从背上取下自己的AK-47,上手就拉枪栓。

等的就是现在!就在他拉枪栓的那一刻,我猛地扑了过去,迅速拔出他藏在腿上的匕首,朝他肚子上捅了过去。这胖子反应很快,身体一退躲开了要害,但他本能用右手挡了一下,右手手掌被扎了个对穿。

在他惨叫的时候,我一脚踩住他的手腕,慢慢地把匕首拔了出来,他的惨叫因之带了更高亢的尾音。

其他海盗立刻将我团团围住,一圈枪口对准了我的脑袋。

"我还不信了!开枪啊!杀我啊!"我把匕首往地上一摔,血红着眼吼道。

枪声真的响了。

一颗子弹从斜上方打来,擦过我的肩头,打在我身前的地上。

"把大厌头交给伊登处置!"

大狙的声音从驾驶舱传来。我抬头望去,伊登站在他身旁,冷冷地俯视着我们。大狙的左肩上仍旧打着石膏,整个人胖了一大圈,脸上的歹色被长起来的肉中和了不少,从凶狠干瘪的海盗变成了一副古惑仔的模样。

平台上立刻安静下来,只有那个胖子捂着手不住地哼哼。

我看到伊登对着大狙说了句话,大狙"扑哧"笑出了声,然后点点头,对着我身边的那群海盗崽子高声喊道:"来两个人,把咱伊登船长的这位压寨夫人送到船长室里!"

三个海盗崽子拉拉扯扯地把我押送到桥楼最上一层的一个房间,摁到沙发上,然后走出去两个,留下一个用枪指着我。

这应该就是伊登的住处了,所谓的船长室。这里明显要比普通的船员宿舍宽大许多,有些类似星级宾馆的套房,中央是一个铅灰色的大写字台,后面是可以转动的皮椅,周围是一圈沙发。里面还有一进,应该是卧室和洗漱间。

我上下左右瞄了一圈,把各个能逃能藏的位置一一记下来,以防万一。"吱呀"

一声，船长室的门开了，进来三个人——伊登、大狙和那个胖子。

"都说老周和科拉松是林济苍杀的？"伊登昂着头走到屋子中间，坐到办公桌后面的椅子上，打开了笔记本电脑。

"也不用争了，监控录像里都有。如果真是林济苍杀的，大狙就在这儿给两位兄弟报仇吧。"说着，她把电脑屏幕转向我们，自己跳到桌子上坐着，示意我们围过来。

话音刚落，大狙就把一把沉甸甸的手枪掏出来，搭到我脖子上。我是真不敢动，只好用非常别扭的姿势看向了电脑。

监控画面调了出来，右下角的时间显示是午夜12点，甲板上一切正常，只偶尔有两个海盗崽子过来透气。伊登开始放快进，时间显示到"1：00"的时候，甲板上出现了异常。

旗杆上那颗被布包裹着的海马的头颅，毫无征兆地落进了海里。

伊登反复播放了几次，我们都看不清头颅是怎样落海的。监控画面虽然是720p高清级别，但那根旗杆并不是画面的焦点，而是画面最上方边缘处的很小一部分，有时候随着船只颠簸，一半旗杆甚至会被挤出画面。

只能继续往下看。

到了2：15左右，一个海盗崽子跑到了甲板上。伊登轻声说："注意看，老周来了。"正是三角眼的同伴。

隔着监控镜头，还是能看出他满脸的紧张害怕。他在空无一人的前主甲板平台上乱转，似乎在寻找什么，时不时还停下来仔细倾听。当看到空空如也的旗杆时，他明显受到了惊吓。

伊登忽然将画面定格了下来："看到了吗？"说着伸出手，指着甲板左边的栏杆。

我、大狙和胖子睁大眼睛盯过去，几乎同时吸了一口凉气。

在栏杆外，出现了一个圆圆的东西，或者说一个不规则的球形——是海马已经半腐烂的头颅。

监控画面继续播放，只见这颗怪异的头颅慢慢地探了上来，用诡异的角度看向老周。未几，海马爬上了甲板，四个掌心贴地，一步步向老周爬了过去。

危险逐渐逼近，老周却浑然不觉，仍呆呆地看着旗杆。

一个大浪打来，军舰摇动了一下。老周失足跌在地上，终于看到了海马。

海马突然一跃而上,将老周的喉咙卡住。老周瞪圆了眼睛,舌头吐出老长,四肢拼命地抽动。海马将他拖向左边栏杆处,先行跳出栏杆,然后将老周拉了下去。老周死死扒住栏杆,然后渐渐松开了一只手,两分钟后,又松开了另一只。

就此,老周消失在屏幕上。前甲板平台上再度恢复了平静,就好像什么事情都没发生过一样。过了一会儿,三角眼出现在甲板上,遭遇和老周一模一样。他被拖下去一秒钟后,我在屏幕上出现了。接下来就是我所经历的一切。

伊登关闭了画面,和大狙对视了一眼,没有说话。

"这到底是什么东西?"我忍不住问。这两人明显知道些什么。

伊登看了我一眼,淡淡地说道:"说出来你也不会相信……其实我也不怎么信。"顿了顿,她又说,"我不能确定,不过这可能是传说中的海疟落。"

"什么玩意?"

"海疟落,又叫飞头獠,传说中一个很神秘的海上种族。"伊登说。

"是人吗?和小绿人一样?"

伊登点点头:"嗯。据说最初生活在岭南沿海一带,水性极好,连续在水中泡一个月都不成问题。而且可以四肢翻转,用手心和脚心的吸盘吸住船舷。古代人把海疟落当妖怪捕杀,大概到了东汉末年时,这种东西在岭南就绝迹了,据说是流亡到了大海深处。书上记载说,这种东西平时为人,半夜头颅会从脖子上断下,飞到海滩边啃食鱼虾,凌晨头颅飞回躯干处。醒后对于昨晚发生的事情完全不知情,只知道肚子很胀,嘴巴里还有残留的鱼虾和沙子。还有些记载里说这种东西十分凶悍残暴,喜欢莫名其妙地杀人,被砍头也不怕,事后头颅和躯干会自动缝合,而且会变成更加厉害的妖怪。总之夸张得很。现在也还能不时听到关于海疟落的传说。海马,或者说杀掉老周的这个怪物,大概就是海疟落吧。不过我也不能肯定。这种东西先前只是传说,没人亲眼见过。"

怪不得她之前要把海马的头割下来挂上,看来是迷信断头复生的传说,怕海马回来找茬儿。这帮海盗既相信科学,又继承传统,还懂得眼见为实,真是难得……我心里一万个不相信大概全都写在脸上了,伊登看看我,"砰"地把电脑合上了:"你不信我也没办法。我早就说过,海上稀奇古怪的事情很多,这恐怕只是开胃菜,越往后,你越会大开眼界。"

烂头海马那么可怕的生物都是人了,难不成还真有鬼?有鬼也不可能比这更吓人。

我想了想，模棱两可地问："在传说里海瘟落会变脸吗？"

看着三个人莫名其妙的样子，我就把见到的情况都说了出来。伊登沉默半晌，开口："你和他长得很像，这一点我们也是看到你后才知道，当时我们也很吃惊。把你抓到军舰上来，是我老板的指示。你们俩为什么长得这么像，我就不清楚了。至于变脸，我们就更不知道了。大狙、臭油，你们看到过海马变脸吗？"

大狙和胖子都摇摇头。

伊登还是个小孩，表情是瞒不了人的。我看得出来她有所隐瞒，但打算先放下此事，等她再掌握点信息后会跟我说的。

我对她的人品有如此信心。落草的，其实不一定都是坏人，而其中能当头的，往往十分守规矩，他们遵守的是"法外正义"——不是社会契约，不是法律条文，而是简单直接，答应了就做，认定了就跟，俗称的古惑仔义气。

被称作臭油的胖子从鼻孔"哼"了一声，嘟囔道："科拉松和老周的确不是他杀的，那我这手怎么算？"

伊登眉毛一立："你被人抽耳光下黑脚的话，你会干忍着吗？我反复跟你们说过，这姓林的对我们很重要，大老板也反复关照不许为难，你们全当耳旁风！"说到这里，伊登的口气突然缓和下来，又恢复了几分调侃的语气，"哎呀，我觉得吧，扎穿你一只手还太便宜了。大狙同学……"

我分明听到大狙叹了口气。他一把揪住臭油已经受伤的右手，将之死死按在办公桌上。臭油痛苦地叫唤个不停，右手上包裹的毛巾渗出了鲜血。

伊登从腿上抽出一把匕首："龟仙人，把这肥仔的右手砍下来，让船上的人都长长记性。"

我将信将疑地接过匕首，站到臭油对面，一抬头，碰上了大狙的眼睛。慈眉善目的胖大狙，嘴角尴尬地扯着，目光里居然有乞求的意味。

外行如我也懂他的意思了。我把匕首往桌上一扔："这事儿我干不来，我不喜欢打打杀杀，更不喜欢见血，刚才是被逼急了。臭油将来如果还逼我，我可能会想招整死他。否则，大家太太平平的，挺好。"

伊登跳下办公桌，冷冷地嘀咕了一句："真没劲，都走都走。"就一挥手打发我们出去。

他俩都向门口走去，可我仍然站在原地不动。大狙回身瞪我，伊登又挥挥手："你们先去吧。他有很多话要问我呢。不让他问，他还会惹出事儿来的。"

听到门关上的声音，我立刻开口："他们呢？"

"谁啊？"

还是猫玩老鼠那套。

"他们在哪儿？"

伊登往皮椅上一靠，"嘿嘿"笑道："哦，你是在问你的死党、梦中情人，还有你爸、你妈他们，对吧？"她双手一摊，脸上露出坏笑，"不知道。"

怒火一下子蹿到了脑门，我强忍着，一个字一个字地问道："算我求你告诉我成吗？我想见他们。"

伊登饶有兴致地看着我的表情，隔了几秒钟笑嘻嘻地说出一句："你告诉我闵琼和你是什么关系，她哪里吸引你，你怎么表白的，后来为什么没能在一起。说完了，我再告诉你。"

我脸憋得通红："她不是我女朋友……我和她之间没有故事……"

"我不信。"看到我如此囧态，她似乎非常得意，"你这么一大把年纪还没女朋友，那你不会喜欢男人吧？赵磊是你男朋友吗？"

我"噌"地从椅子上站起来，扭头就往门口走。

伊登蹦起来，三两步夺到我前面，倚住门："你这人怎么这么没劲啊？来，给你看点东西，是关于那些人中的一个。"说着，她从怀里掏出一个信封，丢到我怀里。

是一个打开的牛皮纸信封，边边角角都已经很毛糙了，看上去有些年头。我把里面的东西抽出来，是三张照片。

上面有我爷爷。

爷爷去世至今已经有十多年了，但他的模样我绝对不会认错。瘦长脸，薄嘴唇，白色短胡楂儿和短头发，尤其是一双炯炯有神的眼睛，那种精神头，绝对不是别人能够模仿的。

但奇怪的是，爷爷身上穿着一套十分奇怪的衣服——一身橙色的衣裤。这套衣服的款式，让经常看国际新闻的我立刻就想到了关塔那摩监狱中扣押的恐怖分子。

不会吧？我暗暗吃惊。

照片上的爷爷似乎是在一片被铁丝网围起来的地方。一根根一人多高的铁管竖在那里，那些铁管之间是铁丝网，上面则是一圈圈圆形的铁丝，可能通着高压电。而拍这张照片的人所站的位置在铁丝网外。距离拍摄者较近的一片铁丝网上挂着一张铭牌，上面写着"Camp V""PHSFS""Honour Bound to Defend Freedom"等字样，还有一些不知道含义的图画。

爷爷站的地方是光秃秃的混凝土地面，远处还有一个瞭望塔。

这一切都让人想起关塔那摩，但那儿的的确确不是关塔那摩。关塔那摩的英文是"Guantanamo Bay detention camp"，简称"GTMO"，而照片里面的铭牌上写的应当是"JTF Guantanamo"，其中"JTF"是"Joint Task Force"的缩写，也就是联合特遣部队的意思。

这样想来，爷爷与恐怖活动没什么关系。不过，这座监狱虽然不是关塔那摩，但规格也是够高的，里面关押的应该是非常特殊的囚犯。

爷爷在照片的中心，除了他以外，照片上还有六个人，有的背朝着照相机镜头，有的侧对，有的面对，看状态似乎是在放风。他们的表现都很平静，有些似乎还在笑。远处，有好几个荷枪实弹的大兵面容严肃地看着他们。

离爷爷最近的，是一个身材相对粗壮的人，侧对着照相机镜头，似乎在与爷爷说话。他只露出小半张脸，由于迎着阳光，他把眼睛眯缝成一条线，整张脸上的肌肉都挤在了一起。

是我叔叔。加上爷爷的话，被"中指猩魔"劫走复活的人里，有两个在照片上。其他人呢？

"这……这怎么回事儿？这照片什么时候拍……拍的？"我颤声问道。

"时间不就印在照片上吗？"伊登玩着转椅，心不在焉地说。

照片右下角的时间是"2001.2.25"。

冷汗马上就下来了。我记得清清楚楚，叔叔去世的时间是1999年10月7日，爷爷去世的时间是2000年3月15日。

也就是说，当我参加完这两人的葬礼后一年多，他们同时出现在了一座军事监狱里。

CHAPTER 13

恐怖照片

KONG BU ZHAO PIAN

伊登静静地看着我，见我被震惊得一动不动，轻声提醒："你把另外两张照片看完了再说。"

第二张照片还是一样的场景、一样的拍摄位置，甚至连阳光的角度都差不多。

但是在这张照片里，穿着橙色囚服的人都戴着黑色的头套。我试图从这些人的姿态身形中找出一些端倪，看看有没有我所认识的。但囚服比较宽大，根本看不出身材。目光移到旁边荷枪实弹的两个狱卒身上，两人都戴着墨镜，嘴巴里都有香烟。左边那个人的烟已经点燃了，正用打火机给右边那个人点烟，脸被自己的手挡住了一大半，但我还是认出来了。

是我哥哥。

照片右下角的时间是"2005.6.17"。哥哥是在 2004 年 12 月被宣布牺牲的，他的葬礼是在 2005 年 1 月 18 日举行的。

五年间，我的三个亲人先后出现在这里，这绝对不是巧合。

第三张照片里，会不会有我的父母？我心脏狂跳起来，手有些颤抖。

但第三张照片让我失望了。

这一张和前两张完全不同。这是一张鸟瞰图，将整个监狱拍了下来。这座监狱的占地面积相当大，粗略估计超过一百平方公里。监狱坐落在一个呈不规则三角形的半岛上，三面环海，背靠大山。海里能看到水母，山上郁郁葱葱，但看不清植物的品种，无法确定岛的纬度。总之整个生态看起来非常不错，甚至好到有点……假。

我心里渐渐有了眉目。看样子，我的五个亲人的确没有死，他们都是装死，实则去完成一件很重要的事情。而这件事情很可能与照片中这座监狱有莫大的关联，至少爷爷、叔叔和哥哥的情况是这样。数十日以来的阴霾一扫而空，我心里十分雀跃，我的家人都活着，我还有机会见到他们，还能和他们长长久久生活下去，以前的遗憾都可以弥补，这真的是太好了！

但表面上，我还是装作疑惑不解的样子，把照片翻来覆去地盘弄了半天。

伊登似乎看出我对第三张照片没有什么兴趣，于是说道："大叔，这第三张照片才是最吓人的哦，绝对比死人复活更加吓人。"

听她这么一说，我满腹狐疑地重新细看这张照片。监狱、海水、大山，都是平淡无奇的，没有什么吓人的地方。

"你看看海里。"

"不就水母吗……"

水母！

我明白伊登说的"吓人"是什么意思了。我怀着一丝侥幸问道："这张照片是电脑处理过的？"伊登抿着嘴摇摇头："我看到这张照片时的第一反应也是这样。不过我这里有电脑方面的高手，他们反复鉴定过，这张照片是原始照片，是用胶卷相机拍摄的，绝对没有修改过的痕迹。"

这怎么可能呢？这张照片的拍摄点距离地面很高。监狱中的许多建筑在照片上显得很小，一座瞭望塔也就半只蚂蚁的大小，几座矮平房在照片上拼接起来，也不过一粒米那么大。

而按照现实世界中水母的大小，即便海里有水母，照片上应该也无法显示出来。这就是为什么我一开始觉得有点假的原因了。

我数了数，照片上比较明显的水母有五只。那它们实际有多大呢？如果用监狱的建筑物作为参照物，那这些水母中的每一只，至少有十座矮平房那么大。

我不由自主地问："我……我对海洋生物学没什么研究，这是什么水母，会有这么大个头？"

伊登"扑哧"笑了一声："谁告诉你这是水母的？"

不是水母？我把照片凑近鼻尖，能看到海里生物如伞盖一样的半圆形头颅下

面,连着一根根触手。其中一只"水母"的一条触手已经伸到了岸上,在铁丝网上挤了一个大洞,伸入了监狱之内。靠近铁丝网附近站着一个小小的橙色人影,这人背对着铁丝网,似乎对接近自己的触手浑然不觉。而触手尖端的体积,都比橙色人影大许多倍。

"不是水母的话,到底是什么?"

伊登摇摇头:"我也不知道。我们常在远海的人,见过不少巨型生物,但这种鬼东西,的确没人见过。"

仔细辨别的话,会发现这些东西与水母有一个很大的区别。在它们的头部顶端有一条缝,横贯整个头部。将触须伸到岸上的那只"水母",头顶上的缝裂开了一些,里面似乎是一只眼睛,甚至能辨别出白色的眼白、深蓝色的虹膜。我觉得这个模样非常眼熟,但想不起在哪里见过。

伊登似乎有些不好意思:"我知道你心里有很多疑问,但我也只是给别人做事,对整件事情的了解也仅仅限于我所经手的那一部分。而且我所经手的这一部分在对整个事情中,可能只是微不足道的一个小环节。不过我可以确定,你那些亲人的确没有死,他们都是装死,现在在一个安全的地方得到了很好的照顾。这种很好的照顾能不能持续下去,就要看你配不配合我了。要知道,很多事情连我也不能掌控。"

她说的我其实都猜到了,虽然她的诚恳很打动人,但该问的问题我一个都不能放过:"你先回答我,这三张照片哪儿来的?"

"老板给我的。我能告诉你的是,我的老板对你们家,包括对你的关注已经很久了。"

"你老板是谁?他为什么要关注我们家的人?这照片上到底是什么鬼地方?"

伊登遇强则强,见我态度不好,马上一瞪眼:"我老板是谁,你觉得我会告诉你吗?"顿了顿,她可怜我似的又说,"照片上是什么地方,我也不是很清楚。我只是从我老板那里知道,这是二战时修建的战俘营,里面死了很多人,战后挖出过很多战俘的遗骸。后来被A国改建、扩大成了一座秘密监狱。但媒体上没有任何报道,无论你在网上哪个搜索引擎里,都搜不到任何信息。"

我指着第一张照片上的"PHSFS"字母,质问:"这几个字母你在网上查过吗?"

伊登笑道:"大叔你果然是个军迷啊。不错,'PHSFS'代表的是的苏比克湾,也曾经是 A 国军队苏比克海军基地的民间简称。但问题是，A 国军队在 1992 年就撤离了苏比克海军基地，迄今没有重返。而且，即便是 1992 年以前，也就是苏比克被作为 A 国军队西太平洋舰队锚地期间，也没有任何消息说基地里存在如此大规模的一座监狱。这方面你所看的杂志和网上资料应该比我多吧？"

我沉默了，伊登的确没有说错。这样一座巨大的监狱在国内外媒体上都几乎是隐形的，从来没有任何相关的报道。

"你也不必费心去琢磨了。现在这个话题即便在全球的新闻界里都已经成为没人敢碰的话题。上一个想采写相关报道的记者，已经被我干掉了，就在你上班的那栋楼里。"伊登笑嘻嘻地看着我，意有所指。

"就是你们抓我的那天？"我心头一沉。那是改变我命运的一天，每一个场景我都在脑海里过了无数遍，试图找出事情的脉络，但至今未能如愿。

伊登得意地点点头："一石二鸟，厉害吧？那人就死在被扫射的那间办公室里，可惜你没注意到。"

见我脸色极其难看，她才改了语气："我也是奉命行事。老板不希望这个地方曝光。不过，这座监狱对你而言并不重要，因为他们现在都不在监狱里，而是被我的人关押在一个秘密地点。根据老板的吩咐，一个月后我就要出发去执行一项任务，需要你的帮忙。如果你能帮我这个忙，事情结束后，你就能见到你的亲人。这一点，我保证。"

思考了几秒钟，我点点头："好，就算我信你一回，你们到底要我干什么？"

其实我很不甘心，不甘心在莫名其妙的状态下被牵扯进海盗集团里，从一个清白正直的人，变成沾满污泥的傀儡，受制于人，但我现在没有选择。

伊登倒是十分高兴，很真诚的那种高兴，从眼底散发出几乎能称作纯真的笑意："还有一个月，这一个月里，你先接受一些基本的训练。时间一到，你随着我们一起出海。任务的计划现在还不能和你说，一来这是我老板的规矩，二来这次行动，有些事项还没有确定，到实际要做的时候，百分之七十可能会推倒重来。到时候你就知道了。"

我也没有什么心情多问，知道得多了，自己的处境更危险。不过她说要训练我，倒正合我意。我本来就有意学习一些格斗和射击的技能，以在海上自保，但之前一直生活在海盗崽子的监视下，不敢妄动。有句话说得好："手中执剑，方能保护

Chapter 13　恐怖照片

身边之人。"我的家人和朋友们，只能靠我的自强不息了。

第二天，这群海盗再次让我大开了眼界。

一大早就听到海盗们兴奋的欢呼声。我来到甲板上，只见海盗崽子们正对着远方海天交界处的一艘商船欢呼雀跃。

我本以为是要打劫，但海盗崽子们脸上一派祥和，不像是要干仗的样子，而且明哲保身的后勤人员也都出来了。我反应过来，这是要补给了。

两艘船越靠越近，最后这艘非同寻常的"商船"来到了海盗船的旁边，与我们并排。这居然是一艘补给舰。补给舰不是战斗舰艇，我对其没有太多的了解，只能看出，这艘补给舰也被拆除了全部武器装备。照理补给舰上应该至少有重机枪一类的武器，但这艘船上连一挺重机枪都看不到。

补给舰用横向补给的方式对我们的船进行了油料和物资补给。在海上补给作业中，横向补给的难度是最大的，也是最危险的，稍有不慎就会酿成重大事故，比如两船相撞等。伊登一直在船长室操作，用无线电指挥两艘船对接，安排工作人员和海盗崽子各司其职，指令清楚简洁，整个补给过程井然有序。最终补给完毕时，我对伊登这个海盗船长真是刮目相看了。

补给完毕后，军舰又获得四十多天的自持力。

在这四十多天的时间里，海盗崽子们训练得比先前更猛了。大狙带队，上午是射击训练，下午是格斗训练，晚上是给拖后腿的家伙补练项目，比如俯卧撑、仰卧起坐之类的。最狠的是，大狙会把他觉得疏忽训练、体能太差的人，绑一根缆绳，从甲板上推下大海，任那人在海中拼命挣扎几个小时，再拉上来。

我"有幸"被安排了一个"私人教练"——臭油。我俩都不甚满意，我找伊登要求换人，伊登的回答是，够资格训练我的除了臭油，就是大狙了，让我挑一个。我见过大狙的铁血训练手腕，又想到和他有过节，只得作罢。

我的训练内容是上午射击，下午体能训练。端枪瞄准一上午，已经让我全身僵硬，抬不起胳膊，下午又被迫沿着舰身跑了不知多少个来回，做了不知多少个青蛙跳。我被臭油盘弄得几乎哮喘发作，每天靠哮喘喷雾活着，全身的肌肉都在和我作对，仇人一样疼给我看。船上其实有很多药品补给，臭油就是不给我止疼药，我怀疑他看我疼得呲牙咧嘴的样子很有快感。

没有也无所谓。海豹突击队有一句训练格言——"The only easy day is

yesterday",意思是"安逸的日子昨天就结束了"。对我来说,从上船那天开始,精神上安逸的日子就已经结束了。身体上受的这些苦根本不算什么,想要在海盗窝里活下去,就只有练得比他们更狠。

日子一天天过去。过了二十天左右,我跑完一千五百米已经不大费力,俯卧撑可以不停地连做四十多个。对于别人来说这或许算不得什么,但对于我来说,这几乎可以算是重大成就了。

补给后的第二十天,又来了一艘补给舰。随着补给舰到来的,还有一艘游艇。

游艇跟随在补给舰的后面,非常引人注目。作为海盗船的"斯普鲁恩斯"级驱逐舰也好,那艘补给舰也罢,在它的衬托下都显得十分粗陋。前者因为常年无法进入船坞进行检修,显得锈迹斑斑;后者从门架到桥楼也全是金属的粗犷之气。可这艘游艇全身是优美的流线型构造,蓝色的艇舷、白色的上层建筑,无不流露出柔和高级的美感。

我趴在舷墙上看着游艇发呆,冷不防肩头被人拍了一下,鼻子里钻入了一阵淡淡的香气。

伊登不知道什么时候趴到我旁边,她左臂上依然打着石膏,但脸上红扑扑的,乌黑的头发从斜戴的迷彩帽下披散下来,一直垂到肩膀上,难得恢复到少女的样子。

我本能地心里发窘,把身体往旁边略微挪了挪。刚刚跑完两个一千五百米的我浑身大汗淋漓,估计汗臭袭人。

"你知道它的牌子和型号吗?"伊登指着游艇问。

我摇摇头:"不知道,从来没见过。"

"丽娃'超级作品'私人游艇,游艇中的劳斯莱斯。"

我忍不住极其庸俗地问了一句:"值多少钱?"

伊登"嘿嘿"笑了起来:"也不算太贵吧,一千来万,和沈云杉那艘比,差了很多。"

我脸上努力装出很淡定的表情,冷冷地说道:"是不是你们老板奖励你的?"

伊登摇摇头:"是做'崽子船'用的。"

见我一头雾水,伊登给我解释了"崽子船"的意思。海盗对海上船只进行袭击时,一般会乘坐比较大的船只接近目标,然后再释放事先搭载在大船上的小艇,这种小艇会搭载全副武装的海盗冲到目标船只跟前,海盗再用飞虎爪之类的东西登上目标船只行凶——这就是海盗抢劫的 SOP(标准作业程序)了。其中比较大

的船只一般被称作"母船",或者"产仔船""下蛋船";而搭载海盗直接冲到目标船只下面的小艇就是"崽子船"。

伊登这伙海盗,居然用超豪华的私人游艇充当崽子船,真是有钱任性,高调不怕事。

补给舰走后,这艘"丽娃"游艇一直不紧不慢地跟在海盗船身边。海盗崽子们听说这次是要乘坐这艘豪华游艇出去"干活",全都兴奋异常。

在游艇出现的当天,大狙和臭油消失了,据说这两人已经搭乘补给舰先行出发。

老虎不在家,被大狙训练得很惨的崽子们开始胡来,而我仍旧按臭油定的训练计划走,只是多留了点练枪的时间。

补给舰走后的第六天,突然有人找我去船长室开会。舰长室里除了伊登,还有另外六个十五六岁的海盗崽子,他们有坐有站,脸上都是难得的正经。

伊登坐在办公桌后面,一改往日的嬉皮笑脸,十分严肃地说道:"这趟活就由你们几个跟我一起去做。你们最近表现不错,大狙、臭油不在也能一板一眼地训练,所以请示老板后,决定挑中你们。回去准备一下,傍晚六点在船尾平台集合,上崽子船出发。最后再强调一次,执行任务过程中,听我命令,不许多问。多嘴多舌的、执行力不强的,当场切了喂鲨鱼!"最后这七个字,伊登是一个字一个字从牙缝里挤出来的。说完,伊登不给我们几个提问的机会,抬头用下巴指了指门口,示意我们出去。

凭栏远望,海天交接处依稀有灰色的轮廓,那应该是岛岸的轮廓吧。已经有两个月满眼尽是无边无际的海洋了,如今能再次看到岸,我不由一阵兴奋。

凌晨两点多,"丽娃"游艇以 28 节的速度在海上行驶,透过玻璃向艇尾看去,可以看到游艇在海中劈开的两条晶莹的白浪。

八个小时前,那些十几岁的海盗崽子们刚来到这艘豪华的崽子船上时,显得十分兴奋,不停地在白色的真皮沙发和米黄色的实木地板上东摸摸、西碰碰,更有人跑到下面一层,从冰箱和储物柜中拿出香槟和雪茄开始糟蹋。还有两个跑到角落中的一个漂亮的皮质手提箱前研究半天,认为那里面可能是现金,是老板给他们准备的奖金,于是准备把手提箱撬开。

就在这些海盗崽子们肆意忘形时,伊登冲了下来。她不由分说举起手上的瓦尔特PPS手枪"啪啪"就是两枪。一枪打掉了一个海盗崽子嘴巴里燃烧的雪茄；另一枪把另一个海盗崽子正塞到嘴边的香槟酒瓶击碎，弄得他满嘴是血。海盗崽子们臊眉耷眼地回去乖乖坐好，每人怀里发了一个超大号的帆布包。一顿修理下来，我都替伊登心累，简直像带了十几个"熊孩子"的劳累保姆。

此刻，这些崽子们在船舱各处睡得东倒西歪，手里牢牢攥着帆布包。这些背包显然都是特制的，大得能够放下870毫米长的AK-47。根据伊登的吩咐，所有人都换上了T恤衫和牛仔裤，看上去像一群搭乘豪华游艇出来旅游的"富二代"。我如今也是这身打扮。

我睡不着，盯着窗外的景色发愣，忽然听到头顶上传来一阵笑声——是伊登的声音，之后是一个男性兴奋的说话声。

那男的是"丽娃"的驾驶员，名叫阿昆。登艇的时候我们和他见了一面，他大概25岁左右，身形修长，皮肤白皙，头发整整齐齐，闪着油光。他戴一副金丝边眼镜，非常斯文，一开口总是笑嘻嘻的，给人的感觉像是个公子哥。而我总觉得他很像一个公众人物，除了脸与那个公众人物差得比较远以外，他们的身材和说话的腔调都十分相似。

我竖起耳朵，努力想听清楚他们在说些什么，可这艘私人游艇的用料十分高档，隔音效果很好，什么都听不真切。我索性抓起自己的布包，走到甲板上透透气，顺便偷听下消息。

站到甲板上，伊登和阿昆的对话能够听得比较清晰了。

"咖啡好了吗？"伊登问。

"马上就好。"阿昆说，"待会儿我能用你刚才用过的杯子盛咖啡喝吗？我另外再给你一个新杯子。"

"为什么要这样啊？"

"用你用过的杯子去盛清咖，不用放糖就很甜了。"

"别人点石成金，我点石成糖吗？"

"你点成的糖，比金子还值钱，你碰过的每一样东西，我都愿意用一公斤金子去换……"

完全是毫无内容的相互逗弄。

伊登还是个小姑娘啊！这男人真是臭不要脸！

　　我实在是不忍卒听,只好远离他们,朝船尾走去。夜晚的海上并不是漆黑一片,不时有亮着灯光的船只经过,有渔船,有货船,还有邮轮。看来前方是个繁忙的港口,烟火气让人宁静,我心里有隐隐的期盼。

　　一束探照灯射出的强烈灯光射到了游艇上,我的眼睛被闪得一花。逆着灯光看去,艇上红蓝顶灯在黑暗的夜里分外显眼,那是让所有不法分子害怕的警灯,现在我看到也开始心虚了——是一艘边防艇。夜色浓重,雾也开始浓起来,看不清船舷上的标识,不知是哪一国的,也不知道是否对这片海域有主权,但无论如何,都是代表秩序的武装力量。我们这群带枪的乌合之众是他们在海上的头号打击目标。

　　目测这艘边防艇距离我们的游艇也就十几米的距离,如果这艘艇的边防人员要登船临检怎么办?我们布包里的武器万一露馅,岂不是就要爆发海上枪战?

　　各国各地边防部队惯用的4~5吨级的高速拦截艇一般可以搭载五人左右,照此推算,这艘边防艇上搭载十五个训练有素、具备相当战斗力的边防人员应该不成问题。如此吨位级别的边防艇上,一般都搭载着重型机枪,能毫不费力地把我们的游艇打残。而边防艇背后关联的边防舰、军舰、海事基地……可以说是一呼百应,我们跑都没处跑。

　　我有些发愁地透过玻璃向艇舱内看去,刚才还在睡觉的海盗崽子们在强光的照射下全都醒了过来。灯光在他们脸上照来照去,印出一张张惨白的、肌肉紧绷的脸来。他们有的悄悄将帆布背包的拉链拉开了一个口子,手往里摸去。

　　拔枪而战,肯定要遭受灭顶之灾,但依照这些海盗崽子们强悍的性格,他们宁可找死,也不愿等死。

　　边防艇上的探照灯在游艇上来回照了几圈,不知道为什么,若无其事地开远了。我和海盗崽子们都大大松了一口气。但直觉告诉我,这事没完。虽然他们可能暂时将我们看作出来鬼混的"富二代",但难保下一轮的值班人员会放过我们。

　　凌晨三点左右,伊登忽然从驾驶室下来,把所有人都喊醒了。她拿出一个投影仪打开,并且连上了笔记本电脑。有个十分机灵的海盗崽子立刻把窗上卷着的投影仪幕布拉了下来,伊登满意地拍了拍他的屁股:"聪明!"

　　幕布上显示出一张照片,照片上是个年轻男子,二十多岁,皮肤白皙,金丝边眼镜,下巴很尖,目光炯炯。

伊登指着这个人的脸，对所有人说道："今天我们的目标就是这个人——陈兆丰，香港金羽集团董事长。"

说着，她又调出了一段小视频，是陈兆丰接受媒体采访的片段，让我们辨认他各个角度的面部特征。视频里，陈兆丰十分淡定，应对媒体的提问游刃有余，笑得标准，答得无聊："爸爸是爸爸，我是我。我会有自己最好的事业，自己最好的人生……"原来是个"富二代"。

伊登继续吩咐："老板的意思是让他交出一样东西，如果他不交，或者制不住他，就地击毙——不过射杀的时候不许打头部。"

在说"击毙""射杀"这些词的时候，伊登嘴角挂着一丝微笑，目光一闪一闪，就好像在专注打游戏的玩家一样。

幕布上又出现了一张照片。这是一艘巨大的邮轮，白色的船体，高高的船舷上布满了舷窗、海景阳台和救生皮筏。照片背景是富士山。

"陈兆丰现在就在这艘邮轮上，这艘邮轮叫'德川号'……"

听到熟悉的名字，我"啊"地惊叫一声。二战时有一艘装甲巡洋舰也叫"德川号"，经历诡异，甚至被称作"幽灵邮轮"。虽然极大的可能只是同名而已，但联想到海马曾经把我和二战时山下奉文的宝藏捆绑到一起，我还是隐隐感觉不妥。

伊登在做任务的时候非常严肃，很不满意我的打岔，大大的眼睛冲着我翻了个非常明显的白眼，继续说："……这艘邮轮是 B 国邮船株式会社的财产，原先是三德财阀的产业。不过这两年 B 国经济不景气，三德财阀日子不好过，于是就在几个月前把邮船株式会社卖给了陈兆丰的金羽集团。这次'德川号'满载了两千多名游客，是其易主之后的处女航，因此陈兆丰也亲自登船，算是督战吧。大狙和臭油已经以普通游客的身份混到'德川号'上了，做一些事情策应我们。我们要做的，就是先登上邮轮第二层甲板的一间客房，根据臭油在陈兆丰身上安放的 GPS 定位芯片找到其所在的位置，然后制服他。制服不了，就当场杀掉。再强调一遍，射杀的时候枪不许打他的头！清楚了吗？"

"明白了，伊登姐！"海盗崽子们齐声喊道。

"你们都给我复述一遍，目标是谁？"

"陈兆丰！"

"任务要点？"

"杀人时枪不许打头！"

伊登点点头："陈兆丰身边跟了大量保镖，比沈云杉只多不少。行事一定要小心。"她说着把电脑合上，递给刚刚被她拍了屁股的黑皮小海盗，"泥鳅，老规矩，电脑、定位装置都是你拿着。这方面的活计全部是你负责，出问题你屁股不保哦。"

泥鳅又羞又喜地把电脑抱走，其他的海盗崽子们都拍手大笑起来。我有些佩服伊登的手腕了，堪称恩威并施，把一帮三观未成形的崽子们操练得服服帖帖，这要是走正路，以后会是个非常成功的女企业家或者女政客。可惜当了海盗。

"船来了，做好准备。"伊登轻声嘱咐。这时，舱内明显光线一黑，似乎是游艇进入了什么东西的阴影里面。窗外，一艘巨大的邮轮出现在我们的视野里，高大到遮蔽了月光。

这艘邮轮实在太大了，"丽娃"游艇在它的旁边，就好像一叶扁舟一般。两船距离逐渐贴近，我看到邮轮上没有什么灯光，黑夜里，它似乎和船上的乘客一同在沉睡。

只听一阵"咚咚咚"的声音，我循声扭过头去一看，是阿昆在外面敲窗玻璃。伊登与他对视后，站起身来："到地方了，准备干活！"

众人各自背起帆布包，走到游艇的前甲板上。这时，游艇已经停到了距离邮轮不足三米的地方。

我忽然意识到，这艘邮轮抛锚了。

海盗 SOP 第一条——逼停对方船只。可我们并没有做这一步，"德川号"在风平浪静的条件下，居然抛锚停泊了，多半是大狙和臭油动了什么手脚。

"德川号"这样的巨型邮轮一定会装备 SSAS 和 AIS。前者是船舶保安警报系统，可按钮触发，海上航行的船只一旦遭到海盗袭击，这种警报系统就会向船主发送手机短信，并且向海警方面发出警报。AIS 是船舶自动识别系统，类似于军舰和飞机上的敌我识别器，船只依靠这种系统不停地通知周边海域关于自己的一些情况，如果出现险情也可以起到警报作用。

因此，一次"顺利"的海盗活动，除了在海面上截停船只，控制或者摧毁上述两大系统也是必不可少的。

而这些活儿，不知道大狙和臭油都干完了没有。

CHAPTER 14

剥脸人
BO LIAN REN

　　海上一片寂静,海盗崽子们难得地沉默。忽然,泥鳅低声道:"出来了,在那里!"
　　我顺着他手指的方向看过去,只见我们左侧大概十几米的地方,一根绳索从邮轮的一个海景阳台上垂挂了下来。
　　从游艇向上望去,首先是四层海景房的圆形舷窗,这种窗子是不能打开的。而这些圆形舷窗的上面,则是一条甲板通道,是游客在邮轮码头登船时都要走过的,甲板通道上端则齐刷刷悬着一排救生艇。而救生艇的上面则全部是邮轮阳台房的露天阳台,共有七层之多。而那根绳索就是从七层中的第一层,也就是紧靠着救生艇那层的一个阳台房的露天阳台上垂挂下来的,那阳台距离海面大概有三十多米的样子,爬上去是一项大工程。
　　这条绳索从阳台上垂挂下来,要经过四层海景窗。幸好绳索垂挂之处所有的海景窗都黑漆漆的没有透出任何灯光,想来里面的游客玩了一天已经睡了。海盗崽子们如果按计划顺着绳索往上爬,只要动静不大,应当不至于惊醒游客。
　　阿昆也看到了绳子,驾驶游艇靠了过去。大约一分钟后,绳索直接垂挂到游艇的甲板上。我好奇地抬起头,那个垂下绳索的阳台房中此刻依然黑漆漆的,并没有透出灯光。
　　伊登拽了拽绳索,确认比较牢靠后,指着一个海盗崽子,示意他爬上去。那海盗崽子手脚并用地开始攀爬,不一会儿就爬了六七米的样子,然后又一个海盗崽子跟着他爬了上去。

这时阿昆从驾驶室出来了，手里拿着手提箱，正是之前在底舱差点被海盗崽子们撬开的那只。他用手铐的一头铐住了箱子把手，另外一头铐在了自己手腕上，然后也开始爬绳子。他的手劲和先前那两个海盗崽子相比逊色了一些，而且箱子似乎很沉，因此他攀爬的速度比较慢。大概两分钟后，他爬完了三分之一的距离，看样子只要不出岔子，爬到那间阳台房里基本不成问题。

但岔子就在这时候出了，而且是大岔子。

一束强烈的灯光猛然间将巨型邮轮底下的这黑暗一角照得如同白昼。

刺耳的鸣笛声响起，随即是扩音器里震得人耳膜生疼的喊话。喊的是英文，见我们这边没有反应，又用蹩脚的普通话喊道：

"前方船只，我们现在怀疑你们进行非法活动，要进行登船检查，请予以配合。"

逆光望去，正是之前离开的那艘边防艇。目光所及，艇上站了至少七个穿着橙色制服的人。其中一个站在艇的最上层，身体斜靠在一挺重机枪上。果然被我猜中了，边防艇并未打消疑心，又转了回来。

"你们马上回舱！"伊登飞速交代道。海盗们的处境相当不妙，游艇上连我和伊登在内，还剩下六个人，绳索上还不上不下地挂着一个阿昆。

我和另外四个海盗崽子回到艇舱里，紧张地注视着外面的情况。绳索被迅速向上收，离开了甲板。

边防艇停到距离我们游艇一米的地方，两个穿着橙色制服的人将一块木板搭在两艇之间，踏上了游艇。

此时，那根从阳台房垂下的绳索的尾端距离甲板有六七米高，阿昆仍然挂在半空中，但先行爬进去的两个海盗崽子已经不敢再拉了，生怕发出动静引起人员的注意。

伊登蹦蹦跳跳迎到两人跟前，甜甜地说道："叔叔好，伯伯好！"

那两个人面无表情地对伊登点点头，用不太标准的普通话说道："小朋友，这么晚还不睡觉，你爸爸妈妈呢？"

伊登还是一脸装乖的表情："他们还在家，没出来，我一个人和朋友们出来玩的。"

"你们家住哪里？"年纪稍微长的巡警问。

"爸爸妈妈在 A 国,我现在住在那边的小岛上。"伊登指了指南边,一脸可怜相,"他们说 A 国枪击案太多,对小女孩来说太危险了,还是自己家的岛安全。叔叔你们千万别抓我啊,被爸妈知道我可惨了。"

伊登语焉不详的手势,指向了马来群岛,在那里拥有一座私人岛屿的,住的都是各国官商界的重要人物。伊登应该是想突出自己身份非凡,让这两个的底层小吏不要多纠缠自己。

哪知这两人不为所动,其中年纪稍长者的嘴角不屑地牵动了一下,说道:"家里的岛安全,那你应该早点回去啊,跑到这里来干什么?往东南再开几十海里就要到 B 国的与那国岛了。这儿偷渡的、走私的、贩毒的人很多,你一个小孩子胆子这么大啊……"

他一边说着,一边和另一个人一起走进了艇舱,然后看见我们一舱人,愣住了。

"你们这些小鬼聚在一起干什么啊?难道……现在的'官二代'怎么都这样?"老头喋喋不休,年轻的巡警四处打量,忽然大喝一声:"这些背包里都是些什么?打开看看!"

刹那间,艇舱里的空气凝固了。

所有的海盗崽子,包括我在内,都面面相觑,有几个开始目露凶光。

两人似乎觉察出气氛有点不对头,各自拿出腰间的配枪。

"打开!"年轻的巡警厉声说道。

"没有什么啦,就是一些玩的东西啦,叔叔伯伯不要凶的啦。"泥鳅一边说,一边弯下腰拉帆布背包的拉链。

我的心提到了嗓子眼,想不出是泥鳅取出 AK-12 开枪的速度快,还是这两个人员的动作快。

两声轻响,两个人员的身体重重倒在地上,吭都没吭一声。在他们倒下的一瞬间,我分明看到有什么东西从他们的脑袋上炸裂飞离,或许是头盖骨,但速度太快,我没看清也不忍去证实。脸上被溅到了两滴温热的液体,抹下来一看,果然是两滴的鲜血。

伊登站在艇舱的门口,手里是装着消音器的瓦尔特 PPS 手枪,枪口似乎还冒着烟。

她脸色凝重,缓缓把枪别在腰间,用黄色的 T 恤衫盖住。

"伊登姐，拼了吧！"一个海盗崽子低声说道。

这句话说完，游艇上四个海盗崽子一起俯下身去，去拉帆布背包的拉链。

"不要动！"伊登大喝一声。

所有人都停下手来，等着她下一个指示。

但伊登只是站在那里，一动不动。

过了足有两分钟，边防艇上的扩音器又响了："Clarence、Lee，检查好了没有？那里面有什么？"

他们连喊了几次，可"Clarence"也好，"Lee"也罢，早就成了冤魂，哪里能够回答。

扩音器里浑厚沙哑的男声提高了嗓门，换成中文喊道："里面的人立刻出来！里面的人立刻出来！给你们十秒钟！给你们十秒钟！"探照灯也移动了过来，透过窗户照到了艇舱里。

艇舱里的气氛依然凝固着，所有的海盗崽子都向伊登看去。伊登笑了笑，摇摇头，意思是让我们别动。

透过玻璃窗，我看到边防艇上的人似乎都端起了枪，原本斜靠在重机枪上的那位，不知道什么时候也已经直起了身子。

而吊在半空中的阿昆双臂不住地颤抖。这种颤抖我太熟悉了，一开始在军舰上训练时，引体向上我一个都拉不起来，于是只好双手握着单杠，用双臂把自己的身体悬挂在半空，挂到后来双臂没有一点力气，即将要脱手前肌肉就会产生这样的颤抖。阿昆就要落下来了，就要砸到游艇甲板上了。

一场枪战无法避免，而且注定会以伊登一伙的全军覆没而告终。

扩音器里的倒计时数到了五秒，我眼前突然血花一闪，边防艇上重机枪操作手的头颅像烟花一样炸了开来。伴随着鲜血的剧烈喷射，他整个人立刻软倒在甲板上。

艇舱里并没有传来任何枪声，而伊登一伙原本紧绷的脸上瞬间现出了放松的神情。两条信息立刻闪入了我的脑子——

消音狙击枪！大狙！

重机枪手的突然死亡并没有引起边防艇上其他人的注意，扩音器里的男音接着嘶吼："还有两秒……"

"钟"字未落,只听"砰"的一声巨响,阿昆砸在了游艇的前甲板上,昏了过去。

不出我所料,边防艇上的探照灯立刻向声音传来的方向照去,随即沿着邮轮的船舷向上。那两个已经翻到阳台房里的海盗崽子正在拼命地收绳索,但还是晚了一步,探照灯不但照见了绳索,还照见了那两张因为紧张而扭曲、出汗的娃娃脸。

"你们是……"扩音器里的那个男声显然想说我们是海盗,但他没有机会说完了,后面半句话仿佛被卡在了喉咙里。而边防艇上,有个肥胖的身影同时无力地倒在了地上,大量的鲜血从他的颈动脉中喷涌而出,如同消防水龙头被砸破。

边防艇上的其他人终于意识到发生了什么,他们大呼小叫着拥到倒地的同伴身边。叫喊声不断地响起,一阵马达声中,边防艇逐渐向后退,竟然开始远离我们。架在两条艇之间的那块木板也"咚"的一声掉入水中。

边防艇渐渐远去,伊登一挥手:"继续干活!"

我急了,立马上去拦在她面前:"不要再行动了,你以为他们会善罢甘休吗?肯定是回去叫大哥了,说不定待会儿有几千吨级的边防舰甚至军舰会来!"

伊登"扑哧"笑了出来:"傻大叔,你不会真以为他们是海警吧?"

我一愣:"不是吗?那他们是谁?"

伊登挠挠下巴,小动作不停,看起来非常急着走:"这里已经是国际航道了,什么人都有,可能是一伙海狼或者海狗也说不定。别磨蹭了,请您赶紧移驾吧。"说着,就把我往绳子上送。

爬这截绳子真是要了亲命了,我好险没有死在游艇上,却几乎死在绳子上,努力了半天,只爬上去可怜的几米,手被磨得火辣辣的,从肩膀到指尖一路十几个关节几乎同时要脱臼。海盗崽子一开始还幸灾乐祸地起哄、嘲骂,后来都不耐烦了,说要拉我上去。可伊登却坚持要让我自己爬,美其名曰让我"自己变强"。

我知道,她是喜欢看别人受苦受难、挣扎流汗。

果然,伊登饶有兴致地看我在绳索上挣扎了足足一刻钟,才让海盗崽子把我拉上去。

现代邮轮为了能够多装游客,客舱房往往设计得很小,有些甚至只有十来个平方米,因为游客在大部分时间里,都宁可待在甲板上看海景或者在娱乐场所里玩乐,对于客舱房的需求只是干净、整洁,能够睡觉就好。

阳台房因为价格较贵，还是比较宽敞的。阳台上就能摆下一张咖啡桌和两把椅子，里面的房间足有二十多平方米。如今所有八个海盗加上我，都挤在里面。猴崽子们闲不住，又开始东找西翻。但我没有看到大狙和臭油，可能放完绳索后就去执行其他任务了。

伊登正在絮絮叨叨地打着卫星电话，对方应该就是大狙。"他在哪里……顶层的露天游泳池……"说到这里，伊登看了泥鳅一眼。泥鳅心领神会地打开笔记本电脑确认，然后朝伊登点点头。伊登继续说道："……嗯……先不要……我们马上到……"

我想起陈兆丰的身上安装了 GPS 定位器，伊登刚刚应该是向泥鳅核实陈兆丰的位置。

大战就要开始了。

伊登挂断电话，喝止了几个海盗崽子的胡闹，让他们聚集到她面前。

"陈兆丰在顶层的露天游泳池，我们这就开始行动。注意，这船上和宾馆一样，许多地方都是通宵有人的，我们背着这么大一个包，不能一起出去，目标太扎眼。待会儿每隔五分钟出去一个，枪还是放在包里背在身上。到了游泳池的门口后，先不要动，等我的命令再行动。记住，一是没我的命令不要擅自行动；二是最好制伏陈兆丰！清楚了吗？"

海盗崽子们低沉着声音道："清楚了！"

我忽然想起了什么："那艘私人游艇就停在海上不管了吗？被人发现了怎么办？"

话音刚落，所有人都用看傻瓜的眼神看我。

伊登的白眼要翻到天上了，她用老师教导学生的口气说："邮轮在这里抛锚只是暂时的，很快会继续航行。邮轮一远离游艇，我们就会把游艇引爆。任务做完后，老板会另外派崽子船来接我们。林济苍，还有问题吗？"

果然是过了今天没有明天的悍匪作风，根本不留退路，也只有我这个惜命的外行才关心这种问题。我只好悻悻地说道："没有了。"

海盗崽子一一出去之后，伊登挎着阿昆的胳膊，就像小妹妹挎着大哥哥一样，同时往外走。临走前她朝我眨眨眼："龟仙人大叔，五分钟后出发，咱前甲板见。"然后她把头贴在阿昆的胳膊上，冲我甜甜地一笑。

我独自待在黑乎乎的室内，十分紧张。此前我还是人质，是棋子，是无辜者；到了邮轮上，要是真杀了人，劫了船，我可就变成真的海盗了。伊登手握十二个人质，来或不来，我只能听她差遣。但来了能做什么，我自己是可以做主的。我打定主意，只求保命，绝不伤人作恶。做完心理建设，已经过去了十分钟，我这才深吸了口气，打开房门走出去。

外面静悄悄的，只隐隐地有海涛声传来。这里就好像宾馆里的走廊一样，白色的墙壁上嵌着左右两排咖啡色的木门，抬头还能看到安全出口的中英文指示。只不过地面上不是地毯，而是船舶上常用的防滑塑料地板。

走廊上有许多装饰品。我见过一些邮轮的照片，它们的走廊上基本都摆着贝壳或船模一类的物件，或者是介绍的资料。可这艘"德川号"邮轮的走廊墙壁上，却挂了许多油画，几乎每走过两到三扇门就能够看到一幅，大的有一人多高，小的只有手掌大。画的内容要么是一些诡异纠结的线条，要么是奇怪扭曲的人体，我看不懂这是印象派、抽象派还是什么派的杰作，不禁暗自猜想，这些都应该是不值钱的赝品吧，否则船上这两千多人良莠不齐，真正的名贵油画还不转眼就没了。

房间隔音效果很好，一路上静悄悄的，几乎听不到什么声音，只是晚间微弱的灯光有些瘆人。经过了一连串扭曲的线条和人体后，我终于看到了一幅能看懂的画，不由地停下来多看了两眼。

画上是在黑夜的暴风雨里飘摇的一艘轮船，十分现代写实，细节多而精准。这是一艘20世纪初的蒸汽轮船，因为燃烧煤炭而产生的黑烟冲向天空。我心中略微一惊，因为我一眼就认出这是世界航海史上，或者说世界海难史上非常有名的"华特尔"号。这艘船于1908年在苏格兰的格拉斯哥建成下水，是当时世界上最庞大、最豪华的客轮，被誉为"永不沉没的'华特尔号'"。1909年7月26日，"华特尔号"搭载211名乘客外加6500吨物资从当时还是英国殖民地的南非德班出发，前往开普敦，然而在预定时间它并没有出现在开普敦港口，从此下落不明。有人推测"华特尔号"可能是遭遇了南非当地常见的"疯狗浪"，这种海浪的形成涉及较复杂的物理学原理，往往是在风平浪静时突然出现三到四米高的巨浪，让船只在毫无准备的情况下遭到沉重打击。

这幅画作显然是受到这个说法的影响，把整艘船在惊涛骇浪中挣扎的样子展现了出来。狂暴的巨浪使得船体向画面的左边剧烈倾斜，大有失去重心即将倾覆的架势。在远处则有一个模糊的白色圆点，或许是月下礁石的一角。

后面经过的几幅也都是类似的船和场景，有失去踪影大半年最后被发现游魂一样在大海上漂，船上一个人都没有的"玛丽·克莱斯特号"；有在北半球失踪二十三年最后在南半球找到的"马尔堡号"，被找到时甲板上都是海员和乘客已被风干的尸骸；有著名的鬼船"卡洛奇号"，画上的风帆十分洁白美丽，但据说这艘船是由在海上溺死者的灵魂所组成的，它在海上飘荡的目的是诱惑船员跳海溺死，然后索取其魂魄……

总之都是些历史上著名的失踪船只，一艘出海的邮轮上挂着这些油画，实在不怎么吉利。不过大部分游客应该不知道这些船的历史背景，不会放在心上。可能只是负责装饰邮轮的公司不懂行吧，见到好看的航海油画就购置下来了。这些画颜色都明艳亮丽，外行确实看不出端倪。

经过了六七幅类似的画，我的感觉越来越阴郁。画面色调渐渐加深，甚至能感受到一阵阵来自海上的寒风从油画中迎面吹来，让人浑身不自在。我停下来仔细看了看面前这一幅，画的是"帕尔总督号"，1923年10月在南大西洋消失，此后几十年间经常被人目睹在海上漂荡。

画面上，四桅纵帆船在惊涛骇浪中艰难挣扎，甲板上的船员有的根据船长的指令在奋力操作风帆，力图使船维持平衡；有的则聚集到甲板左侧，满脸惊恐地指点着海面。海面上，有一个圆形的白色物体，顶部有一条裂缝，里面露出深蓝色的虹膜，海水下方是它长长的触手，触手顶端闪着点点蓝色幽光，向着可怜的"帕尔总督号"伸过去——是我之前在怪照片里看到的白色水母状海怪！

我后退了半步，望向一路看过的几幅画，震惊地发现这些画里都有一个白色的圆点，一幅接着一幅，白点距离画面中的船只越来越近，体积越来越大，头顶上的裂缝逐渐张开！

"帕尔总督号"之后的一幅，与先前所有油画都不一样，画面中的海不再是波涛汹涌，而是充满了白色的雾气。

在缭绕盘旋的白雾中，可以看到一只硕大无朋的深蓝色巨眼已全然睁开。海怪身体的大部分被隐没在雾气之中，但在白雾的空隙之间还是可以看出它的触须卷住了一艘巨轮的尾部。巨轮甲板上的人群无头苍蝇般惊恐乱窜，大多向着船首狂奔。被海怪触须卷住的船尾甲板上，已经出现明显的裂痕，船体都已经被卷得有些变形。

巨轮的四个烟囱都向上喷射出粗壮的黑色烟柱，刺破了层层白雾，向着阴沉的天空升腾而起。很显然，船长已经下令以最大马力逃离，但似乎这一切只是徒劳。

巨轮的样子像极了那艘著名的沉船——"泰坦尼克号"，甲板上的人穿着深蓝色宽松水手服和直筒裤子，头上戴着钢盔，钢盔的前缘非常突出，还有一个樱花形的通风盖——绝对是二战中B国特别海军陆战队的军服。

我可以确定，这艘被海怪缠住的巨轮，就是"泰坦尼克号"的姐妹舰——"奥林匹克号"，它在1941年被B国军队俘获，之后改名为……"德川号"。

这一切都是巧合吗？

此刻，海怪那只诡异巨大的眼睛，似乎透过层层白雾盯着我看，巨大的蓝色虹膜中，睫状环、睫状小带、晶状体和瞳孔的所有细节都画得惟妙惟肖。我心脏"怦怦"狂跳，但还是忍不住盯着这只诡异的巨眼看，仿佛受到了蛊惑。看着看着，忽然间，巨眼的瞳孔似乎收缩了一下。

我吓得几乎跳了起来。

"砰"的一声巨响同时传来。这声巨响来得非常突然，事先没有半分先兆，我迅速拉开帆布背包的拉链，举枪对准了海怪的巨眼。下一秒钟，我反应过来，声音是从墙后的房间传来的，好像是人体重重倒地的声音。

画旁边的房门门锁发出"咔嗒"一声，我迅速压了一下隔壁房间的门把手，是锁着的，于是立刻将后背贴住门板，拼命收腹，把整个身体隐藏在房门前的墙壁凹槽内。

"吱呀"一声，那边房门打开了，一个浑厚的男中音用发音非常不标准的普通话说道："知道了，马上去……老板让我们分开上来的，他们几个在哪里我不知道。放心，她跑不了。"似乎是在打电话，随即一阵急匆匆奔跑的脚步声向着走廊远端而去。

我微微探出头去，只见一个高大健壮的人影正背对着我跑向走廊的远端。这个人的身高约有一米九，但他身上的灰色西装非常不合身，西裤几乎都要成七分裤了。等他在走廊尽头消失，我收起枪，小心地推开那间屋子。门没锁，房间地面上，一个中年男子面朝下倒在地上，生死不明。他身上穿着睡衣，旁边的衣柜门打开着，身边地上有一堆脏兮兮的衣服。

那是一套橙色的衣服。衣服的两肩上贴着深蓝色的肩章,臂膀上有红色的臂章。是之前看到的那套制服!

他们果然是海盗假冒的,现在上到这艘船上,不知有何目的。刚才走掉的那个海盗,为了抢一套平民的服装,就把人伤成这样,如果之前我们没有先发制人,恐怕后果不堪设想。

我把房门拉回到原来的位置,最后瞥了一眼那几幅油画,然后大步向邮轮的中庭走去。

"德川号"上的中庭和很多购物商场一样,是从上到下打通的,以几部观光电梯串联。可以在这里看到邮轮最底层的地板和最高层的棚顶,还可以观察到每一层的情况。

我直奔电梯而去,路上看到伊登正站在电梯前,和阿昆聊得正欢。电梯到达,两人迈步走入,电梯门要关上的一刹那,一条魁梧的影子冲入了电梯厢。那人穿着不合身的西装,背对着我,我分明看到伊登对着他微笑了一下,然后又撇过头去,继续与阿昆说话。

我边往电梯跑,边大声叫道:"伊登,当心!当心那个家伙!"但已经晚了,我只能眼睁睁地看着透明的电梯门关上,电梯开始向上移动。

直到这时,伊登似乎才注意到我。她对着我甜甜地笑着,招了招手,手指俏皮地前后摇动着。但很显然,她没听清我在说什么。招手后,她又指了指上面,意思是"顶层见",然后也不管我如何焦急地打手势,自顾自地又扭头和阿昆聊天。

隔着透明的电梯厢和电梯井道,我看到了那个海盗的正面。那个人一张黝黑的胖脸,此刻正在对我阴森地微笑,眼睛里露出凶光。他避过伊登的视线,对我挑衅地敞开西装,露出别在腰上的一把手枪。

恶鬼露出獠牙,而我却无能为力。

我忙跑到另一部电梯前,拼命地按动按钮。但这部电梯停在顶层,我却在五楼。电梯缓缓下降,我听到背后有急切的脚步声,心头一凛。刚刚一通大呼小叫,没准会引来海盗的同伙。我向着脚步来的方向转过身,手里捏紧帆布袋的拉链,做好攻击准备。

来的是两个年轻男子,身形中等,络腮胡,一个穿着整套橙色制服,一个只下身穿着橙色的裤子,上身已经换了西装,应该是在换衣服的过程中听到叫喊声

赶来的。

我情急之下去拉帆布背包的拉链,可拉链居然被卡住了,任凭我拼命拉动,也不动分毫。电梯只到了八楼而两个海盗还在加速,与我之间的距离迅速接近。

100米、50米、40米……

凭我的体力是绝对跑不过他们的,我唯一的指望只能是电梯。

电梯按钮在我发疯般的"蹂躏"下发出"啪啪啪"的声音。在他们距离我还有十五米时,电梯厢的门打开了,我迅速闪了进去并且按下了关门的按钮。

那两个人同时把枪口瞄了过来,一齐大喊:"站住!"这时,帆布背包的拉链终于被我拉开了。我立刻抽出枪,对准他们做出开枪的架势。我犹豫了一下,想到若在中庭开枪会引来不必要的麻烦,便没有扣动扳机。但两个海盗见到枪口,都吃了一惊,立刻条件反射地停止奔跑,猫下腰着地滚过来,一看便知是训练有素的。

这一动作使他们的速度减缓了,电梯门如愿合拢,开始缓缓上升。

透过透明的电梯厢和电梯井道,我能看到那两人四只射着凶光的眼睛牢牢盯着我,似乎恨不得能钻到电梯厢里把我生吞活剥了一般。但他们终究只能望洋兴叹,挪开身子去找别的电梯了。

我松了口气,这时才感觉到心脏在胸膛里剧烈地跳动,汗水从额头一直挂到脖子。

电梯一层一层地往上,我不敢再把枪放回背包,只能用背包将枪遮挡起来。一旦再度遇到危险,我或许只能开枪。

"叮"的一声提醒我顶层到了。我立即冲出电梯门,跑到伊登上去的那部电梯前。电梯停在顶层没有下去,里面空空如也,但没有血迹,也没有弹孔。

我还想仔细找找蛛丝马迹,却看到旁边一部电梯正在向上攀升,应该就是刚才那两个海盗。我不敢再耽搁,无论如何要先和那群海盗崽子们会合,否则落单的我很容易陷入险境。

指示图非常明确,我没怎么费力便找到了露天游泳池。游泳池入口是敞开的,四下看不到一个人。我正要跨进入口,冷不丁手臂上一紧,随即被拖得往后一趔趄。我本能地亮出了枪,向后一看,居然是泥鳅。

泥鳅右手抓住我胳膊,左手食指封口,示意我不要说话,然后把我拖离泳池入口，带到靠近邮轮前桅杆处的一片空地上。其余五个海盗崽子都在那里了。

他们或坐或站，有的嘴巴里还叼着烟，显得十分不耐烦。看到我时，所有人都眼前一亮，几乎齐声问道："伊登呢？"

我吃了一惊，伊登并没有在预定时间赶来与他们会合，很可能已经遭遇不测。当下我把看到的事情经过都说了出来。

海盗崽子听我这一说，全都着急起来，一时间七嘴八舌，有人说快点想办法跑路，有人说和那伙人拼了。泥鳅看看我，冲人群摆摆手："别吵了，咱们听听'压寨夫人'怎么说。"

泥鳅这句话一出口，所有海盗崽子都向我看来，但目光中全是轻蔑之色，似乎不相信我能出什么好主意。我也有点蒙，只觉得脸上火辣辣的，半天憋出一句："如果是伊登和大狙在这儿，他们会怎么做？"

所有人都是一愣，同时眼睛里也放出光来。泥鳅说："伊登鬼主意太多，她会怎么做我倒是实在不知道。不过大狙如果在，他一定会先干掉陈兆丰，然后回头把追你的那两个小角色抓住，逼问伊登的下落。"

我回忆了一下大狙的凶悍手段，点点头："他的确很可能会这么干，那咱们就照这么办，大家有异议吗？"

海盗崽子们异常兴奋，纷纷点头。泥鳅给我展示了电脑监控画面，上面是一张分层地图，有一个红色的不断闪烁的光点，就是陈兆丰了。

红色光点就在游泳池内，位置半天都没有移动，他应该并没有游泳而是在岸上。确认位置后，连同我在内一共七个人，七把枪，一齐拥入游泳池入口。

游泳池一片漆黑，只能借着月光大致看清内部结构。这是一个巨大的椭圆形游泳池，下沉式结构，泳池在最底端，四周有一圈休息区，摆了许多桌椅，入口是在休息区的上一层。清澈的池水倒映出弯月，游泳池的那一端，似乎趴着一个上身赤裸下身穿着游泳裤的人影，这个人影肩膀宽胯部窄，一看就是男性。

我们沿着铁制楼梯走了下去，往半裸男子那边逼近。我隐隐觉得有些不对劲：陈兆丰来游泳，为什么鬼鬼祟祟的，还要关灯？

心中的疑虑还未说出口，"突突突突"，身边几个海盗崽子已经开枪了。半裸的人影"哗"的一声，似乎摔进了池子中。

"伊登不是让尽量活捉吗？"有人质问。

"谁管那么多，干掉他还得回过头去对付另外两个畜生，留活口就是累赘！"泥鳅的声音响起来，"过去看看，确认已经死掉的话，咱们立刻回头去干掉另外两个！"

一群人快步走了过去。离池中的人越近，我越发觉得不对头：这个人漂在游泳池里，似乎已经变形了，就好像漂在水上的并不是一具人体，而是一张皮。

"上当了，是个充气娃娃！"走在前面的海盗崽子忽然叫喊道。

"哈哈哈……"一阵非常放肆、得意的笑声从游泳池一侧被黑暗笼罩的休息区中传了出来。

游泳池里的灯光在一刹那间全部亮了起来，我只觉眼前一花，足足用了五秒钟才适应了强光所带来的刺激，眼前的景象让我目瞪口呆。

左边休息区的一张桌子旁，此刻坐着一个年轻人——中等身材，头发梳得整整齐齐，闪着油光，戴一副金丝边眼镜，身上则是一件纯黑色的短袖衬衫，衬衫在靠近腰的地方有些金黄色的饰纹，似乎是一个铁锚，下身是一条牛仔裤。

正是陈兆丰。

此刻的他背靠在椅背上，跷着二郎腿，饶有兴致地看着我们，目光中全是嘲弄的意味。他身后站着一排保镖，手里拿着枪，枪口对准了我们。这些人穿着各色衣服，有两个还穿着橙色的制服，而刚才在电梯前追击我的两个人也赫然在列。

在他左边的另外一张桌子旁，坐着伊登和阿昆，两人都好好地坐着，看起来没有受伤。那个一米九的大汉此刻站在两人身后，两只手各持一把手枪，抵住了二人的后脑勺。

"伊登小姐，事到如今，请你那几个小朋友都放下武器吧。"陈兆丰笑眯眯地说。

伊登也轻松地笑笑，仿佛脑袋后面并没有被枪顶着一样："我倒没想到这群假冒的人是你的手下，陈总，你们金羽集团从房地产起家，居然也开始做海盗这一行了？"

陈兆丰不动声色，还是笑眯眯的："如果你熟悉我们陈家的祖训，就会知道我们做海盗也不奇怪。"

"哦哟，我又不要嫁入豪门，知道你们家祖训干吗？你要是喜欢我，先把我放了再说其他的。"伊登翻了个熟悉的白眼。

陈兆丰脸上的笑容堆得更足了："既然伊登小姐不肯下令，那我替你说吧。"

他拿起桌上的手枪把玩了一会儿，脸上一冷，对着我们道，"我数到三，你们如果还不放下枪，我立刻杀了伊登！"

话音刚落，我身旁的泥鳅立刻拉响枪栓，手上的AK-12枪口正对陈兆丰的心脏位置。陈兆丰身后立刻站出两个保镖，将两面透明防弹盾牌竖到陈兆丰身前。

"伊登，看来你这几个手下不怎么忠心啊，一心想你死。"陈兆丰一一看过我们，像是想起了什么似的，夸张地"呦吼"了一声，"你是不是在等你最忠心的狙击手救你？好啊，我正好把他带来了，给你瞧瞧！"说到最后，他脸上的笑容忽然僵硬，面部肌肉狰狞地抽动起来。

我心里一冷，难道是大狙？他又玩什么无间道？

正想着，只听"哗"的一声，一个巨大的物体从高处被抛了下来，落入池水中。刹那间，一团团暗红色的血污在碧蓝的池水中四下翻腾，很快将半个池子的池水染成了红色。

那团物体朝上浮了起来，果然是一具尸体。

臭油的尸体。

"我要杀了你！"一个海盗崽子哭喊道，当时就要开枪。

即将扣动扳机前的一刻，伊登忽然厉声喝道："放下武器！"

海盗崽子们似乎都不大相信自己的耳朵，你看看我，我看看你，一时间没有一个人放下武器。

我直接看向伊登，正对上她看过来的目光。她目光里有命令，有鼓励，我相信她是真的需要我们放下武器，非关性命，而是战术。

我用力地把手上的AK-12掼在地上，尽可能闹出最大的声音。果然，其他几个崽子听到声音后如梦初醒地看过来，犹犹豫豫地都随我把枪扔到地上并踢远。

陈兆丰嗤笑一声，把挡在身前的防弹盾牌推开，站起身来，坐到了伊登的身旁，脸上恢复了笑意："现在，咱们可以好好谈谈了。"

"你想谈什么？"伊登又翻起了白眼，灵活的眼珠转了一大圈，最后冲我眨了一下眼。我一愣，紧接着看到她跷起二郎腿，脚尖冲着我扔在地上的枪点了点。

要我捡枪？然后呢？

"想谈什么，快说，本小姐没那么多时间伺候。"伊登不耐烦地撩了撩头发，指尖把玩着一缕头发，将发尾正对着陈兆丰，有规律地点了几下。

她指望我捡起枪去杀陈兆丰？谁给她的信心？

这时，那个一米九的大汉似乎看到了伊登的小动作，突然往二人中间跨了一步，开口："丰哥，你当心……"

"心"字甫落，就听到"砰"的一声。大汉的头颅应声崩裂，鲜血剧烈喷射，将他身前的伊登、阿昆和陈兆丰三人全部染红。

我的血管立刻收缩起来——这是狙击枪击发的声音。

伊登的示意是让我做好准备，而先前一直使用消音器的大狙，此刻突然非常默契地摘下消音器打出一枪，也必定是为了发出一个信号。

让我行动的信号。

很显然，在场所有的人都知道这种声音意味着什么，都怔住了，场面一时凝住了。

整个游泳池，只有我行动了。

几乎就在那大汉被狙杀后的第一秒钟，我迅速倒地，在地上一滚，顺势捡起枪，对准陈兆丰扣动了扳机。

臭油的魔鬼训练十分有效，"突突突"，三颗子弹全部射入了陈兆丰的胸口。血喷涌而出，陈兆丰睁大了眼睛徐徐斜倒下去。他的金丝边眼镜掉在了地上，可两只眼睛至死都盯着我。

看着他瞪圆的双眼渐渐失去神采，我完全蒙了，一时间呆立在那里动弹不得。陈兆丰应该不是个好人，这个道貌岸然的商业大亨，居然还同时豢养海盗，杀人越货的事情大概干得不少。但这毕竟是我第一次杀人，看着刚才还生龙活虎、满脸嚣张的一个人，就因为我扣动了扳机而生命消逝，我就好像被人卡住了喉咙一样，呼吸急促、浑身战栗。

周围连续传来枪声和惨叫声，是伊登手下单方面的屠戮。但我陷入了杀人的崩溃中，满脑子只有陈兆丰死鱼一般的眼睛，以及他胸前那几个血洞。

过了好久，我忽然觉得肩膀上被人重重地拍了一下。

"龟仙人，谢谢你啦！"

我扭过头，看到满身鲜血的伊登站在我面前，心中猛然间升起一股恐惧的寒意，不由自主地倒退了两步。

是她安排好的。

观光电梯里，她故意被那个大汉制住，被带到陈兆丰处，让他放松警惕任她接近。

游泳池旁,她为了让陈兆丰放心地从防弹盾牌后走出来,暴露在大狙的枪口下,不惜以身犯险,让我们都放下武器。

之所以这次安排臭油和大狙两个狙击手,是算准陈兆丰经验丰富,一定会事先清除狙击手。他们如愿找到了臭油并把他杀了,以为危险已消除,所以陈兆丰才敢大摇大摆地在露天泳池这种危险的地方出现。

她甚至还算准了,大狙一定会首先把保镖大汉爆头,一来这个人直接威胁她的生命;二来大狙在起伏颠簸的船上远距离狙杀陈兆丰,既要保证打到要害一枪毙命,又不能打到脸,动手时会有诸多顾忌。

所以,她选择让我杀陈兆丰,而且居然成功了。

这里的一切都在她的掌控之中。连我自己也不知道,我为什么会那么听话,那么轻易地做了伊登的杀手。

陈兆丰手下的尸体一具具被海盗崽子们抬上去,从顶层甲板边的舷墙扔下了大海。黑夜、海洋,这一切似乎是掩盖罪行的最佳工具。然后,他们开始漫不经心地擦拭地面上的血迹。臭油的尸体被捞上来,放在岸边。

陈兆丰的尸体也被留了下来,摆在游泳池旁的地上。鲜血从他身下流出,缓缓汇入游泳池中,此时的游泳池里已经完全是一片暗红,看得我几乎崩溃。

一身是血的阿昆来到陈兆丰的身边,把手腕上的手提箱解下,放在地上打开。里面是一些装着液体的瓶瓶罐罐和几个注射针筒。

他把一个罐子里的透明液体倒在陈兆丰已经完全僵硬的脸上,这液体虽然透明,但十分黏稠,就像蜂蜜一样逐渐在陈兆丰的脸上堆积,直到完全包裹住了陈兆丰的整张死人脸,连圆睁的眼睛上都蒙了一层。

阿昆静静地等到堆积的液体在陈兆丰的脸上均匀地铺展开,才又拿起另外一个瓶子,将其中浑浊的液体倒了下去。液体的颜色很像奶茶,但味道极为刺鼻,有些像劣质油漆和腐败食物混合起来的气味。

两种液体混合后,立刻发生了诡异的化学反应——奶茶状液体所到之处,透明液体立刻开始变色,一开始是乳白色,然后渐渐变化,最后变成了黄白色,和人类正常皮肤几乎一模一样。

当所有的透明液体都变成肤色后,陈兆丰的死人脸呈现出一种让人毛骨悚然

的形态。脸上高低不平,坑坑洼洼,如同无数已经愈合的疮疤趴在那里。在应该是眼睛的地方,则是一层皮肤。

阿昆从手提箱里拿出一把小刀,开始在陈兆丰的脸上修剪起来,将那些凸起的地方修剪平滑。

此时,我终于惊骇地明白了阿昆的使命。看着他和陈兆丰几乎一模一样的身形、口音和举止,我不寒而栗:他们到底要达到怎样的目的,居然如此处心积虑?

不久,阿昆完成了修剪的动作,那些疮疤被修平了,眼睛的部分也被划出了两个空洞,重新露出了陈兆丰那双不肯闭上的眼睛。阿昆一边看手表,一边不停地去捏陈兆丰脸上的新"皮肤"。过了一会儿,他似乎已经对这层皮的硬度满意了,手下忽然一用力,将这张皮连同陈兆丰真正的脸皮整个地撕了下来。

陈兆丰脸皮被撕掉后血肉模糊的惨状几乎让我窒息。我只看了一眼便不敢再去看了。而阿昆则毫不在意,他从手提箱里取出一块纱布,把人皮面具里面的血污擦拭干净,然后扣在了自己脸上。

陈兆丰就这样"复活"了。

我看着这张脸,恍然间以为自己不曾杀人。

阿昆戴上自己的金丝边眼镜,对着一旁一直盯着他看的伊登笑道:"爸爸是爸爸,我是我。我会有自己最好的事业,自己最好的人生,还有自己最好的女孩,那就是你!"

听到如此娴熟的台词,我结结实实打了个冷战。孪生兄弟或许可以做到容貌上的完全一致,但连气质都这样一般无二,实在让人匪夷所思。只能有一个解释——阿昆为了模仿陈兆丰,已经接受了长期的训练。

伊登在一旁鼓掌大笑:"太像了!太像了!接下来,你就要凭自己这张脸和做派,去把陈兆丰手上的那本鬼皮书给拿到手。"

还有鬼皮书?我心中又是一颤。

伊登拿出卫星电话,一边拨打一边口气轻松地说:"叫上大狙,咱们可以走了……大狙?……你是谁?"她的声音陡然变调。

此时,那些海盗崽子们一边继续收拾残局,一边开始说笑,一副任务已经完成马上可以回家领奖金的样子。

忽然泳池边上传来"啊"的一声惨叫,一个海盗崽子捂着左肋,直接栽到了满是血污的游泳池中。

"隐蔽!"伊登瞥了一眼海盗崽子倒下的方向,几乎是歇斯底里地大叫起来,这个一向满不在乎的女海盗脸上居然露出了恐惧之色。

我顺着她的目光看了过去,顿时大吃一惊。在游泳池上方的一根栏杆上,不知什么时候用铁链吊起了一个人。

是大狙。

大狙满脸是血,吊在那里一动不动,生死不明。他是什么时候被人制服的?是谁制服的?如果他早就被人制服了,那么刚才击毙陈兆丰一伙的,又究竟是什么人?

刹那间无数个问号涌进我的脑袋里。

"砰!"子弹从我斜后方射来,这一次中枪的是阿昆。

这颗子弹和刚刚落水的海盗崽子中的那颗,来自完全不同的方向。对方不止一个狙击手,这是他们用大狙设下的圈套,想围尸打援。

四周空空荡荡,根本找不到狙击位,那些家伙到底藏在哪里?

我抬头四顾,最后把目光转向了邮轮上的桅杆。

现代巨型邮轮的桅杆严格来说已经不是"杆"了,而是一个突出来的、巨大的锥形建筑,里面是酒吧或者餐厅。"德川号"的桅杆就位于露天游泳池的旁边,全玻璃结构,非常巨大。

虽然不敢肯定,但我觉得,狙击手应该就隐藏在那里。想起刚上来时,和海盗崽子们还在桅杆旁边会合,那时对方的狙击手可能已经占好位了,简直不寒而栗。

又是一颗子弹射来,又有一个海盗崽子倒下。

"大家分开逃!能逃几个算几个!"伊登的这道命令等于是在认输。她脸上惊怒交加,对着卫星电话尖声吼道,"金眼狗,这次算你狠!你给我记住!"随后她收起电话,站到一张桌子上,向上一跃,单手拉住了上一层甲板边缘,以一个标准的体操动作将自己全身给掀了上去。她低头看了我一眼,跺跺脚,似乎是下了什么决心,狂奔而去。

金眼狗,就是那个在水里戴墨镜的白脸男人。他追我到这的吗?我还在发愣的工夫,又是两声惨叫,正在逃命的两个海盗崽子痛苦地倒在了地上。

保命要紧!我迅速从桌子下面钻出来,发疯般地跑上楼梯,向游泳池门口奔逃。

幸运的是狙击手再也没有射出致命的子弹。我一口气跑出了游泳馆的大门，双脚不停一直跑到了顶层甲板尾部的迷你高尔夫球场门口，这才喘着粗气停了下来。

此刻，四周一片寂静。伊登、泥鳅、阿昆、金眼狗，全都不见了踪迹，我颓然坐倒在地，靠着旁边的一段舷墙，掏出裤袋里的手机一看，北京时间凌晨四点。

之前边防艇里的人提到，再往东一点就是 B 国的与那国岛海域了。与那国岛是 B 国最西面的岛屿，与北京的经度差不超过 10 度，基本处于同一时区，这里的实际时间应该也是大约凌晨四点的样子，可能过不了多久就要天亮了。而在甲板上看日出，是邮轮上游客的必选节目，所以这里很快会来人。

想到这里，我硬撑着站起来——此时我全身是血，手上还拿着把枪，这个样子碰到任何一个游客都不会有好果子吃。

帆布袋已经不知道被扔到哪里去了，我只能把上衣撩起来大概遮一下枪，便向电梯处走去。我想回到上来时的那个阳台房，伊登他们或许也会去那里。最不济，我也能把身上洗一洗，有个落脚点。

一路上十分顺利，只碰到了三个早起的游客。他们一路说笑，根本没有注意到我。阳台房的门没有关，我推门而入，里面没有其他人。

CHAPTER 15

鯨鱼
JING YU

把门反锁后,我立刻感到前所未有的疲倦,一头栽倒在床上。哪怕马上就要枪毙我,也让我睡饱了再说。我这人的优点之一,就是天塌下来也是该吃吃、该睡睡。

这一觉睡得很沉。最后把我惊醒的是一阵敲门声。

我本能地从床上弹了起来,一手持枪,一手把门开了一道缝,原来是送早餐的服务员。邮轮上的早餐主要是牛奶、燕麦和西点之类,量很足。我睡饱吃饱,终于缓了过来,开始慢慢盘算。

伊登和几个手下可能也和我一样,在邮轮上暂时躲了起来。我们在明处,金眼狗他们在暗处。无论如何,这两派都不会大白天在众目睽睽之下动手,我一直躲在房间里,反而危险。如今最安全的办法,就是装作普通游客,往人多的地方挤。

我爬起来,开始在客房里东翻西翻。这间客房一晚没人,但不代表没住人,客人可能去船上的赌场酒吧之类的地方潇洒了,房间里或许会有我用得上的东西。

果然,衣柜里有几套衣服,床头柜上竟然还有一张邮轮卡。这张卡对于我实在太重要了,是房卡,也是餐卡,如果和信用卡绑定了的话,还可以用于邮轮上的消费。有了它,我可以不用鬼鬼祟祟地躲着,能正大光明地去邮轮上几乎所有地方,仿佛狡兔有了一百个窟。

我把自己冲洗干净,换下带血的衣服,然后打开电视机,打算看看船上的介绍,做好伪装。

电视屏幕亮起来，上面是……陈兆丰……

他正在面对镜头侃侃而谈，地点是室内，背后的窗外是蓝天碧海。

是他以前的采访吧？我定了定神。但听清了电视机里的这个"陈兆丰"在说些什么之后，我全身的汗毛根都炸了起来。

"各位乘客，我向你们保证，这艘'德川轮'绝对是全世界最安全的海上豪华游轮，没有之一。昨天晚上，或者说今天凌晨，部分游客听到的奇怪响声，可能是昨天夜里我们的船长为规避风浪，而做出过大的机械动作所导致的声音。如果打扰了各位，我在这里向大家道歉。但我还是非常相信井上船长的专业判断的。再说，没有一点刺激，人生的旅途怎能完整……"

这是通过船上的闭路电视进行的直播。

他……是阿昆。阿昆昨晚被击中，或许只是受了轻伤，现在缓过来了，以陈兆丰的身份发号施令。

我心里隐隐不安。阿昆这样抛头露面，只为了掩盖枪击事件吗？我不知道伊登下一步的计划，但直觉她不会管这么多。何必掩盖呢？事情结束后自有崽子船来接应，这艘邮轮是静是乱和她毫无关系，水警也没那个能耐抓住她。但阿昆现在暴露了自己的位置，等于送上门去给金眼狗杀，或许暗处已有枪口在对准他了。

或许，阿昆在闭路电视里出现，是金眼狗安排的？阿昆已经被他们控制了？

伊登他们几个，是安全地躲着，还是也被控制住了？

情况的复杂程度超出了我这个局外人的想象。整艘邮轮表面上一片祥和，实际上可能遍布了金眼狗的眼线。之前伊登说陈兆丰手上也有鬼皮书，他们应该是冲着鬼皮书而来。只要我一露面，就会落入他们手中。我杀了沈云杉，他们的金主沈和一定不会轻易放过我。我决定尽快出门，隐藏到人群中间。

可枪……带在身上显然是不可能的，我想了想，最后只能把枪藏到床底。白天是安全的，到了晚上，没有枪必然会死得很难看，我要在太阳落山之前回来拿。

已近中午，餐厅人最多，我根据楼层指示图，信步往邮轮的主餐厅——蒙太古餐厅走去。要我说，这艘船十分不吉利，墙上全是幽灵船，餐厅还叫蒙太古。蒙太古是罗密欧的姓氏，罗密欧最后……挂了呀，绝对的悲剧。

我一路上小心翼翼，尽量不引起别人注意，也不与任何人有眼神上的交集。

我心里面一直胡思乱想：万一伊登一直不出现，我难道要在这艘邮轮上待到旅程结束吗？

走了一路，我总觉得哪里不太对劲。这种感觉很奇怪，潜意识告诉你有东西出问题了，可就是抓不住问题到底出在哪里。

看到认识的人没注意？有不友好的恶毒目光正在看我？

想不出来。

心情忐忑地到了餐厅，才发现这个餐厅非常大，而且是跨甲板的，一共四层，除了最下面一层，其余三层在中间部分是打通的。

一个白人服务员看了我的邮轮卡，微笑着把我引到了一个靠着中间栏杆的桌子旁。这张桌子视野非常好，能看到餐厅的每一层。

我胡乱点了些吃的，边吃边留意乘客们的对话，想从中发现伊登他们的下落。邮轮上多了这么多人，不可能完全隐身，总会留下或多或少的痕迹被乘客注意到。

和我同桌的两个老外在热烈地用英语讨论，似乎是说昨天晚上他们明明听到顶层甲板上传来几声枪响，凌晨他们要上顶层甲板看日出也被工作人员拦住。之后过了一个半小时，顶层甲板重新开放，他们上去仔细一看，发现一切正常。唯一不对头的地方，是游泳池中的池水被放空，有工作人员在那里进行清洁。

杀戮现场被清洗得如此干净快速，说明金眼狗带来的人很不少，而且已经混迹到了工作人员中。

两个老外的甜品端了上来，他们对其赞不绝口，一时没有再说话。就在这时，我背后忽然传来一个人说话的声音。这个人其实刚才一直在说话，只是在相对嘈杂的餐厅里并不凸显，现在环境略微安静了下来，我终于分辨出他说话的内容和口音，顿时就觉得头皮一阵发麻。

"……这事儿您可别跟我这儿辩，这事儿我最熟了。西班牙跨海征服美洲，日本跨过对马海峡征服朝鲜，英国把殖民地的军旗插遍全球，您倒是跟我说说，这和当初维京海盗干的事儿有啥区别？维京海盗也不是乘着小破船向西探索，到了不列颠和法兰西烧杀淫掠，最后觉得还不过瘾索性在那儿殖民了吗……"

如此有文化的东拉西扯甚是熟悉，我大着胆子把头扭了过去。

说话的人国字脸，皮肤黝黑，胡子刮得异常干净，白衬衫和黑西裤整洁至极，连个褶皱都看不到。

真的是赵祺。

他对面坐了一个年纪比较大的人，看不出是乘客、人质，还是同伙，毕竟他这个人对谁都能侃侃而谈。

"小海盗抢点儿银子，捞点儿货物，大海盗索性裂土为王。从这个意义上讲啊，这些国家都可以被称作'海盗国家'，这些国家那时候的政府就是个海盗集团。还有一点您要注意，这些国家对外扩张的时候，向国内发行债券，从而获取资金扩军备战，而那时候的海盗们出海前，也是股份制集资的……"

真会往海盗们脸上贴金……罢了，流氓会学术，神仙挡不住。何况他还有同伙，我还是趁他没发现我之前先躲开点，他没准就是金眼狗带来的。

想到这里，我悄悄起身离开了餐厅。想了想，坐上电梯往顶层甲板去了。我想看看游泳池究竟被清洁成何种样子，能让已熟悉这里的乘客都未发现异常。

赵祺似乎没有跟来，这让我大大松了口气。

走进游泳池入口，我目瞪口呆。

池水清澈碧蓝，桌椅整齐，许多游客或在池子里游泳，或在旁边的温水按摩池中享受，或是披着浴巾在旁边的躺椅上休息。

丝毫看不到今天凌晨的杀戮所留下的痕迹。

就在这片阳光照耀、人们平和嬉戏的地方，刚刚还是血流满地、尸体横陈，我不由得有一丝不真实感：昨天晚上那些残酷血腥的事情，难道是我脑子里错误的记忆？

但我很快确认了，记忆中的一切都是发生过的。在大汉被击毙的地方，一个不起眼的角落里，我看到了一点暗红色的血迹。

是真的，杀人、满池的血污，是真的。我手上永远沾着陈兆丰的血。

还来不及多想，就听到人群起了一阵骚动，游泳的、休息的，很多人都跑到了顶层甲板上。几个经过我身边的人兴奋地喊着："鲸鱼！有鲸鱼！"我的兴趣一下子被吸引过去，也随着人群上了甲板。邮轮的右舷墙边此刻已经挤满了人，我根本无法挤到舷墙边观看，只能踮着脚向外看去，虽然吃力，但总算看到了。

大概在一百多米外，宁静的蓝色洋面上，凸起了一座蓝灰色的会活动的"岛屿"。"岛屿"上布满了水平方向的褶皱，是一头抹香鲸。它的大部分身体在海里，只露

出背鳍的一部分在水面上。

据我所知，这附近的海域很难看到成年抹香鲸，小抹香鲸倒是时不时会出现，甚至搁浅在海滩。抹香鲸肺容量大，可以长时间在距离海面几百米的水下活动，在海面上看到的机会不多。如今"德川号"邮轮上的游客能够看到，可以说是非常幸运的，别说他们，连心事重重的我见了也十分兴奋。

船长十分清楚游客们的心思，整艘邮轮开始缓慢地向抹香鲸接近。

"看！救生艇下去了！"贴紧舷墙的人群里面传出的话又起了一阵骚动。我心里一惊：难道是伊登他们要搭乘救生艇逃跑？但静下来一想，这种可能性比较小。光天化日采取如此极端的方式脱离邮轮，虽然符合伊登的行事方式，但成功的概率太小。金眼狗这些人是吃素的吗？以他们的枪法，完全可以找个不引人注目的狙击位，两发子弹就能让救生艇在海上沉没，而不被任何人发现。

理虽如此，我还是放不下心，立刻乘电梯到了五楼，就是悬挂救生艇的那一层。到了船舷边的走廊一看，很多乘客正冲着海上的一艘橘红色的救生艇指指点点。而其他吊艇机的操作位置上，都已经有船员或服务员看守，禁止游客接近。

橘红色的救生艇向着那条抹香鲸的方向而去，艇上一共有六个人，都穿着潜水服。原来这伙人是要近距离看看这条抹香鲸。

真是不要命。

而所有不要命的行为，都像伊登的作风。

我拉住一个看上去像中国人的船员，问："兄弟，上去的是什么人呀？我今天一直找不到我妹妹，怕她跟刚认识的狐朋狗友一起下海了。"

船员赶苍蝇似的挥了挥手："您妹妹可没本事上那艘救生艇。上面都是我们陈董的朋友，H集团的公子听过吧？"他眼里闪过一丝好事的笑意，"他带了我们老板的几个客户上去了，都是公子少爷的，没有女的。"

原来都是陈兆丰的狐朋狗友。不知是假的陈兆丰默许他们去的，还是真的陈兆丰确实给了这些人这么大的特权。

救生艇上有电动马达系统，不一会儿，就到达了距离抹香鲸很近的位置。这时，抹香鲸把身体向右一偏，一道白色的雾气从它头部的孔洞里喷射出来，直冲着救生艇所在的方向，笔直地打在那几个人身上。救生艇里的几个人兴奋地手舞足蹈，之后纷纷翻下艇，潜入海中，只留一个在艇里负责驾驶。

算了，他人作死，与我何干？

我找了个宽敞点的位子，放松地趴在舷墙上欣赏抹香鲸。温柔的庞然大物在平静的海面上徜徉，似乎对明媚的阳光十分贪恋。它身边的海水扑腾着，想必是那几个潜水的"富二代"在近距离拍照触碰。有钱就是幸福啊，有了钱，既可以选择退居林下垂钓阅读，也可以选择上天入海疯狂冒险。像我这种受制于人的，可以说是在生活最底层了，幸福指数无限趋近于零。

这时候，有三个潜水者忽然从水里冒出来，重新上了救生艇。他们对驾驶救生艇的人推推搡搡的，好像是在催他快点开船，但驾驶者显然不太愿意。他一直在指着海里，似乎是在说还有两个人没有上来。

争执不下，一个人挥拳将驾驶者打倒，然后自己驾驶救生艇，以非常快的速度向邮轮开过来。其他两人摘掉潜水面罩，朝邮轮大喊大叫，焦急地打着手势，示意邮轮赶紧靠过去。两人的脸上是极度惊恐的神色。

抹香鲸的状态也发生了变化，它开始上浮，身体有更多的部分露出了海面，周围产生了一圈圈巨大的波纹，剧烈地向四周扩散。外圈的波纹很快追上了救生艇，使得救生艇开始颠簸。

突然，几乎是在一瞬间，抹香鲸巨大的身体从海面上消失了。

仿佛有一只巨大的手掌，以极为强劲的力量将它拖入海底的深渊一般，在不到一秒钟的时间里，抹香鲸就从我们的视线里，从海平面上，完全消失了。

这样一个庞然大物被骤然拖入深海，使得海面上即刻产生了巨大的旋涡。旋涡的吸力十分惊人，邮轮上的人，连同我在内，都因惯性而突然向后仰倒，一时间尖叫声、哭喊声四起。还好邮轮十分巨大，底盘稳重，船长也很有经验，我感觉到邮轮的航行方向略偏了一点，之后马上恢复了平静的行驶，不再受旋涡影响。训练有素的服务员们也及时出动，帮助东倒西歪的游客。

我赶紧往舷墙外看去，救生艇静止在原地，无法更靠近邮轮了。我猜救生艇的马达一定是以最高效率运转着，但旋涡所产生的吸力将它牢牢地拖住了。

艇上的人拼命地向"德川号"打着手势，希望邮轮能过去帮他们一把。但这显然已不切实际了。此时此地，一切救援方法都无效。

救生艇渐渐地向后退去，缓缓陷入旋涡的中心。艇上的四个人此刻脸上都显露出一种绝望所导致的平静。其中一个人从胸前拿起一个东西，不住地朝邮轮挥舞。

从轮廓来看，似乎是一个照相机。

难道他们刚才在潜水的时候，拍到了什么东西，想让我们知道？

但偌大的"德川号"上，没有一个人能回应他们。

救生艇退去的速度越来越快，越来越快，最终完全消失在旋涡的中心。

旋涡平静后，"德川号"小心翼翼地靠上去，然后放下两艘救生艇，前去打捞失踪的人员。但大家都知道，捞上来的只能是死人了。

很多人不忍心继续看下去，纷纷回到了自己的客舱内，但甲板上还是有许多人，而且留下来的人们的兴致似乎更高了。毕竟看到这种悲剧的机会不多，更何况出事的这几位都可以算作商业大亨或其二代。对于有些人来讲，与自己无关的人在自己面前死亡，只要没有迹象表明下一个遭殃的是自己，那么这种悲剧非但不会令其悲哀，反而会使他得到一种愉悦。无论他表面上装得多么同情、多么悲伤，但内心深处，他始终觉得这只是一出难得的好戏，平静生活中的一剂调味品。

出事海域碧蓝的海水恢复安静，就好像根本没有发生过任何事情一样。

到了下午，几具尸体被打捞到救生艇上，他们的装备也浮到了海面上，被救生艇一一打捞回来。我本不想去看，但总觉得出事之前那人一直举着相机，似有所指，便还是挤进了看热闹的人群里。

之前那个船员说错了，潜水的人里面，其实有一个女的，金发碧眼，十分漂亮。她但双眼圆睁着，被潜水衣包裹的躯体极度扭曲，显然是窒息而死。其他三人，死相也都非常让人揪心。

一个白人船员在翻检装备，最后他找出了一台照相机。应该就是它了。看起来他对那人的行为也非常好奇，当场就开始翻看里面的照片。起先他的神态是很平静的，但翻看了两张照片后，他的脸色逐渐变得凝重起来。到了最后，我们看到他呆呆看着照相机的屏幕，手都微微颤抖起来。

"嘿，他到底拍了些什么？"

"水底下有海怪是不是？"

围观的人也开始紧张起来，七嘴八舌地用各种语言询问。那个船员干咽了两口唾沫，用半生不熟的汉语说道："不……不是海怪，更可怕……更可怕……"他一边看照相机的屏幕，一边抬头看着什么东西，阳光下，他的脸色是煞白的。

"不！这肯定不是真的！"忽然间，这船员像发现什么鬼魅一样，把照相机往救生艇上一扔，自己一个趔趄，跌坐在救生艇上。

我顺着船员的目光看去。他刚刚抬头看的，应该是"德川号"的顶层或者更上面的地方，但邮轮上能有什么呢？

我毫无发现地收回目光，却惊骇地发现，原本碧蓝色的海面，翻涌出暗红色的颜色。起先是一小股，然后越来越多，到最后，一大片海域都被染成了暗红色，和昨晚的游泳池一个颜色。

血腥气弥漫开来，我想，应该是那条被拖入深海的抹香鲸的血。

救生艇上的船员依然坚持着，最终六个人的尸体全部找到了，这才驾驶救生艇回到"德川号"旁边，由吊艇机将他们重新吊回了邮轮上。

我躲在人群里，留意观察那个看过相机内照片的船员。他仍旧一副魂不守舍的样子，跌跌撞撞。据说相机被交到了船长那里，而相机里究竟有什么，就无从得知了。有些好奇的人试图从那个船员口中得到答案，但那个船员只是发呆，对于任何提问一概不予作答。

邮轮继续旅程。"德川号"的船长通过广播安抚游客，说已经报警，水警很快就会到来，请大家保持冷静。

其实船长多虑了。游客们异常冷静，自己作死的六个人和抹香鲸的诡异命运并没有减少人们的游兴，反而给他们提供了谈资，令他们觉得自己这趟邮轮之旅多了一份刺激。

甲板上的人群渐渐散去，天色不早，我得回去准备好枪了。今晚，不知会是什么样的。

我沿着走廊回到客房，上午从客房里出来时感觉到的那种不对劲又出现了：潜意识告诉我肯定有什么地方出问题了，但一时就是想不出来。

这次我停了下来，四处观察着。终于意识到问题所在。

昨晚我见到的那几幅油画去哪儿了？

走廊上，原来那些关于幽灵船的油画全都不见了，换成了同其他油画一样风格的画，扭曲的线条，看不懂的人体。

画上一艘船都没有。

走错楼层了吗？我特地看了下门牌号，515、517、519，没错啊。我想起517里似乎还有人被打晕，不知道现在如何了。无论是死是伤，都该有人报警吧。我

鬼使神差地敲了敲门,居然开门了。一个中年男人笑嘻嘻地看着我:"你找谁?"我不能确定昨晚在这间房间里被敲晕的是不是他,但至少根本看不出此人有遭到暴力袭击的迹象。我被他看得很不自然,红着脸说"敲错房门了",便赶紧退了出去。

此刻,我只觉得背脊上一阵发凉:那部经典的恐怖电影《寂静岭》中,诡异的小镇白天看似一切正常,一到夜晚,连学校、教堂都会褪去自己的"画皮",露出狰狞的真面目,无数蛰伏的妖魔鬼怪从角落中出现,开始掠食。阳光再度照射大地时,这些妖魔鬼怪连嘴角的血都来不及擦就又恢复到先前蛰伏的"乖宝宝"状态,而那些泛出猩红色斑点、张开血盆大口的学校、教堂也会逐渐变回原样,如处子般伫立在那里,就好像前一晚什么事情都没有发生过一样。

这艘船如今似乎也在发生同样的事情,白天一切正常,到了夜晚便成为杀戮场。到了第二天,阳光就好像清洁剂般将这一切全部抹个干净,连那些不祥的图腾也会消失不见。

我回到房间,反锁房门,从床底摸出 AK-12,这才有了些许的安全感。

闷在房间里实在无聊,无论是伊登还是金眼狗,一点动静都没有。随着夜色降临,我觉得还是待在人多的地方比较安全。我翻了翻床头的宣传单,中庭晚上有舞会,应该是人最多的地方。我找来服务员,请他为我借一套正装。大概过了二十分钟,服务员拿来了燕尾服、衬衫和一个领结。我穿戴好,专门梳了梳头发,照照镜子,觉得还像那么回事,然后大大咧咧向中庭走去。

不过这套燕尾服对我来说显然有点小了,勉强穿进去后浑身不自在。到了中庭后,全身已经大汗淋漓。

中庭底层甲板上灯火辉煌,许多身着礼服的男女在舞池中翩翩起舞,其中还有一些穿着白色制服、打着领结的船员。说实话,舞池中跳舞的男女里有几个身材和样貌都还不错,看起来倒也赏心悦目。抬头看去,可以看到各层点缀在栏杆上的灯光,以及从观光电梯反射下来的光,还真有些美不胜收的意思。

缓慢的舞曲让我心绪宁静,我向服务员要了一杯饮料,站在舞池边静静地观赏着。有那么一会儿,我甚至觉得自己真的就是一名普通的游客,在巨型邮轮上疗养,那些关于海盗和杀戮的记忆只是一场已经醒来的噩梦。

一阵热烈的掌声将我从好梦里惊醒。我循声望去,一个白净的年轻人在几个彪形大汉的簇拥下,从观光电梯里走了出来,一身得体的燕尾服更显示出其高贵——是陈兆丰。

跟随这个假陈兆丰下来的彪形大汉里,有一个正是赵祺。

此情此景证实了我之前的一个猜测:阿昆已经被金眼狗一伙控制了。是真情还是假意,已无所谓。我早明白,海盗是不谈忠诚的,活命第一,利益第二。刀尖上舔血,只能顾及自身,他就算造反,也是正常的。

且看他们会演什么好戏。

假陈兆丰脸上是标志性的笑容,很假,反而非常像真的陈兆丰。他笑着走到一个穿红衣的女士跟前,做了个"请"的动作,随即与她进入了舞池。

阿昆的舞技十分出色,而他对面的这位女士更是相当了得。她大概二十六七岁的样子,明眸善睐,十分美艳动人。她穿着露出整个背部的晚礼服,深红色的布料上点缀着闪闪发光的金属片,随着她身躯的扭动而不停地摇曳,衬着雪白的几乎无瑕的皮肤,给人以强烈的视觉冲击。

两人跳得难分难舍,我听到身旁的人开始议论纷纷。

"这姓陈的不大地道,自己的好朋友刚刚死掉,就跑到这里来找美女跳舞。"

"你知道什么?白天死掉的那几个人里,有些人其实和陈兆丰是面和心不和,有两个还在和他的金羽集团抢地皮。"

"那他是高兴坏了来庆祝喽?"

……

我偷眼去观察赵祺,他紧盯着舞池中的那个美女,眼神直勾勾的。我心底一松,知道他不会注意到我了,同时暗骂了声:"色鬼!"

一曲终了,红衣女子冷冷地拒绝了假陈兆丰的再次邀请,退出了舞池。我目光追随着她,见她在吧台坐下,点了一杯鸡尾酒。

忽然,一道强光直接刺入我的眼睛里。我抬起头来,看到在六楼的中庭处,一个穿着白色 T 恤衫和牛仔短裤的身影,正在向我招手。

伊登!

她正在用手表表盘反射中庭顶端的强光,晃我的眼睛。

我指了指观光电梯的方向,示意上去会合。她摆摆手,指了指赵祺。我立刻明白了她的意思:赵祺一伙此刻在邮轮上占据了优势,她希望小心行事。

她表情轻松,一直在对我笑,是小女孩那种天真无邪的笑。这曾经让我有些

厌恶,甚至有些惧怕的笑容,竟然是此刻的我所最希望看到的。看到她调皮捣蛋的笑容,我忽然有了一种亲切、熟悉的感觉,就好像被扔在迷宫里的一个小孩,转得精疲力尽之际看到了自己的长辈。哪怕这个长辈曾经戏弄过他,他都会立刻跑过去。

林济苍啊,你真是没出息。我心里暗骂自己,脸上故意装出冷淡的样子,冷冷点头,意思是"放心,我撑得住"。

伊登显得挺高兴,在那里一刻不停地对我打手势,有些手势我看得懂,大意是让我放心,他们不会不管我,让我自己小心;有些手势我却一时难以领会意思。

忽然,裤袋里的手机震动了起来。

邮轮上有信号不奇怪,可是这个手机是小妖的,除了伊登,或许还有沈云杉的人,其他人不会知道这个号码呀。难道是赵祺发现我了?

我掏出手机,上面是一个奇怪的号码。是福不是祸,是祸躲不过!我深吸一口气,按了接听键。

"你好,请问能和我一起跳支舞吗?"电话里传来了一个娇柔无比的女音。

"……您是……"我试探着问道。

"林先生,你拿着我的手机,还问我是谁?"

我心里一抖,往伊登的方向看去,下意识想要求助,但那个位置已空无一人。

只能靠自己了。

我咬咬牙,强装镇定地挤出一句话:"小妖?你在哪里?"

"请看你两点钟的方向。"

我向右前方看去,目光越过几对正在舞池中起舞的男女,落到了刚刚那位红衣女子身上。她站在那里,右手拿着一部手机,左手朝我挥了挥。

与沈云杉地下室时的一身黑衣相比,小妖现在的装束连同发型都有了极大的变化,加上我一直认为她遭到闪王蛇的强烈电击已经死了,因此即便看她跳舞看了半晌,都没有认出来。

既然小妖已经注意到了我,和我打了招呼,那一直盯着她看的赵祺……我往舞池那头看去,赵祺站在阿昆的身后,此刻正笑嘻嘻地和我四目相对。他不怀好意地笑着,用右手做出一个割喉的动作。

与此同时,我看到很多和赵祺装扮几乎相同的人,陆续出现在舞池的四周和中庭的各处通道。这些人有的站着，有的来回踱步，看似漫不经心，其实都在用眼角的余光瞄着我。这里面还有几张熟面孔，在和尚岛附近的海上枪战中，我们曾经照过面。

来都来了，就别偷偷摸摸看我了。你们人多势众，哪里需要这么小心。我暗自腹诽，知道自己这一次是在劫难逃。说不定伊登已经被他们给抓走了。

一整个白天的提心吊胆在这一刻忽然间烟消云散。反正是要死了，还怕个啥！我拔了拔背，挺了挺胸，径直绕过舞池，走到小妖跟前，伸出右手，身体微微鞠了一躬，道："能请你跳一支舞吗？"大学里学过交谊舞，虽然不算拿手，但基本的礼仪还是懂的。

小妖冷冰冰地看着我，我定定地迎上她的目光。她瞪了我足足五秒钟，忽然左边的嘴角向上一扬，露出一个极具嘲讽意味的微笑："对不起我累了，下次吧。"说着，就迈步要从我身边走过。我心中暗道"不妙"，她一走开，赵祺他们是不是马上就要和我动手了？

就在一瞬间，我突然做出了一个几乎没经过大脑、令我自己也感到非常吃惊的动作。我斜跨了一步，猛地拦在了小妖跟前，然后贴身上去，右手握住了她的左手，左手揽住了她的腰肢，使出全身的力气，将她往舞池中拖，脚下不忘踏准节拍。

我可是看到雌性生物就绕着走的人啊，竟然做出如此行为，也不知是堕落还是勇敢。或许大学同学给我起的外号是有一定道理的，我看似卑微的外表下面，其实深深隐藏着一颗"霸道"的心。

小妖极为抗拒，脸上露出诧异、厌恶的神情，肢体上也并不配合，白皙的胳膊上肌肉微微凸起，似乎有对我动手的意思。

后来她告诉我，当时她的第一反应是抬脚给我下身来一下，她用这种手段废掉过不少对她动手动脚的恶心男人。

可她不但没有对我动手，反而在最初的嫌弃过后，蓦地咧嘴笑了。

她笑得很漂亮，最顶层大灯射下来的光芒衬得她整个人都光彩夺目，耳边细细的绒毛显出少女的羞怯，让我看得一呆。但我很快意识到，我有可能是找了一个更大的麻烦。她的笑容里，有一种游戏般的残忍，就好像老猫看到已经根本无力反抗只能任其耍弄的耗子。

又是猫玩耗子啊，这招从伊登到小妖，在我身上屡试不爽。女人真是可怕，

我单身这么多年,恐怕无形中救了自己多次。

无论如何,她的肢体开始配合我了。在所有人艳羡无比的目光中,我搂着她进入舞池中起舞。

她跳得相当纯熟,而我,尽管使出浑身解数将我在大学里所学到的所有交谊舞的技能都用出来,仍然难以跟上她的节拍,有三四次甚至还不当心踩到了她的脚。

就这样跳了约一分钟,小妖忽然开口了:"小色狼,眼睛规矩点,信不信老娘挖掉你两个眼珠?"

不君子的行为被揭穿,我脸上骤然一红。的确,虽然一刻不停地告诫自己,但我还是从一开始就忍不住有些心猿意马。小妖浑身上下散发着成熟女性的魅力,恰到好处的香水味、柔软的腰肢、性感的衣着,实在由不得我不分心。

刚才强行把小妖拽进舞池的劲头顿时完全没了。我不再"霸道",心里紧张无比,对雌性生物过敏的症状也重新回来了。局促慌张中,我又踩了她一脚。

这一脚踩得挺重的,但她没有任何反应,我却几乎大叫出来——小妖原本搭在我肩膀上的手往里一探,一根手指狠狠戳在我肩胛骨的某处。不知道是因为她戳中了所谓的穴位,还是因为她手指头上的力道实在太大,我只觉得一阵剧痛从肩胛骨一直传到背脊,这种疼痛是我出生到现在从未体验过的。

"这次疼你还忍得住,下次再踩,老娘包你疼得当场大小便失禁。"

小妖看着我,又一次露出那种游戏般的笑容。

这下子麻烦大了。中情局对恐怖分子进行刑讯逼供的手段中,有一招就是专门冲着人的肩胛骨下手的。肩胛骨上的痛感神经非常丰富,用工具敲击,甚至只用手戳、捶,都会让恐怖分子痛不欲生,甚至当场大小便失禁。没想到面前这个小妖居然还具备这种技能。

而她接下来的一句话让我彻底蒙了。

"低头看看自己锁骨这里,这个红点子认得吗?"

我低头一看,一个红色激光点就在我锁骨附近转来转去。有人在瞄准我,应该是小妖的同伙。有红点,说明枪手使用的是激光瞄准器,而不是红点镜,后者是不会在瞄准对象身上出现红点的。而且这种激光瞄准器比较适合在黑夜环境或者光线较暗的地方使用,枪手甚至要用夜视装备才能看到瞄准效果。在这明晃晃的大厅里使用这种装备,只能有一种解释:小妖他们不仅要杀我,还要让我切切实实嗅到死亡的气息。

真是一伙变态啊！沈云杉的变态后继有人,她死而无憾了。

更要命的是,我和小妖跳舞时是旋转着的,但锁骨处的红点总能跟着,有时明明和小妖换了个位置,但红点只短暂消失了半秒就又出现了。我终于明白,我被至少两个枪手瞄准,无论小妖和我相对位置如何,总有一个枪手能击中我。

与此同时,我发现小妖开始主导我俩的舞步,我俩只能在一个固定的区域内旋转,我只要试图脱离这一区域,立刻就会被她带回来。她个子比我矮了大概半个头,力气却大得出奇。我根本无从抗拒,只能被动地任其摆布。我气恼地瞪着她,她只是微笑地看着我,笑容中充满了轻蔑。

忽然,她用命令的口气说道:"把手机拿出来。"

肩膀上纤细的手指又开始往下游移,我不敢怠慢,立刻掏出手机。

"照我说的拨一个号。"

我老实拨出,手机屏幕上赫然跳出了一个人的名字——伊登。

"把手机放在我耳朵旁边。"

我一一照办。

我们贴得很近,我能清楚地听到电话那头嘟嘟响了几下,然后电话被接了起来,一个女声"喂"了一声。

"伊登吧？我们知道你一直就在姓林的附近,现在给你十五秒现身。你应该看得到他身上已经有激光瞄准点了吧？十五秒后你还不现身,我们就在这儿杀了他！"

电话那头是沉默,伊登没有回答。

我低头看着锁骨上的红点,这一刹那,虽然处于热闹的舞池之中,周围有无数的男女和喧嚣的空气,可我却感到前所未有的孤单与绝望。

小妖并不在意伊登是否回答,自顾自地开始计数了。

"一！"

"二！"

我恶狠狠瞪着小妖,在她说出"三"的同时,我猛地对着手机吼道:"你别……"后面几个字被肩胛骨上的剧烈疼痛硬生生吞没了。

小妖的手继续游走,一根冰凉的手指最后停在我的颈椎下面。"再废话,下半

辈子你就只能在轮椅上过了。"我看着她冰冷的眼神,明白了,她非常恨我,她此时正沉浸在复仇的强烈快感中,只要情势允许,她很愿意废掉我,为沈云杉报仇,为她自己报仇。

"四!"小妖继续计数。

小妖数到"六"的时候,我忽然觉得眼前一晃,似乎有谁用镜面反射强光不停地晃我的眼睛,还顺带晃了几下小妖的眼睛。我心头一喜。

就在我的左边,隔着好几个人,一根金色的柱子旁边,伊登不知道何时已经站在那里。她的脸上依然在笑着,笑得很调皮,一边笑一边朝我走过来。

离我还有十米的时候,我看到她身上一下子出现了五个红色的小点,三个停留在她的胸膛上,两个停留在她的头部。

"你也有今天。"小妖的口气里有一种令我不寒而栗的杀气。她看向赵祺,用纤细洁白的手在空中划了个优美的弧度,然后在自己的脖子上一抹。她的动作十分优雅迷人,但传达的意思却毫不含糊——她要伊登死!

赵祺明显犹豫了一下,但他还是点了点头。他拉住了身旁有些激动的阿昆,从腰间拿出一部对讲机,开始对着对讲机说话。

"就是现在!"

我不顾一切地扔掉手上的手机,同时猛地推了一把小妖,反身向伊登冲去,口中大喊:"当心!伊登!"

事实上,就在我出手要推人的那个当口,脊柱感受到一阵钻心的疼痛,这疼痛犹如一股极其剧烈的电流,在0.001秒里让我整个脊柱似乎都要失去功能。但我早已做好了心理准备,并且甘愿承受这种折磨的冲击,不顾一切地大喊起来。喊完这一声后,剧烈的疼痛让我不由自主地拱起了身子,身子齐膝而折,人也倒了下去。

小妖可能也没料到一直软弱的我在这一瞬间会忽然表现得如此有血性,惊怒之下手指加紧用力,同时另一只手迅速探过来,把我的喉咙紧紧地卡住。我顿时感到了强烈的窒息。

我的身体动弹不得,眼珠却还是努力地向伊登那里看去。伊登还在笑,只是她的笑容有些僵硬了。

笑容最终凝固的一刹那,她举起左手,掌心对着我,五根手指俏皮地前后摇动着——她在道别。我看到她已经干裂发白的嘴唇在蠕动，虽然已经听不清她在说什么，但我大致辨认出她唇语的意思是"龟仙人，对不起，再见了"。

不行，不行啊！

我不想让那么多的秘密被伊登永远地带走，但我无能为力。我第一次后悔了，后悔自己没有好的体质，没有赵祺、小妖那样的力量，也没有去学习格斗。

赵祺把对讲机放下，他的命令已经下达完毕。

此时的伊登身上又多了两个红点，本来瞄准我的两个射手，此时也瞄准了她。

我逼自己睁大眼睛，我要亲眼看到伊登在我的面前被打成马蜂窝，我要亲眼看到家人生还的希望因自己的无能而破灭。

伊登还在甜甜地笑着，并且一步步走来。

"砰"的一声，枪声响了起来，在人群中引发了巨大的混乱。起先我绝望地以为是伊登中枪了，然而她还好好地站着，身上并没有中枪的迹象。伊登身边迅速围满了慌乱的人群，红点不停被遮挡，无法瞄准。

又是"砰"的一声，我的眼角出现了一个影子，以极快的速度掠过我的视野。我很快意识到，那是一个人从高处坠落！

舞池中的人群从慌乱变成了大乱。透过满地密密麻麻交错来回的人腿，我看到坠落下来的人，他的脸无力地垂向一边，眼睛正好与我相对，圆睁着，迅速失去了一切生机。在他的前胸，一个红色的血点迅速扩大，很快将他的白衬衫染红，血液从他的身下流出，形成一个不断扩张的血泊。

我认出来，他就是白天翻检相机照片的那个船员。

他是中枪身亡的。我抬头看往他落下来的地方，正好对准一张脸，一张没有半点血色、惨白无比的脸。这是一个谢顶、蓝眼珠、胖脸蛋的白人，慌张地盯着坠楼船员的尸体，口中念念有词，手上拿着一把手枪。

这张脸我也认识，白天打捞遇难潜水者的尸体时，他也是其中一员。

他为什么要枪杀同伴？他也看了照片吗？

一晃神，六楼中庭处的这张脸已经消失了。

此时现场一片大乱，摆放食物和饮料的桌子被撞翻，地上一片狼藉。穿高跟鞋的女士踩在滑腻的地板上仰面摔倒，发出惊恐的叫声和哭声。

伊登已不知去向,小妖还在钳制着我。我感觉呼吸愈发困难，眼前冒起了金星，再也看不清东西。

杀不了伊登，她要宰了我泄愤吗？

赵祺的声音忽然响起："小妖，快！老大让我们先把刚才六楼那个秃顶的家伙抓住！"

"这小子怎么办？"小妖大叫道。

"带走！"

小妖终于松开了手，对我喝道："走吧，小妞！"说着，她架起我就往观光电梯冲去。我决定拖住她，无论他们是什么计划，打乱就是了，乱拳打死老师傅，我不亏！

于是我拼命往下坠，像一摊肉一样躺倒，任其拖拽，任凭小妖怎么拼命戳我脊柱，我都硬扛着。小妖十分恼怒，又无可奈何，最后用胳膊肘在我后脑勺上重重地来了一下。

我感觉鼻腔一热，随后整个人昏厥了过去。

CHAPTER 16

再见『中指猩魔』

ZAI JIAN ZHONG ZHI XING MO

再次醒来时，四周一片漆黑。逐渐适应了这里幽暗的光线后，我仔细一打量，居然还在刚才的地方——中庭最底层的甲板上。现场一片狼藉，满地的食物、饮料、高跟鞋还有碎了镜片的眼镜。

　　可几乎所有的灯都熄灭了，这里就好像狂欢完毕还没来得及打扫的派对现场。只有一点不同，那具中弹坠楼的尸体还躺在那里，双目无神地瞪着斜上方。

　　周围一片寂静，我起身拖动着脚步前行，一边走，一边听着自己的脚步声，以及鼻血滴在地上的声音。这让我心里有些发毛。

　　电梯已经停了，无论怎样按，按钮就是不亮。我只能从旁边的安全楼梯走上去，走了一路，鼻子里的血滴了一路。但我已经没工夫去理会这个，头部的剧痛更让我烦恼。

　　把我的注意力从头痛中拉出来的，是一声枪响。

　　我拖着步子，下意识地往声音传来的地方走，感觉自己像是一个丧尸，哪里有动静就去哪里。我只想力所能及地让这些暴力变态的事情早点结束，从噩梦中尽快醒来。

　　枪声来自五楼舷墙旁的走廊。我小心地靠近，看见有人正在射击一艘已经离开"德川号"十几米的救生艇。开枪的人穿着黑T恤，身边围了几个同样穿黑T恤的彪形大汉，是赵祺他们一伙人。他们一边开枪一边用英语大喊："回来！快回来！会死的！你会死的！"救生艇上，是那个枪杀同伴的谢顶船员。

他们显然并不是真的想杀掉这个谢顶船员，而是想逼他回头。否则，距离这么近，船上的人早就死了十几回了。

那个船员一边慌张地驾驶，一边不停回头看，用英文歇斯底里地大喊："我绝对不回来，你们不要骗我！我看过照片，这是艘鬼船！一艘幽灵之船！恶魔的渡船！你们都去死吧，我一个人逃命就好……"他脸上所有的肌肉都是扭曲的，好像癫狂了一样。

"把救生艇打沉，然后我下水去捞他上来！"小妖的声音从几个彪形大汉中间响起来。她推开身边的人挤出来，身上还穿着舞会时的那件礼服，裙摆已染上了血污。只听"嚓"的一声，她一把将裙子下摆撕掉，高跟鞋踢掉，爬上了舷墙。赵祺和其他人根本没有反应，小妖大叫道："开枪啊！难道看着他死吗？"

"来不及了。"赵祺低低地说了一句，伸手往救生艇的方向一指。

他指得很远，并不是在指向救生艇。我顺着看去，发现救生艇高速驶去的方向上几百米开外，海面出现了几点蓝色荧光，乍一看，好像是萤火虫在海面上飞舞，十分美丽，但仔细看去，会发现那些荧光的点其实是几根触须的顶端。

触须是半透明的，长而柔软，带着蓝色的荧光点，在黑暗的海面上显得极为妖艳。它们正在向救生艇靠近。

小妖怔怔地看着眼前的情形，最终轻轻跃回甲板上，背靠舷墙，不再往海上看。

救生艇速度很快，触须的速度也很快，透明胶质似的触须，很快就缠上了救生艇，像裹尸布一样紧紧裹住船身，最后攀上船员的肩头。下一秒，整艘救生艇消失在海面上，和白天那头鲸鱼一样，刹那间无影无踪。海面上出现一个小小的旋涡，但很快就平复了，仿佛什么都没有发生过。

赵祺压抑着惊呼了一声，小妖听到后，神色一下子变得有些黯然，很像……当初看到亚马孙森蚺即将吞噬我时的表情。

我心里微微一动，她真的有恻隐之心吗？

"滋滋"，赵祺腰上的对讲机响了起来。因距离太远，我听不到对方说什么，只能听到赵祺的回应。

"马上就去……老大，这事儿你不能怪小妖，是这洋鬼子太傻……"

赵祺话没说完，"滋滋"声就消失了。他无奈地把对讲机装回去，对小妖说："老大要见姓林的小子。"

又关我事？我有些后悔来这儿了。

小妖的声音有点无奈："他是不是怪我下手太狠？"

"老大不在现场，只是远远地看着，不知道当时的实际情况，难免有误会。"赵祺挠挠头。

小妖鼻子里"哼"了一声，不再言语。

一行人离开了舷墙，朝我藏身的楼梯口走过来。我迅速判断了一下，他们可能是要下到底层甲板找我，于是我立刻往上爬，屏住呼吸藏到六楼楼梯口，眼看着他们向下走去，我才喘出一口气。

顾不得头疼，我立刻拐进六楼的客舱。他们到底层找不到我，肯定会通知其他人在邮轮上搜捕我，我必须立刻找到安全的藏身之处。舞会上的枪声等于撕掉了遮羞布，他们不必再维持邮轮上表面的平静，做起事来会更加肆无忌惮。

鼻血仍时不时地滴在塑料防滑地板上，不过渐渐开始止住了。也好，能留下一个能迷惑他们的线索。六楼和五楼没什么区别，长长的走廊，白色的墙壁上嵌着左右两排咖啡色的木门。走廊的广播和房间的闭路电视里循环播放着船长的紧急通知："所有游客请务必待在房间里，不要轻易给任何人开门。穷凶极恶的海盗已潜伏到船上，请勿在外游荡……"一路上所有的木门都紧闭着，或许其中有空房间，但被船员锁住了。我感觉体力渐渐不支，敲门求助，但没有任何一个房间开门。

伊登一直没有出现，她和海盗崽子们正被金眼狗一伙追击。我有些奇怪，这两伙海盗似乎有血海深仇一般，这种敌对关系，应该不光是因为沈云杉的死而结下的，或许另有渊源。

无论如何，我现在只能靠自己了，否则只能死在这里。

我不能死在这种不清不白的地方。

我不死心地沿路敲着房间门，一路走来，总觉得隐隐有股寒意，熟悉的寒意。一定是哪里不对劲，我努力从剧烈的头痛中拾起理智，停下脚步四下打量。

那些诡异的幽灵船油画又出现了。它们赫然挂在六楼的走廊里，顺序和当初在五楼时一模一样，白色圆点渐渐变大，触须越来越明显。

所以，这些历史上著名的海难都是这触手海怪造成的，如今，这海怪盯上了"德川号"？

似乎很符合逻辑，又符合科学。但是什么人会把这一连串的事故联系起来？依据的又是什么史料呢？而且……

第一个看到照片后来惨死在中庭的船员，当时说的是"不是海怪……更可怕"，刚刚被拖进海底的船员说的是"这是艘鬼船！一艘幽灵之船！恶魔的渡船……"，说明他们怕的并不是海怪，而是别的东西。那个照相机，到底拍到了什么呢？

再说这些油画，到底是谁这样挂来挂去的，目的是什么，吓唬我？

心里的不爽略略盖过了恐惧，既然是人为的，就没什么可怕，大不了干一场，我又不是没杀过人，心虚的人才装神弄鬼。

一个个疑问现形，情状渐渐明朗。我恢复了理性，打算和油画背后的黑手正面对抗。我仔细地挨个看过去，试图从画中看出其他蛛丝马迹，却意外发现，第六幅和第七幅油画之间的 615 号房间房门是虚掩着的。

呵呵，看来是邀请我进去了。

推开房门，里面一片漆黑，令人心里发毛的漆黑。我心里毛毛的，但还是走了进去。里外都是死，又有什么必要怕黑呢？

"啪嗒"一声，房门在我身后自动关上了。为防门后有人偷袭，我在原地站住，猛然伸腿往后狠命一踢，但踢了个空。

关门的无论是人是鬼还是怪，都没有袭击我。

"出来吧！我就在这儿，要杀要剐随便你们！"我喊了一声，半是恼火，半是壮胆。

无人应答。

我伸手准备去摸灯开关，这时，黑暗中忽然传来一阵巨响，非常熟悉的响声，是轮船上马达的轰鸣，混合着船身高速划过水面所激起的水声。

这响声来得没有半点先兆，我本能地往后退了一步。一道强光照亮了我左手边的白色墙壁，一艘渔船在蓝色的海面上飞驰的影像被投射到墙壁上。

浙象渔 28！

我立刻在画面中寻找时间信息。十天前，下午六点，天光仍亮。

夕阳下，船头上站着一个瘦小枯干、穿着绿色迷彩服的小孩，一边嗷嗷地号叫着，一边端着 AK-47 对着镜头的方向射击。

"中指猩魔"。

我的身体不由自主地颤抖，心头涌动着与仇人见面的愤怒。理智告诉我，他只是一个听老板命令的喽啰，在全盘计划里连一颗棋子都算不上，但情感上，我还是想看到他胸膛被子弹击穿、皮肉模糊、鲜血飞溅的样子。

视频似乎是 Go Pro 一类的运动摄像机拍的，摄像机位置较高，视野下方有帽檐，应该是固定在头盔上。戴头盔的人乘坐另外一艘轮船，正在全速追击"浙象渔28"，时不时叫上两声，举枪回击"中指猩魔"。

心跳渐渐平复，我恢复了理智，没有再去看"中指猩魔"那张因兴奋而极度扭曲的脸，而是紧紧盯着"浙象渔28"的上层建筑，希望能从甲板室的窗户里看到家人朋友的身影。

视频背景音变得吵闹起来，一个男人用扩音喇叭对着"浙象渔28"开始喊话。我听不懂这人所说的语言，从口气判断，应该是一艘海上执法船正要截停"浙象渔28"。

"浙象渔28"的甲板室中忽然传来了几声惊叫，我听出了熟悉的声音，不由自主地向前走了几步，死死扒到墙上，恨不得能看透舱壁，看看里面到底发生了什么。

"中指猩魔"似乎也听到了惊叫声，他大叫了两声，似乎在呼唤甲板室里的同伴。甲板室里也传出了几声回答。"中指猩魔"一边射击一边退后，最后到了甲板室的舱门口，把门拉开正要进去时，只听"突突突"三声枪响。我清清楚楚地看到发着亮光的弹道穿过了他的胸膛。他仰面躺倒，手捂着伤口痛苦地扭曲了几下，随即四肢开始颤抖，是临死前的痉挛。

甲板室内继续有枪声传出，摄像机视野有限，我只能透过甲板室的窗户看到里面有枪口的火光闪动。我心急如焚，开枪的不知是敌是友，万一我的家人对对方完全没有用处，被误伤甚至误杀，那还不如被"中指猩魔"控制！

又是一阵惊呼声传来，这一次我认出了两男一女的声音，是我的死党赵磊、程先宙和女同学闵琼。声音嘈杂，不止三个人的声音，但这三个人叫得最响。我心里暗骂："赵磊、程先宙，你们俩真是没用，拉低我交友的品位！要么反击、要么躲起来，叫个鬼啊！"

执法船上的人好像也对"浙象渔28"号上发生的事情有些丈二和尚摸不着头脑。戴摄像机的人迷茫地左看右看，我的视野也随之左右晃动，好处是能看到更多的环境细节。扩音喇叭里依旧传出内容相同的喊声，似乎有些声嘶力竭。

忽然间，甲板室门口里蹿出一道人影，那人从"中指猩魔"的尸体旁拿走了AK-47，随后迅速蹿了回去，动作敏捷至极。这人在回甲板室的一刹那，对着摄像机的方向看了一眼，让我看清了他的真容。

是叔叔！

太好了，他们有了武器，就至少有一分生还的可能。

果然，叔叔回去后，甲板室的窗户立刻被枪托砸碎，四支黑洞洞的枪口伸了出来，瞬间吐出了火舌。

执法船被打了个措手不及，摄像头也开始乱晃，视频画面一时混乱不堪。

硝烟弥漫中，我听到了让我血液凝固的声音。

"哒哒哒哒"，这是勃朗宁之类大口径重机枪的射击声，这种重机枪的威力是十分惊人的。二战时德军的重机枪就能把人整个身体扫断，而装备在现代舰船上的重机枪，打穿民用船只上的铁皮根本不成问题，将其击沉在技术上也不存在障碍。执法船用重机枪扫民用渔船，其结果可想而知！为什么直接下死手？规定动作不是先用水炮警示吗？

在12.7毫米（或许更大）口径子弹的疯狂扫射下，"浙象渔28"很快被扫得千疮百孔。扫射持续了整整三分钟，度秒如年的三分钟。之后，"浙象渔28"的船体开始倾斜，船身以极快的速度下沉，海水开始涌上甲板。

一阵"哇啦哇啦"的对话后，视频中止，投影仪映射在墙壁上的影像变成了一片雪花。

"喂！"我狠拍了墙壁一下，站起来，发疯般扑到写字台上的投影仪旁，扯出连着投影仪的笔记本电脑。

"不用找了，整台电脑里只有这一段视频。"

一个冰冷的声音在我身后说道。这声音语调平静，没有一丝一毫的起伏变化和感情色彩，却仿佛挟带着彻骨寒意。

写字台上的一盏台灯亮起来。一个穿着白色西装的人就坐在写字台旁的一张靠背转椅上，距离我一米不到。

这人距离我这么近，为什么刚才我连他的呼吸声都没听见？

转椅转了过来，椅子上的人面对着我，面色惨白，长头发湿答答地在脑后扎

了个马尾,鼻梁上居然架着一副墨镜。

金眼狗就这样静静地看着我,半晌,忽然露出一丝笑意。

"又见面了。"他说。

我定在原地,一时有些不知所措。为免露怯,我打定主意少开口,保持拒他千里之外的强硬态度。

"刚才你看到的这段视频是我花大价钱买来的。后面还有两段,时间更长,内容更加精彩。你想不想看?"金眼狗的双眼透过墨镜直勾勾地盯着我。

"到底怎么回事?"斟酌之下,我问了一个似疑问似反问的模糊问题。以我在杂志做调查问卷的经验,这类型的问题能引出更多意想不到的信息。

金眼狗沉默了几秒钟,道:"关于这件事,我能告诉你的有两点,一、你所身处的环境十分特殊,你所看到的东西一大半是别人希望你看到的,也可以说是假的;二、这十二个人,你自认为十分了解而且十分亲近的十二个人,现在都还活着,但已经不在伊登那伙人的控制之中,这一点刚才那段视频也已经告诉你了。现在能够带你去见他们的,只有我们。"

"条件?"

金眼狗嘴角一扯,露出了森森笑意:"三件事,一、帮我抓住伊登,拿到她手上的两本鬼皮书;二、跟我一起去找豪魂岛;三、帮我拿到陈兆丰手上那本鬼皮书。"

凭一段来路可疑的录像,就想拉我进这么多泥潭?我略微冷静了一下,看他的态度,估计人质们一时半会儿没有危险,于是我打算和他讨价还价。

"不解释一下,我怎么定计划?"我冷冷道。

金眼狗从怀里拿出一张照片,放在写字台上,道:"你先来看这张照片。"

照片是在水下拍摄的,背光极暗,画面中心是一只巨大的水母状生物,半透明触须,末梢闪着幽蓝的光斑,如千年老树树根一样盘根错节的触须,缠绕着一艘十分庞大的船只。

这就是海员见过的那张照片?

根据背光判断,这幅场景距离水面有一段距离,阳光已经很难透下去了。这种深度,活人即便戴着潜水装备也是不可能进入的。

"这是什么船?潜水艇?"我忍不住问道,但很快意识到这绝对不是潜水艇,潜水艇的外形应该是纺锤形的,绝对不会是照片中的这个样子。

金眼狗淡淡地道："仔细看，你应该觉得很眼熟的。"

照片上的船只确实非常眼熟。我仔细辨认了很久，终于看清了。熟悉的吊艇机，露天游泳池，泳池池底巨大的LOGO。

是"德川号"。我脚下踩着的"德川号"。

"这艘'德川号'绝对不是那么简单的。"金眼狗的声音突然响了起来，我吓了一跳，冷汗从背后潜潜而下，脑子倒是清醒了许多。

"视频既然是你买的，我想伊登也能找到卖家。如果没有别的交换资源，我是不会同意的。"

一共三本鬼皮书，要得到尚且不容易，拿到后还需要再放我的血。我的筹码太重，他盘子里的东西太少了，少且可疑。

金眼狗"嘎嘎"笑了起来："你跟着伊登学精了啊。"见我不说话，他扶了扶墨镜腿，用一种大发慈悲的语气说，"好吧，那我们交换一下底牌，希望你看清楚局势后，会聪明地站队。我叫穆武灵，远洋保安实业公司的职员。"

远洋海盗公司吧？我不齿地"嗤"了一声。

"赵祺和小妖，也是我们公司的。"穆武灵并不在意我的态度，"我们的主要业务，就是急人所急。当保镖也好，劫持船只也好，只要给足够多的钱，我们都能胜任。上一次登上'德川号'，就是受金主所托，把这艘邮轮劫持到新几内亚岛以北俾斯麦群岛中的一座荒岛上，然后眼睁睁地看着它沉到海底。"

我又看了看照片上的沉船，阴影浓重，看不出是否PS过。夜色中，船的舷窗里透过金黄色的光。光影十分缭乱，里面确实像在火并。他和赵祺不愧是一个公司的，十分健谈，把他们的来龙去脉给我透了个底掉，像几十年没和人说过话一样。他讲的故事半真半假，但我听得出来，编造的不多，只是隐藏的很多。我努力从他的叙述里面找破绽，找真与假的交界，隐藏的痕迹往往是真相所在。

"我们也是个草台班子，我、赵祺，还有小妖的哥哥带头，手底下三五十个人，都是些渔民，80后，没什么背景。陆上被当地人欺负，海上被海盗欺负，日子实在过不下去，才搞到点武器，当上了'武装渔民'。"武装渔民与海盗之间往往就是一线之隔。

"一开始我们收费便宜，老实肯干不手软，所以业务来得多，很快就挣到了点钱。业务主要是赵祺负责的，他认识沈和那种大佬，能搞来武器，也能拉来业务。

不过，上'德川号'的业务是小妖的哥哥姚铁汉拉来的。

"那次业务是预付款，我们每个人的户头里都进了一大笔款。我隐约觉得不对，但手下的人见到钱后跃跃欲试，老姚本身也是个谨慎可靠的人，所以最后我们还是上路了。我后来一直十分后悔，'德川号'上发生的事情十分诡异，我当时应该拦住他们的。"

穆武灵短暂地陷入了沉默，墨镜下的面孔浮现出一些颓唐。

鳄鱼的眼泪。我冷冷开口："所以你不后悔当海盗？不后悔杀了那么多无辜的人？"

"你没杀过人？"他笑嘻嘻地反问。

我一时被问住了。

"'德川号'上怎么了？"我试图转移话题。

"我们弄了艘远洋渔船，在苏拉威西岛的一个港湾集合，在遍布火山的马鲁古海航行了大约四天的时间。第三天的时候，伊登来了，她是金主的代表。一艘船，两个人带头，这其实是很忌讳的，因为随时会爆发内讧。

"第四天，我们截到了'德川号'。这才发现，要劫的是艘巨型邮轮，上面的乘客有数千人。如果我们贸然劫持，引发的后果就必然是：一、全球舆论关注；二、各国政府出手；三、遭到清剿，要么被杀光，要么被送到监狱里关押一辈子。"

他抬头看了我一眼："伊登这个小姑娘的手腕，你也应该见识过。我们本来想退钱保平安，她不知从哪儿弄来了无人机，上面挂了两颗地狱火导弹，在海面上炸了一颗，剩下的一颗就悬在我弟兄们的头顶上。

"我们没办法，只能听她的。被通缉被关押，都有活命的概率，可在远洋被导弹打中，那就是死路一条。我们分了两队，老姚带了十五个人下小艇上邮轮，我和赵祺领其他人接应。按正常的流程，老姚上去后，会先控制船长室，然后把警报系统控制起来，之后把船上所有人逼到甲板上当人质，最后就可以把邮轮开往任何地方了。

"可是啊，老姚上去后在对讲机里说，邮轮上几乎看不到人。没有游客，只有几个保安，荷枪实弹。"穆武灵一边说着，一边用手比划了个四方形，"老姚说，这些人的防弹背心上印着个四四方方的宝塔形状。"

"根来安保株式会社？"我一惊。

"你知道这个标志？"穆武灵眉毛一挑，真心实意地叹了口气，"可惜，我们这帮没文化的野海盗当时并不知道。他们公司很多都是前自卫队中的特种部队成员，兵强马壮，武器先进。他们有可能是在押送贵重物品，用邮轮掩人耳目。按常理，遇到这种超出预期的情况，我们会立即收手，金主都不会有意见。可是老姚他……跟你一样。"

"和我一样？"我愣了愣，"伊登手里有人质？"

穆武灵点点头："小妖。她当时在B国留学。老姚为了妹妹，先是把我们骗来船上，当时又强行带着手下人继续执行任务，但根本不是他们的对手，死了不少弟兄。伊登知道情况后，把导弹调到邮轮上方，总算镇住了保安，又用对讲机逼迫保安把他们带往藏东西的地方。你知道她老板想要的东西是什么吗？"

我耸耸肩，脑海里是沈云杉地下室的干尸们。谁知道这些变态的有钱人有什么癖好。花这么多钱，搭上这么多人命，想要的东西要么价值连城，要么十分稀有，要么二者都有。

"一口棺材，黄金船型棺材。老姚、他带上去的弟兄们、我为了搭救他们而带上去的弟兄们，都死于这口棺材里的东西。我上去的时候，已经晚了。棺材已死死合上，外壁全是血痕，地上到处是被烧焦的残肢。还剩一口气的兄弟说，棺材里是燃烧着的炼狱，兄弟们被吸进去，就再也出不来。"穆武灵长长叹了口气，"你知道吗，人的惨叫从对讲机里传来的时候，会因为信号传输原因变得更加惨。你知道老姚死前什么样子吗？"他手搭在左脸上，"左边的脸，左半边身体，全被烧成焦炭，右边的脸上全是伤口和血污。这种样子的时候，他还活着，还想活，想让我们活。他拼命跳出棺材，把我们逼到甲板上，让我们立刻跳海逃生。可他……"

"……"我明白了他对伊登的恨。其实我对伊登的恨应当不亚于他，但在一起相处久了，我似乎得了斯德哥尔摩综合征，反而对她产生了不该有的欣赏和依赖。

"我放弃任务，带着活下来的几个兄弟逃出'德川号'。那晚没有月亮，天特别黑，海浪特别大，人像陷进噩梦里永远也醒不过来。回到渔船，伊登人影都不见了。我们开了船，眼睁睁看着'德川号'被几只巨型触手拖进了海里。"穆武灵敲了敲桌上的照片，"和这照片上的场景一模一样。五年后，也就是几个星期前，'德川号'重新出现在海上继续搭载游客的时候，我们都觉得事有蹊跷。"

"你觉得棺材还在？你死去的兄弟们还在棺材里？"

穆武灵仰头看了看我，把手指放在唇边，做了个噤声的动作。下一秒，他从

椅子上弹起，猛地把我往旁边一推。我一个趔趄摔在墙脚，看着他迅速抬腿，将一样东西踢到了外面的阳台上。

暗青色卵形金属体，外壁上有不少沟槽，顶端有一个引信正在冒着丝丝白烟。

手雷！

穆武灵站稳后立刻向我扑了过来。他的身子把我压倒的同时，我的耳膜感受到了一阵剧烈的冲击，右耳中有一股灼热的液体流了出来。

我脑子有点发傻，躺在原地动弹不得。半响，不适感渐渐消失，我只觉得右半边脸和左前臂有点疼痛，似乎被手雷的破片划伤了，其他地方并没有感受到异常。穆武灵用自己的身体把我的要害部位都遮挡起来了。

那他自己呢？

我感觉胸前和肩膀上的衣服被温热的液体浸透，于是用力想把他的身体推开，可试了几次，都没能成功。最后，穆武灵突然自己动了一下，撑着从我身上滑了下来。

还好，没死。

我立刻爬起来，把他扶到墙壁边靠坐起来。房间里已经有几处燃起了火焰，火光照耀下，我看到穆武灵的背上有几处伤口，吓人却并不致命。但他的颈部插进了一块手雷的破片，鲜血正奔涌而出，似乎是伤到动脉了。

房间里没有药箱，我只好赶紧撕了一块床单，折成很小的方块，打算压到伤口上止血。结果一转头，看见穆武灵咽了咽嘴边的血沫，手伸到颈部一阵摸索，然后抓住破片。

我还没来得及惊呼"住手"，他就已经把破片给硬生生拔了出来。

鲜血立刻喷射而出，他竟然连哼都没哼一声。

我冲上去，死命按住伤口，血从手缝里直接喷到了我脸上。但还好，过了一小会儿，血似乎渐渐止住了，从喷射状变成涌出状，最后缓缓地流淌而出。

然而穆武灵的呼吸声也越来越弱，最终不再动弹了。

"喂！穆武灵！金眼狗！"我轻轻推了推他的肩膀，不敢使劲，而他毫无反应。我大着胆子去探他的鼻息……

这么个大海盗头子，就这样死在我眼前了。

CHAPTER 17

阎王轮
YAN WANG LUN

我颓然靠在墙上,不知接下来该如何是好。这时阳台外黑影一闪,有人从上面一层蹬进了阳台。

"大厌头,你没死?命大啊!"

大狙,泥鳅,还有伊登,熟悉的人影一一从阳台翻进来。大狙看到穆武灵的尸体,"嘎"地笑了一声,举起枪就对准了穆武灵的脑袋。

"喂!人都死了,你想干吗?"我推开他的枪口,用身体挡在穆武灵的尸体前。

伊登往前迈了一步,冷冷道:"你让开。这姓穆的坏人有点儿邪门的。虽然已经死了,但要是不爆他的头,然后把头割下来,我总是怕怕的睡不好。"

"我就不让!你开枪啊!"

我对伊登失望透顶,也对自己失望透顶。她和穆武灵之间的恩怨与我无关,但他们一伙对我和我家人做的事情,是不应当被原谅的。况且,他们为了杀穆武灵,直接往房间里扔手雷,根本不顾我的性命,由此可见,我家人的命在他们眼里也如草芥一般,一旦失去利用价值,会被毫不留情地铲除。而穆武灵刚才说,那十二个人此时已经不在伊登手上,说明她一直在骗我。

对娃娃兵们的同情到此为止了。恶魔是不分年龄的。

此刻,我宁可相信已经死掉的穆武灵,相信他孤独的故事,相信孤独的人不会说谎。

伊登垮下脸,冲身后使了个脸色,泥鳅和另外一个手下上来架着我就走。刚走了两步，突然听到了"突突突"的枪声响起，木质房门上出现了一排弹孔，木屑飞溅出来。

"穆老大！穆老大！"赵祺的声音响起来。泥鳅放开我，拉着伊登躲到了床后。船上的房间，门板都很结实，双方隔着门就互相射击起来。我眼睛的余光瞟到阳台外，一个窈窕的身影从上面倒挂下来，双手各举一把手枪，对准了床后的伊登。

伊登他们腹背受敌，忙不迭地还击。小小的空间里，一时间子弹乱飞，火光四溅。我出奇地冷静，知道他们不会动我，便安静地缩在墙角，视线正对着穆武灵的尸体。

他就这么死了？对于一个颈动脉受伤的人来说，他的出血时间不久，血量也不算大。人体失去三分之一的血液才会毙命，地上的血泊远远不到这个量。可是他正毫无气息、面色煞白地躺在那里，一动不动。

一道鲜血猛然喷到我脸上，一个海盗崽子倒在我面前，半个头颅被子弹炸开了花。大狙随即扑过来，见到同伙的惨状，立刻红了眼珠子。他摔下时刻不离的AK-12，从腰间解下了一枚手雷。

苏制 F-1，防御型手雷，爆炸产生的破片会让密闭空间里的人全部陪葬。

大狙拉掉引线，对准门上炸开的口子，将手雷狠命地甩到走廊上。

手雷几乎立刻爆炸，外面的枪击应声停止，却响起了游客哭爹喊娘的声音，应该是已经炸坏了周围房间的门。他们对无辜的人真是下得去手。

大狙双眼放光，"嗷"的一声蹿到了走廊里，举枪对着刚才子弹射来的方向一阵扫射。子弹出膛时所放出的光芒，时不时映出他扭曲的脸庞，有如一个恶鬼站在地狱之火中心。

泥鳅趁对方火力减弱，从已经被子弹打得面目全非的床后跳出来，躲到阳台门后，一只手按住了武装带上的手雷。

"你想同归于尽吗……"我惊呼一声，爬起来就要上去抢。阳台外是小妖一行人，我还要靠他们找到家人，而且手雷杀伤范围是三十米，一定会误伤临近房间的无辜游客。但已经来不及了，泥鳅拔出手雷，已经拉上了引信。

这时，一只苍白但有力的手，一下子抓住了泥鳅的手腕。

我和泥鳅同时看清楚手的主人，不禁大惊失色。

穆武灵！他竟然"死而复生"了？

他另一只手也伸了过来，白到几乎没有血色的修长手指，拈花一样轻轻摘除了手雷上的引信。

这个型号的手雷，引信时间是四秒钟。

泥鳅发出了绝望惊恐的叫声，试图用力把手腕从穆武灵的手里挣脱出来，把手雷丢出去。穆武灵劈手夺过手雷，另一只手拽死狗一样拽住我的领子，拖着我迅速跨到阳台门附近。他长长地伸出手臂，半挂在阳台外的小妖心领神会地探身进来，丢掉手里的枪，向我们伸出了手。

穆武灵把手雷往窗外一扔，冒着白烟的杀伤性武器向海面上落去。他顺势腾身一跃，小妖稳稳地抓住了他的左手。他的右手往上一送，将我也拎到半空。我反应过来，最大限度地伸出手，抓住了小妖的手臂。

小妖柔软的腰肢爆发出强大的力量，将我和穆武灵一起拉到了上面一层的阳台上。我们刚刚落定，就听到了巨大的爆炸声。无数破片向上冲起，划过我们刚才所在的位置。

我惊魂未定地缩在阳台墙角，看着正喘粗气的穆武灵，大脑根本处理不了如此爆炸性的场面，一时呆在了原地。

似乎感受到了我的目光，穆武灵慢慢地扭头望向我。他脖子上的伤口又开始涌出鲜血，牵制了他的动作。火光中，我惊异地发现，原本开放性的伤口已经愈合成一条缝，鲜血从小小的缝隙中渗出来，血流越来越细。

他完全转了过来，我怔怔盯住了他的眼睛：标志性的墨镜已不知去向，他一只眼珠的虹膜竟然是金黄色的。

"金眼狗……"我想到了伊登叫他的外号。接应的手下递过来一副崭新的墨镜。他瞥了我一眼，抓起来戴上。

下面一层仍然传来激烈的交火声。子弹打穿了天花板，我们的脚下出现了几个洞。这一层埋伏了很多穆武灵的手下，他们用安全绳吊了下去，五分钟后，激烈的枪战停止了，想必是人多的他们占了上风。

穆武灵撑着墙站直，脖子上的伤口已经完全愈合，只有丝丝血花渗出。他似乎很不满意我的窥视，冷冷地瞥了我一眼，然后走到了房间的正中央，坐到床沿上。

小妖和其他留守的海盗们围在他身边，个个脸上都是仰慕服从之情。

"老实点，小子！就你扎刺儿！"赵祺标准的京片子传了过来，伴随着杂乱的脚步声和大狙的叫骂声。

房间门应声被踢开，五花大绑的大狙、泥鳅和伊登被推搡进房间，身后是横眉竖目的赵祺以及六七个穆武灵的手下。

"跪下！"赵祺喝斥了一声，几个手下用 M3 冲锋枪指着三人的后脑勺。大狙啐了一口，不情不愿地跪好，伊登和泥鳅也闷声照做。

我忽然很想冷笑。

他们这个样子，不就是我家人被糟蹋威胁时的姿势吗？

穆武灵扶了扶镜腿："伊登，说吧，怎么回事儿？"

伊登冷笑："什么怎么回事儿？灵哥你耍酷也得把话说全了吧？"

穆武灵不说话，从身旁一个手下的腰间拔下来一把手枪，对准伊登的脑袋就是一枪。

子弹狠狠擦过伊登的脸颊，钉进了墙壁里。一股鲜血从她柔软的发间流进雪白的脖颈里。

伊登收了笑，冷眼瞪着他。

穆武灵倒是活泛了点，用下巴点了点小妖："你来。"

小妖一身黑色紧身衣，脚蹬墨绿色长靴，"咔"地跨到了伊登跟前，从手臂上抽出一把匕首。

匕首闪着寒光，一面是锋刃，一面是锯齿，匕首前部还有一个方形的孔洞——美产 M9 多功能军用匕首，不但可以近距离格斗，还可以作为步枪刺刀、剪切铁丝网之用，锋利异常。

她柔软的手指抚过匕首锋刃，然后将匕首尖抵到伊登眼睛前："说，我哥哥到底怎么回事，'德川号'是怎么回事，那口棺材是怎么回事？"

伊登不说话，直直盯着匕首尖。

小妖毫不含糊，眼中带着威胁，一毫米一毫米地将匕首往前刺。伊登梗着脖子向后仰头，但被穆武灵的手下牢牢按住，眼球和匕首尖越来越近。

房间里一片寂然，我听到自己的心在扑通扑通跳。

"住手！"我还是忍不住喊了出来。

小妖还是刺出了匕首，但只在她眼球上打了个旋，锐利的锋刃向上一挑，压到伊登额头上，划了一道长长的弧线。血珠立时冒了出来，我看到伊登浑身颤抖

了一下，但仍旧咬紧牙，哼都不哼一声。

"今天得不到答案，我就先割掉你的头皮，再剥掉你的脸皮。"小妖说着，将匕首尖插入伤口中，欲往深处切割。

我连滚带爬地从墙角扑过去，拉住小妖的胳膊："喂，别这么狠！有话好好说。"

小妖眼睛一翻："滚！"抬脚就来踹我。尖而硬的靴头狠狠踢中我的胫骨，我感觉小腿要折断了，痛得膝盖一软，正好半挂在小妖手臂上，死死拽着不让她继续行凶。

所有人都像看傻瓜一样看着我，甚至包括愤怒的大狙。

伊登冷清地开口："姓林的，随她去吧。就算我现在死了，他们也比我多活不了多久。"

"想死？也不是那么容易的。"小妖挣不开我，将匕首换到左手，又往伊登脸上划去。

此时，伊登趁她不备，猛地向上一挺，狠狠咬住了她左手手腕。我眼睁睁看着小妖手腕上的皮肤血肉模糊地翻了起来。小妖又惊又怒，俏丽的脸上充满戾气，一把甩开伊登，左手就势成拳，狠狠往伊登脑袋上砸去。

"喂喂喂！轻点，别下死手！"

开口阻止的竟然是赵祺。合着一整个房间的人都知道小妖不能把伊登怎么样？

但赵祺还是说晚了，只听"咔"的一声，似乎是骨头错节，或者是被敲碎的声音。房间里顿时一片安静，只有伊登瘫软在地的扑通声。

我松开小妖的手臂，把伊登平放在地上。她双眼紧闭，毫无生气，鼻孔开始往外出血，额头上的血也流了下来，脸上一时间布满血污，看起来凄惨极了。

毕竟还是个十几岁的小姑娘，被搞得这么惨……我那毫无用处的恻隐之心不争气地冒了出来。

"伊登，听得到吗？醒醒。"我担心她颅内受损，不敢移动或者晃动，只好轻轻拍了拍她的肩膀。

伊登的眼睛缓缓睁开了，眼珠向上翻着，整个眼眶中绝大部分都是带着血丝的眼白。紧接着她全身抽搐起来，像是垂死之人最后的挣扎。

大狙号啕大哭起来，人被死死按在地上，口中不停咒骂小妖，要和她拼命。

伊登抽搐了几秒，喉咙里忽然发出了一种十分怪异的声音。

"咳……啊……"

这声音让人听了心中发颤，像是嗓音婉转的少女被人掐住喉咙后所发出的。

穆武灵一伙也被骇人的叫声震慑住了，一齐愣在原地。

就在这时，一声巨大的怪音从外面传来，竟像是被伊登的叫声召唤而来。

"呜——"

似乎是号角声，清晰无比地从外面传入了耳内。刹那间，我感觉整个颅腔里都激荡着这个声音。

穆武灵变了脸色，果断道："把他们押起来。咱们到甲板上去看看。"

我似乎并不属于"他们"的一员。赵祺安排了两个人在房间里看押伊登、大狙和泥鳅，然后使了个眼色，一个海盗就把我从地上拎起来，押着一起出去了。

海上不知何时已经起了大雾，放眼望去，白茫茫的，能见度极低。

"德川号"已降低了航速，在雾中慢慢前行。

我总觉得这雾似曾相识，心里莫名发慌。

"让船上所有的兄弟们都小心些！子弹都给我压满了！"赵祺紧张地吩咐道。

而穆武灵面无表情，双手扶在栏杆上，看着白雾。他已经能走得很稳，腰身挺直了许多，从背后看去，像是根本没受过伤。

忽然间，白色的浓雾似乎被什么东西扰动了，邮轮正前方的雾团被豁开了一道口子，一个模糊的黑色轮廓从雾中显现。黑影在浓雾中飘飘荡荡，忽隐忽现，有如穿着黑衣的幽灵悬停在空中一般。

黑影渐渐靠近，终于看清楚的我倒吸了一口凉气。

那是一大面风帆，用乌黑、油亮的纤维编织而成，肥厚，巨大，但似乎没有重量，在雾中轻盈地飘荡着。

除了人类的头发，我想象不出任何能织就这风帆的材料了。

穆武灵一言不发，拿过一把 MP5 冲锋枪，疾步走向"德川号"最前部的平台，其余海盗立刻跟上。妖雾已漫过船舷，湮没甲板。我跌跌撞撞地小跑跟在后面，忽然很怕落单。

"突突突"，密集的枪声响起，堪称"身经百战"的海盗们此时却毫无章法地朝雾中疯狂扫射。风帆忽隐忽现，在冲锋枪强力扫射下毫无受损的痕迹，反而一次比一次近地闪现在我们面前，最后几乎悬在了甲板上方，硕大无朋。

乌黑浓密的头发里，编织着一个女子的头像，艳丽妖冶，两只瞳仁一蓝一金，嘴唇鲜红欲滴，仿佛刚刚饮饱了鲜血。

风帆鼓胀，厚重，随着一步步的逼近，坚实的桅杆渐渐从浓雾中显露。桅杆是诡异的白，坚实，强硬，却毫无生机。

是由无数根巨大的、白森森的腿骨拼合而成的。

我心下骇然，转头望向赵祺。

头发编成的风帆，腿骨做成的桅杆——这不是他曾经给我讲的古代妖船吗？

传说中的、油画中的西班牙大帆船，如今活生生地出现在我面前。我无法相信，下意识地往前跨出几步想要确认。

"别靠近阎王轮！你找死吗？后边去！"小妖猛地大喝一声，抓住我肩头狠狠向后拽了一把，我一个趔趄跌到她身后。

白骨桅杆出现之后，妖雾中又浮现出幽幽绿光，冰冷妖异地闪动着，像点点鬼火。

状况越来越瘆人，海盗们步步后撤。忽然，只听"嗡"的一声巨响，我只觉得眼前一阵模糊，胸中翻腾欲呕。

"快，把耳朵捂住！"小妖丢下冲锋枪，掏出两枚东西丢给我，回身紧紧捂住自己的耳朵。

是两枚橘红色耳塞，我顾不得难受，挣扎着从地上捡起来。

塞上之后，勉强有了一点效果，我神识略略恢复了些。海盗们的耳朵里早已堵上东西，或是耳机或是纸巾，聊胜于无。

"嗡嗡"声连续不绝，有些人已经面色发白，弯腰大呕起来。

是"德川号"发射了声炮。

我反而舒了口气，三观停止崩塌。不是妖船施了妖术，而是现代科学，超声武器。高频声波造成强大的空气压力，会使人视觉模糊、恶心呕吐，丧失战斗力。现在的民用远洋船只一般都会安装，是反海盗的手段之一。

"德川号"的船长应该是在极端惊恐绝望之下，使用这船上唯一的武器自保。

幸运的是，怪船在声炮的攻击下，竟然开始转向了。白骨桅杆控制着黑发风帆调转方向，渐渐远去，终于消失在雾中。

声炮渐渐止歇，甲板上的人都回了魂。赵祺向我望过来，面色凝重地点了点头。

他一定也想到了沈云杉游艇上那幅油画。我丧气地一笑，笑自己竟然有种患难之交的错觉。

"轰！"海面上突然响起一声惊雷，浓雾中似乎有火光闪过。

"轰！"又一声惊雷，伴有尖厉的破风声。

是阎王轮在放炮。

一直沉默地用望远镜观察的穆武灵，这时放下了望远镜，远远地冲我们喊了句什么，但风太大，无法听清。离他最近的赵祺，闻声立刻扯起喉咙喊道："撤！赶紧撤，撤到船舱里面去！"

他的声音已经因惧怕而走调，但还是迟了。

破风声越来越近，终于，两道怪异的黑影破雾而出，击中了"德川号"的船头，但诡异的是并未产生爆炸，而是如烂泥一般，一下子附着在船头上，沥沥拉拉往下散落分解，其中一部分掉到了我们这层甲板平台上。

是头发团！脓液从纠成一团一团的头发中渗出、滴落，甲板上的木质配件立刻被腐蚀。一根根长达半米的头发丝仿佛有了生命，拼命挣脱黏稠的脓液，落到甲板上，迅疾地钻入各个缝隙里不知所踪，有如群蛇般四处游走。

穆武灵待海盗们都往回奔才开始回船舱，他步子很大，从我身边经过时，一把扣住了我的锁骨，把呆立在原地的我往船舱里拖。他另一只手上的冲锋枪被改造成了火把，浸满油脂的布条在枪管上熊熊燃烧。

当步子不够快的海盗在我眼前被头发追上并绞缠至死时，我立刻原谅了几乎快要把我锁骨捏断的穆武灵。

几缕头发缠住了那个海盗的小腿，将他拖倒在甲板上，然后分成无数根从他的眼睛、耳朵、鼻孔里钻了进去，在海盗绝望痛苦的号叫声中，又带着鲜红的血丝和苍白的脑浆重新钻了出来。发丝海浪般起伏不停，海盗很快没有了声息，尸体在几秒钟内迅速干枯萎缩，最后只剩一层薄薄的人皮，包裹着突出的骨头。

头发离开了被吸干的人体，重新绞成几缕，继续寻找新的目标。火把照射下，发丝似乎更加油亮粗壮了。

"谢了。"我忍不住和穆武灵道谢。

穆武灵脚下不停，冷冷回我："谢我还早，海蚯蚓不是最可怕的。"

话音刚落,我猛然觉得右腿腿肚上微微一痛,像被针扎了一下,随即一阵麻痒传来。

我心中暗道不妙,右腿受制,不由慢了下来。"好像有海蚯蚓钻进我血管了!"我抓住救命稻草穆武灵。

他立刻停下来:"哪里?"

我撩起裤管,小腿肚上已经有一个针眼大小的伤口,伤口外挂着半根乌黑到发紫的头发,正扭动着试图钻进去。由伤口蔓延出一根粗壮的青筋,皮肤被撑到透明,可以看到另外半根头发正在往血管深处游动,已变成青紫色。

我伸手想抓住外面那半根,把头发拽出来,但穆武灵立刻按住我的手,喝道:"别动!"

他蹲下来,把火把凑到我小腿上,灼烤扭动蔓延的青筋。焦糊味立刻散发出来,我强忍着灼痛,死死压住青筋上方的血管,试图阻止头发继续钻入。

火烤果然有效,海蚯蚓立刻钻了出来,带着被血浸润的光泽感,扭动着身体游走了。

但就在这停下来的当口,大量海蚯蚓追了上来,黑压压地侵袭而来。赵祺和小妖将我和穆武灵护在身后,用手中的枪管火把驱赶它们。

穆武灵拉着我一路跑到顶层甲板,其余海盗也跟在他身后。我远远看到帆船咖啡厅的落地玻璃上全是一团团头发,很想脚下带个刹车。

"你们疯了吗?来这儿干吗?这里的头发比下面几层还多!"我死死拖住穆武灵,但毫无效果。

所有海盗只知道跟着穆武灵跑,也没人搭理我。顶层甲板上竟然人头攒动,大批的海盗在忙碌着。海风吹来,浓烈的汽油味冲进了鼻子。海盗们分工有序,一批人负责用火把驱赶海蚯蚓,一批人将一桶桶汽油往下倾倒。

这哥们……要烧船吗?

穆武灵站到栏杆边,指挥海盗们倒汽油。我拉住他:"你疯啦?船着火的话,这么多乘客怎么办?"

"不烧,所有人都要死。烧,会少死几个。"穆武灵淡淡地说。

汽油将部分疯狂攀爬的海蚯蚓冲了下去。浓雾中,我恍惚看到地上有一段惨白的骨头，周围附着着密集的海蚯蚓，体积有一个人那么大，正往外散开。难道这就是刚刚射上来的炮弹？

刚想开口提醒离骨头最近的海盗，忽然间只听"砰"的一声巨响，火焰在刹那间被点燃，一大片橘红色的火光迅速从顶层甲板栏杆外蔓延开来，一直向下烧到六层之下的主甲板平台上。

空气中瞬间弥漫起蛋白质被烧焦后散发的味道，海蚯蚓在烈火中一团团蜷缩，疯狂地扭曲，最终化为灰烬。

"那些钻进缝隙里的呢？会不会钻进游客的房间？"

我回头询问穆武灵，他没有回答，死死盯着火势，五秒钟后，他冷静地开口吩咐："通知所有乘客坐救生艇弃船！"

赵祺应了一声，立刻拿起对讲机安排。

"泰坦尼克"之后，所有游轮上配备的救生艇数量都足够容纳下所有乘客。但是数量够，不代表无人伤亡。就现在的态势看，火灾虫灾造成的恐慌、深夜远洋的低温会要去很多人的命。

当然，这对穆武灵来说，依然是全死或少死的选择题，简单明了。

游客恐慌的叫声陆续传来，越来越嘈杂。赵祺手中的对讲机毫无回应，他大骂一声，把对讲机扔在地上，自己往驾驶室的方向跑去。

穆武灵大喝："你给我留着！小光你去！"说着，他指了指赵祺身边一个额头上有巨大刀疤的海盗。小光很干脆地应了一声，跑开了。

栏杆下的熊熊烈焰毫无减弱的趋势，随时可能吞没整个甲板，只能寄希望于海风不要转向。甲板上灼热难当，滚滚浓烟已将白雾驱走，人的呼吸也吃力了起来。

"这里太危险，不要守着了，走啊！"眼看穆武灵往火势最烈的地方去，我一下子急了。

不仅穆武灵不走，甲板上的海盗也不见走，反而有增多的趋势，应该是在各处职守的都集合过来了。烟浓人杂，不知道谁猛地往我头上套了一个罩子，还把我的手使劲往罩子上压。我一摸，防毒面具，赶紧压好系紧，眼珠都要勒爆了，心里才稍稍安稳一点。目之所及，所有的海盗都戴上了面具，看起来要坚守这里了。

"咳……啊……"

一声尖厉诡异的叫声突然响起，像是嗓音婉转的少女被人掐住喉咙后所发出的。

这不是刚刚伊登发出的声音吗？

声音来自栏杆下，海盗们如临大敌，纷纷端起枪，把枪管上的燃火布条丢掉，将枪口对准火焰的中心。

火焰冲天，焦臭味不断涌来。

蛋白质被烧焦的味道中多了一种脓液被炙烤后的恶臭。

他们要对付的不是海蚯蚓。我蓦然想起刚才看到的白骨。

"咳……啊……"

烈焰中的怪音越来越近，越听越凄厉。声音的主人，应该是沿着船头斜斜的前脸，从下往上爬。

我心下大骇，什么怪物能在这么大的火里还保持活力？

穆武灵大喝："往下射击！乱枪打死！"

海盗们一拥而上，尽量贴近前栏杆，向下面的火海中射击。

在"砰砰砰"的枪声中，怪音忽然终止了。

枪声又响了一阵，海盗们才停止了射击，但所有人脸上依然是紧张至极的神色，依然警戒地端着枪瞄准栏杆下方。

火都烧不死的东西，子弹能打死吗？我有种不好的预感。

忽然手臂上一凉，雨水落了下来。雨势很快加大，渐渐变成瓢泼大雨，几分钟后，火焰被压住了，浓烟渐散，雾气又围了上来。

我安心了一些，摘下防毒面具，到一旁帆船咖啡厅外面的躺椅上坐着休息，眼睛死死盯着穆武灵和赵祺的背影。走是不敢的，怪物不知死了没，穆武灵他们显然对它很熟悉，知道如何对付它，跟在他们左右才安全。

"咳……啊……"

声音从我背后很近的地方传来。我一个激灵，挺直身子，面前咖啡厅的落地玻璃上，映出一个怪异的轮廓。那似乎是一个人，浑身赤裸，腰身特别细，几乎只有几根手指的宽度。下肢却极粗，紧紧并在一起，宽度超过了肩膀。

这人正顺着楼梯走上来，手臂长长地伸出，手中掐着一个人形。人形垂着头，就算透过迷雾，也能看出已毫无生气。

我的心狂跳着，立刻溜到躺椅下面躲起来，极其小心地回头看向楼梯口，目光高度正好对上了人形的头部，那额头上的刀疤异常显眼。

是奉命去驾驶室传令弃船的海盗小光。此刻他双眼微睁，脸色苍白得没有一丝血色，脖颈断口处还在涌出鲜血。

一只被鲜血涂满的粗糙黝黑的手，紧紧地掐住了小光的脖子。

手的主人一级一级地上着台阶，离我越来越近，映在落地玻璃上的样子也越来越清晰。他留着板刷头，颧骨很高，皮肤黢黑粗糙，布满皱纹，一副长期在海上经受风吹日晒的渔民的样貌。

难道是另一伙海盗？

是人就行。我的标准不能再降低了。

渔民脚步不停，身体更多的部分暴露在我的眼前，我只觉头皮一炸。

这人果然是裸着的，瘦到皮包骨头，透过褶皱的皮肤，能清晰地看到肋骨的轮廓。

但皮包着的也仅仅只是肋骨了。肋骨以下，没有一丝血肉，只有白森森的腰椎暴露在外面，支撑着嶙峋的上半身不停摇摆。

腰椎下面连着的两条腿，紧紧黏在一起，脚板以诡异的角度内扣着。这与其说是腿，不如说是尾巴，蛇的尾巴。

蛇尾不断蠕动着，终于将他整个身子推上了甲板。

"开枪！"穆武灵的声音突然响起。

无数弹道越过空中，在这个怪物赤裸的肩膀和胸膛上炸开血花。怪物张开嘴巴，发出凄厉优美的惨叫声。

"咳……啊……"

在枪火猛烈的攻击下，怪物的身体摇摇欲坠，最终倒了下去。不巧的是，它正好倒在我面前。

我原样趴在地上，魂飞魄散地看着这个人不人蛇不蛇的怪物。它被炸到只剩小半个头，上身的皮肤上全是大洞，下肢血肉模糊，腰椎严重错位。暗红色的鲜血从它的身下流了出来，在暴雨的冲刷下，血水顿时流满了整个平台。在恶臭的血水马上要淹到我身下的时候，我才如梦初醒，赶紧从躺椅下面弹了出来，拼命后退，躲到一把折断在地的巨大遮阳伞后面。

一个年轻的海盗小跑过来，大概是想要保护我，经过怪物时，他好奇地伸脚踢了踢它的腰身。只听"当"的一声，我这才发现，那怪物的腰椎骨并非直接暴

露在外,而是被一层透明而且坚硬得如同钢铁的角质层给包裹了。它的下身也非蛇尾,而是更像鳗鱼的尾巴,血色中闪着深蓝色的磷光。

就在我弹起来的这几秒钟,原本布满血洞的尾巴竟然愈合了。有一个最大的血洞,直接在我眼前缩小、消失。

"回来!"小妖尖厉的声音响了起来。

但已经晚了,年轻海盗的腹部忽然穿出一根巨大而鲜红的尖刺。尖刺上染满鲜血,仍能看出表面有无数白色突起。是舌头!

血红的舌头迅速收了回去,大量鲜血从海盗被洞穿的腹部剧烈喷射出来。他伏在地上,发出了凄厉的惨叫声。

"救救我——救救我——"

他一边喊着,一边往穆武灵的方向爬动。

穆武灵举起了手中的 MP5 冲锋枪。

他的第一个点射给了在地上爬动的海盗,让他就此解脱。随后,枪口对准了躺着扭动的怪物。

扳机扣下,但没有子弹飞出。

我绝望了。这兄弟一副身经百战的淡定模样,竟然连子弹匣什么时候打空了都不知道,可见内心慌乱到什么程度。看来今晚活命是指望不上他了。

穆武灵回身换弹匣,他身后的几个海盗立刻开枪支援,但火力不能与之前相提并论,许多性能稍差的 M3 冲锋枪已经被雨水浇淋得哑火,赵祺等人手上的 MP5 中的子弹也已经不多了。一通乱扫之后,怪物身上只多了两三个血洞。

而血洞飞快消失,重新长出了皮肤,怪物直起了身子,抖了抖,错位的腰椎卡了回去。

那张渔民的脸此时显得格外狰狞,它圆睁双目,不怀好意的凶悍目光在所有人的脸上扫来扫去。我忽然发现,它的双眼起了变化。它刚出现时,是典型的黄种人,黄皮肤黑眼睛,黝黑多皱的脸,很像个渔民。但此刻,他两只眼睛的虹膜逐渐变色,左边那只变成了蓝色,而右边那只则变成了金色。

我想起黑风帆上的妖异人也是这样的眼睛。

穆武灵的右眼,也是金色……

"赵祺和我顶着,其余人跳船下海!"穆武灵的声音适时地响起,似乎是在抗议我的怀疑。

话音未落，船头栏杆"突"的一声响，紧接着传来海盗的惨叫。

另外一只怪物从船头栏杆外爬了上来，射出舌标击杀了最靠近栏杆的几个海盗。

这个怪物是个白人，眼睛也是一蓝一金，胸毛浓密，体型健壮，肌肉轮廓十分突出，和刚才那个皮包骨的渔民完全不同。他并非完全赤裸，上身有一大片衣服残存，虽被海水腐蚀得非常破烂，边缘焦黑，但仍能看出是迷彩服。脖子上还挂着两块名铭牌。

他的身上脸上有很多圆点，肤色与其他皮肤有明显区别，看上去如同新生婴儿的皮肤一般，显然是伤口迅速愈合的结果。我没猜错的话，他就是刚才从乱枪扫射的火里爬上来的。

在这两只怪物一前一后的夹攻下，从邮轮侧面跳海似乎成了唯一的逃生办法。只是，小光出师未捷，不知游客们现在是怎样的混乱。

几个海盗迅速跑到侧边栏杆处纵身跃下，在身体跃出栏杆的一刹那，白种人怪物的舌标迅猛无比地射出，插入了其中一个人的后心。

打击距离足有四米之多。

怪物将舌头伸起，海盗的尸体悬在半空。大雨倾泻，雨水混杂着鲜血四下飞溅，如同一阵血雨。

穆武灵和赵祺装好弹匣，手上的海军版 MP5 同时吐出了火舌，瞄准的是怪物的舌头。怪物反应十分迅捷，秒速将受伤的舌头缩回口中，海盗的尸体轰然落地。

两人背靠背，分别射击两个怪物，边开枪边迅速往栏杆而去。我很想跟过去，但位置尴尬，正好在甲板中间的位置，无论怎么跑，动作都太大，被怪物击杀的概率太高了。

一筹莫展之际，我感觉领子忽然一紧，一只小而有力的手将我拖离遮阳伞的荫蔽，带着惯性将我丢到栏杆边上。

"你们快点啊！"小妖大声喊道。

"你和这个废物跳下去，我们就来了！你们动作快点！"赵祺在开枪的空隙扯着嗓子喊。

我颤巍巍地爬上了栏杆，此刻雨大风急，浊浪翻滚，雾气久久不散。我忽然

感觉脚下不是海,而是无底深渊。一股凉意从心底涌起,动作一时之间凝住了。

"跳啊!"

小妖早已跃上栏杆,见我不动,一枪托顶了过来。我肩膀吃痛,身子一斜,大头朝下就摔向了海面。

CHAPTER 18

鰻尾怪

MAN WEI GUAI

我从冰冷和黑暗中惊醒，只觉得视线中一片殷红。周围是冰冷刺骨的海水，一条有力而柔软的臂膀托着我的左腋，使我不至于溺水。

耳朵里嗡嗡作响，但意识逐渐清醒。我转了转眼球，视力没有受损，那肯定是头上挂彩了，血进了眼睛，模糊了视线。从那么高的邮轮上跳到水里，相当于跳十层楼，水面会和水泥地一样硬，我大概是用脸入水的，所以受了伤。托着我的是小妖，周围还有几个海盗在踩着水看着我，眼神就像在看一个傻子，大概我销魂的入水姿势令他们震惊吧。

雨声、枪声、惨叫声，让我头痛欲裂。"德川号"就在身前不到十几米处，要仰头才能看到它的顶部。船上已完全乱了套，各层的甲板上都有许多人没头苍蝇一般地跑来跑去。有些人的身上已经缠了不少黑色的发丝。

"这么野火烧不尽吗？还是繁殖得太快？"我问小妖。她冷着脸，不说话，只摇了摇头。

又是令人丧胆的"轰"一声，一个巨大的黑色圆球在空中划过抛物线，越过"德川号"，在船的另一侧入海。

小妖下巴一扬，对着炮弹飞过去的方向说道："阎王轮后来又发射了好几颗，在你昏过去的时候。这些炮弹，都是由无数的海蚯蚓裹着怪物做成的。"

"又多了几个怪物？那穆武灵怎么打啊？他们跳下来了吗？"

"在你背后呢。"

我回过头，穆武灵正淡定地踩着水，马尾湿淋淋的，墨镜坚强地搭在鼻梁上。样子和我第一次见他的时候很像。

我扭着身子努力游近他："船上的乘客怎么办？有逃出来的吗？"

穆武灵嘴角一抿："海员都在，会指挥乘客撤离。能活下来多少，都是造化了。"

"你不管管吗？他们现在肯定乱了套，各种抢船，这样下去被人弄死的比被怪物弄死的还多。"

"警察来了都管不了。"穆武灵一蹬腿，游远几米，似乎很不想理我，"灾难当前，求生本能会战胜一切，不是所有人都是'泰坦尼克号'上的绅士。一艘即将倾覆的海轮，与没有任何道德、法律约束的丛林并无二致。"

腋下忽然尖锐地疼了一下，我一低头，是小妖掐了我一把："小子，你自己会游泳吗？还是老娘托着你游？"

我没好气地答："我会自己游，谢谢你了！"

小妖立刻抽回手，游到穆武灵身边。我一时间失去重心，在水里乱扑腾了几下，好容易揪住块悬浮物，勉强维持了平衡。

不对，船上没爆炸啊，什么东西会掉下来给我当浮板？

我心里一惊，低头看了看手上的浮物，竟然是一具已经被吸干的尸体，皮肤包着骨头，嘴巴痛苦地大张，眼睛里和鼻孔中还有不少黑色的发丝在不停地游动，血丝随着海浪一点点漾开。

我忍不住骂了一句脏话，慌忙把干尸推开，海上一个浪头起伏，干尸就此消失不见，隐没于浓雾和大雨之中。

海里还不知道有多少没看到的干尸和海蚯蚓，我竭力控制自己不呛水，以免祸从口入。穆武灵看了看我，说："在水里泡着也不是长久之计，咱们搏一下吧。"

没船没武器，怎么搏？不如在这儿等救援。我拼命摇头。

"咱们过去。"穆武灵抬手指了指浓雾中的一个方向。

"你要去找'阎王轮'的麻烦？"赵祺吃惊地问道。

穆武灵"嗯"了一声："谁还有更好的法子？"

所有人面面相觑。"德川号"此时已经成为修罗场，回去就是死路一条。他们身份尴尬，就算是等到救援船来，上去了就意味着下半生要在监狱里度过。茫茫大海，除了妖船竟无处可容身。

不去，都得完蛋。去了，还有一丝渺茫的希望。

海盗们都十分信任穆武灵，认命地开始划水。穆武灵向我凑过来："你去吗？"

我突然间冒火，把泡了不知多少千尸的海水往他脸上一泼："去！"

没有别的路可走。

就算是淹死、呛死、累死，也要去。

我跟着前面的海盗拼命游，双臂挥动得越来越吃力，心脏"怦怦怦"狂跳，似乎要爆出胸腔一般。十几个小时未进食、未休息，如今一上运动量，低血糖症状马上出现了，眼冒金星，几乎要晕厥。

身边的声音越来越小，越来越模糊。不知是他们游远了，还是我感官受限，到最后，我竟然完全听不到他们的声音，也看不到他们的人影了。

对于死亡强烈的恐惧使我拼命地挥动四肢，试图加快速度。但很快，我发现这一切都是徒劳的。我榨干了最后的力气，连在原地踩水维持漂浮也开始困难起来。

鼻腔里呛的水越来越多，我的意识逐渐模糊。忽然，一阵激烈的划水声响起，我奋力睁开眼想要求救，看到的竟然是伊登。

她苍白的小脸露出海面，闭着眼睛向前移动着，那样子说不出来的怪。

"伊登！"我大叫了一声。

她似乎听到了我的喊声，睁开了眼睛。

四目相对，我看到她的眼睛里放出光来。但她接下来的一个动作，是伸出右手，竖起食指，贴在嘴上。

她示意我不要再喊，可我还是要喊。求生的本能使得我想要向她呼救。

话已经到了喉咙，又忽然收了回来。我看见伊登的头开始上升，湿透的身体也逐渐露出了海面，竖直着露出海面。

我只觉得头皮发麻，几乎把一口海水倒吸进肺里。

在伊登的身下，两只人身鳗尾怪也露出了水面。其中那个枯瘦的渔民怪物，用一只干瘪的臂膀紧紧箍住伊登的两条腿，另外那个白人怪物，则用肌肉扎实的胳膊箍住了她的胸口。

伊登是被他们劫持着游动的。

两个怪物不停地东张西望，显然是听到了我刚才的喊声。我一颗心提到了嗓子眼。我宁可淹死，也不愿意落到这种怪物手上。

在他们开始往我这边打望时,伊登忽然开始说话了。

"咳……啊……啊……"

两个怪物也随之发出了同样的声音,但与之前在船上听到的不同。

这应该是怪物之间交流的语言,简单的音节,表达精确的意向。海里一些高度社会化的动物,比如海豚、虎鲸,都用这种方式进行交流。这些怪物看来数量不少,并且极有组织性。

简短的交流后,两个怪物重新沉入海中,伊登也渐渐下沉。在怪物的头完全没入水中后,仅上身露出水面的伊登忽然一扬手,将一样东西扔了过来。

我连忙接住,是白人怪物身上的铭牌,被海水腐蚀了不知多久,上面的刻字已十分模糊。

她在怪物的挟持下离我越来越远,身子越来越低。她对我甜甜地笑着,举起左手,五根手指俏皮地前后摇动着,无声说着再见。那样子很动人,但有几分凄楚。

说实话,刚才伊登开口和他们交流时,我一度怀疑她其实并不是被劫持,而与怪物是一伙的。现在看着铭牌,我心里五味杂陈。她虽然动机不明,但实打实救了我好几次性命。在这种不知能不能活到下一个钟头的环境中,我对她的怨恨降到了最低。

残暴的海上社会中,美丽与善良都是脆弱的,可以轻易被摧毁,无论你多么珍视。

伊登很快消失在浓雾和雨幕之中,茫茫大海又只剩下我一个人。刚才的停顿,让我过度劳累的肌肉反应了过来,它们迅速充血僵硬,四肢如同灌了铅一般沉重,根本无法大幅度地动作,连协调都做不到。我开始下沉,并且疯狂呛水,肺泡里怕已经都是海水了。

神志不清中,我觉得有人从背后抱住了我,我立刻用残存的力气死死抱住箍到胸前的胳膊。那人把我的口鼻带出了海面,我剧烈咳嗽起来,从鼻腔到肺一路灼痛,但感觉终于恢复,意识也清醒了。

"还能喘气吗?我可不想给你做人工呼吸!"

救我的原来是赵祺。

"谢谢你了。"我开口,嗓子已经嘶哑,听上去非常没有气势。

"我才不管你死活,穆老大让我回来看看你的。敢情你这么虚啊,撑着点吧。"赵祺不怀好意地"嘿嘿"了两声,我也配合地笑了笑。在凶险的大海上相依为命,

人和人之间很容易产生虚幻的亲近感。

四顾无人,我忽然想问他点事情:"既然不管我死活,那你之前在和尚岛,为什么对我穷追不舍?"

"我拿沈和的钱保护沈云杉,她死了,自然要抓住罪魁祸首。"

"伊登才是罪魁祸首,你弄死她几个手下,足够交差了,我也只是她的武器。"

"你不一样。伊登不会放弃你,我们抓住你,就能把她引来。"赵祺安静了几秒,说,"沈和交代的任务除了保护沈云杉,还有搜索丢失的货船。他的货船消失的航道,正好是我几个兄弟出事的地方,我们正好借机调查兄弟的下落。正查到关键处,结果你在后院放了把火,杀了沈云杉,把计划全打乱了。沈和请了好几伙人追杀伊登,如果不能在伊登死前挖出真相,恐怕我的几个兄弟要永远消失了。"

他说的兄弟,应该是小妖的哥哥他们,怪不得小妖逼供时那么激动。我疑惑:"他们不是被什么黄金棺材弄死了吗?"

"诡异就诡异在这里。他们沉船三个月后,我、穆老大、小妖都收到一封信。正正经经老姚的字儿,还有老姚左手的三截指头。指头上那血还都是红的,似乎切下来没多久。他让我们拿着鬼皮书去豪魂岛救他们,这太明显是陷阱了,可我们能不去?"

就是穆武灵要我去的那座岛。但穆武灵没有说到这件事,不知是来不及,还是不想说。赵祺不是口无遮拦的人,这件事可能在海盗中已经传开了,所以他并不避讳告诉我。

赵祺体力好到异于常人,带着我这个累赘游了很远,还能一路喋喋不休,说着前"德川号"沉船时的事情,大部分经过我都听穆武灵说过,只是赵祺视角不同,说出来更加惨烈,有太多血肉横飞烈火烹人的惨痛细节。看来他和穆武灵一样,对此事无法释怀,非要找我这种不知情不在局内的人,一股脑倾诉出来才舒坦。

大海真是一个让人无限孤独的地方。

过了大概半小时,赵祺清了清嗓子,扬声道:"穆老大,你的心肝儿我给你带来了。"

他猛地松了手,想把我搁在一块小小的礁石上,我本能地死抓着他胳膊不放。

"是爷们儿就上来!"小妖远远地喝道。

我闻声定了定神,看到周围是一大片礁石群,穆武灵他们在最大的那块上面坐着。礁石乌黑,参差嶙峋,上面湿漉漉的,一群小动物正忙不迭地从礁石顶上往下搬迁，看来这片礁石群是退潮后露出来的。

十来个海盗定睛看着我，这可不能怂。我强迫自己松开赵祺的手，意外地没有下沉，脚下踏住了一大块石头。

我姿势非常难看地往穆武灵那边爬过去。他没说话，没了墨镜的眼睛一眨不眨地看着我。这人面瘫，还是个半哑巴，目光却很犀利凶悍，X光机一般扫视着我的全身，我被他金黄的眼珠看得脊背发凉。

终于爬到了礁石顶端，我站起来叉腰喘口气，却被眼前的景象惊得窒息。

礁石的背后，正停着阎王轮。

这艘船巍峨、恐怖，全身放着微绿的幽光，弱弱的光线下，直插向天空的白骨桅杆、用黑色头发编制而成的缆绳以及风帆，无不让人触目惊心。风帆随风抖动，上面那个妖异的女人头像也随之扭曲。凑得如此近，我发现船体也是由一根根的白骨严丝合缝地钉成，骨头间微小的缝隙中也长出大量黑色和青色的头发。

这风帆，应该都是海蚯蚓织的，不是真的头发。

我立刻背对帆船坐了下来，尽量压低身子，不让头露出礁石，然后朝穆武灵投去探询的眼神。

穆武灵居然微微笑了一笑，然后从口袋里摸出一块四四方方的东西丢到我面前。

居然是一块压缩饼干。虽然有些湿了，但总体上还是可以吃的。我不客气地大嚼起来，另外一个海盗丢给我个军用水壶，里面有一点酒。

此时天已经完全亮了，瓢泼大雨也变成了淅淅沥沥的小雨，浓雾有了消散的迹象。

赵祺吃好饼干坐定，问："老大，啥时候上阎王轮拼命？"

穆武灵抬头望着天："雾散再动手，否则是送死。"

我一听这话，立刻闭上眼睛躺倒。实在太累了，不管距离雾散还有多久，先睡上一会儿再说。

没过多少时间，我被人摇醒了。雨停雾散，天空依然阴沉沉的，但能见度已经好了很多，甚至能够看到"德川号"小小的剪影在远方的海中随浪起伏。

海盗们纷纷站起来，整理武器。只有穆武灵和赵祺手上有枪，其他人都在擦匕首。这怎么打？

穆武灵看了我一眼，说："你跟着赵祺。"然后回头吩咐："其他所有人跟着我。"说完，他提着枪第一个跳下海。

小妖随之下水，却被赵祺一把拉住，他把手上的MP5冲锋枪递了过去："你拿着吧。"

小妖脸上冷冷的，推开枪，晃了晃手上尖利的匕首，然后一言不发地跳进海里。

赵祺自觉没趣，挠挠头，转身叫我："嘿，该走了。"

而我的目光却被一块礁石吸引了。潮水越退越低，这块礁石的下部露了出来，有一些痕迹似乎不是大自然风销雨蚀的产物，而是人为刀刻的标记。

这些符号大约有十来个，无法一一辨认它们代表什么意思。其中一个符号细长有四肢，应该代表着人；另外一个符号由人和许多弯曲的线条组成，线条将人缠绕起来；还有一个符号中人的下半身不是两条腿，而是长长的、扭曲的一根线条，上半身线条也不再是笔直的，而是波浪形，似乎是在扭曲、挣扎。

莫非……

就在这时，赵祺一把拽住了我的领子，不由分说就把我拖下了水。我反应不及，一下子呛了几口水，立时勃然大怒，一脚蹬了过去，正踢中赵祺的肋下。我只觉得好像踹在了一块石头上一样，腿都要折了。

赵祺又一把把我的头按到水里："找练是吧？"

我拼命从海里冒出头来，刚要发火，却被眼前的景象惊呆了。

白骨做的妖船已经不见了，取而代之的是另一艘船，确切地说是一艘古船，16~18世纪盛行的盖伦帆船，俗称西班牙大帆船。这种船完全依靠风帆航行……

风帆？

我仔细地看着收起的风帆、木质桅杆和船身构造，赫然发现，这艘船和昨晚的妖船外形一模一样，只是材质不再是白骨和黑发状的海蚯蚓，而是普通的木头和帆布。

我忽然想起鬼皮书里面所描绘的场景。书上一个故事里就有这样一艘船，平时是普通的帆船模样，而在无月的黑夜里，在凄迷的雾色中，它会化为白骨妖船，在海上释放怪物，吞噬人命。

这个故事既然是真的，那就说明，鬼皮书里其他的海难故事也可能是真的。

穆武灵的动作不见停顿，似乎早就知道这船白天会是这个样子。海盗们跟在他身后，小心翼翼地往古船游去。赵祺就在我身边，划水的声音和呼吸声很重，鲜见的紧张。

"嘭"的一声，古船上的风帆升起了。污渍斑斑的白色帆布上，赫然印着那个眼睛一蓝一金的白人女子，目光依旧妖异。

穆武灵回过头点人，金色的眼珠反射着初升太阳的光芒，和那帆上的女子如出一辙。他的目光迅速从我脸上扫了过去，然后看向我身后。

"赵祺人呢？"

我忽然意识到，赵祺粗重的声音不知道在什么时候已经消失了，连一个浪花都没有激起。

"当心！"小妖忽然叫了一声。我还没明白怎么回事，忽然觉得右脚一紧，似乎被海草一类的东西给缠上了，缠住我的东西以不可思议的巨大力量将我狠狠向海水深处拖去。

我下沉的速度非常快，快到几秒钟之后四周就变暗了——海面上的阳光已经透不到这里。

远远地，我看到穆武灵、小妖还有其他海盗也在迅速下潜，向我这里游来。但很显然，他们的速度根本及不上我被拖拽着下沉的速度，我眼睁睁看着他们的身影越来越小。

而这时水下的压力已经很大了，我甚至能够感受到头骨在巨大压力下所发出的恐怖"咯咯"声。人的极限下潜深度是二十米，而几秒钟之内，我被拖到了水下至少十米的地方。

这里是一片礁石群的底部，应该就是刚刚我们栖身的那一片。从水下看，这更像是座小山，从海底超拔而出。山上怪石嶙峋，石缝间有黑影攒动，大概是鱼。还有些大块的阴影，似乎是山洞，里面有泥沙喷出。

把我拖下深海的东西是一种藤蔓，绿叶、黄茎、半透明，能看到其中紫褐色的经络。藤蔓的一端拴住了我的右脚踝，另一端向幽深无比的海底延伸开去。

此时光线已经十分昏暗，但诡异的海底山坡上，有一大片东西在幽幽发着绿光，点亮了这一片水域。那东西随着水流的"吹拂"摇摆不定，乍看上去像一棵千年巨树茂密的树冠。树冠上点点荧光闪动，应该就是光源了。

荧光照射下，我看到藤蔓的另一端正延伸到树冠之中。

肯定快到二十米极限了，我感觉浑身的骨头都要爆裂，眼球随时可能爆出眼眶，于是紧紧闭着眼，手脚不停忙碌，试图把藤蔓扯掉。

几秒钟后，随着"砰"的一声，下沉终止了。我试探着睁开眼，发现自己被丢到巨树脚下。庞大而盘根错节的树根深深扎入海底山坡的石缝中，树干和枝条是灰色的，树叶是淡到近乎发白的绿色，显然是缺乏光合作用的结果。

每根树枝的尖端，都结着一个椭圆的果实，绿光就是这些果实发出的。果实呈半透明，里面似乎有什么东西在浮动，就像……胚胎在子宫中悬浮。

我坐起来，身体蜷成一团，手抱住膝盖，试图让自己浮上去。然而，身体依然如同被石磨碾过般疼痛，周围一点浮力都没有。

五脏六腑被剧烈压迫着，每根血管都快爆掉，我感觉自己马上就要死了。

突然，右脚又是一紧，藤蔓把我拖上树梢，拖入一颗绿色的、闪着幽光的果实里。感官迅速被剥夺，耳边只有模糊的水流声。

渐渐地，我感觉四周压力减轻，血液重新流动，而肺腔也不再渴求呼吸。视觉渐渐恢复，幽微的光线下，我看到藤蔓上射出密密麻麻的细小针叶，刺入我腿上的皮肤里。

又是什么妖术？我感觉自己正在经历濒死体验，换句话说，这些只是死前的幻觉而已。

想及此，我忽然不害怕了。左右逃不过一个死，怕是没用的。

我站起来四下打量，浑身的汗毛孔一个个炸了开来。

我身在一颗满是汁液的果实内部，藤蔓为我供氧。而这颗果实四周，还悬着许多类似的果实，里面浮动的像是胚胎的东西，其实是蜷曲的躯体。

这些躯体上插满了藤蔓，像无数条脐带。有的躯体是人身鳗鱼尾的怪物，更多的是介于人和怪物之间的状态。有些双腿已黏合在一起，但还不是鳗尾，有些鳗尾已经成形，但腰部看不到白骨。

莫非这里是把正常的人培育成鳗尾怪的所在？是什么实验室吗？

我细细地、一个个看过去，心脏怦怦狂跳，有个不愿面对的设想需要核实。

果实中的"胎儿"，仿佛感受到了我的存在，也都朝我望过来。他们的面孔都很清晰，表情各异，有的龇牙咧嘴，有的阴险怪笑，还有的淡漠至极。但无论是哪种表情，眼神都是空洞木然的。

终于，在右上方的一根枝条上，我看到了伊登。

她闭着眼睛，脸色惨绿，身体上插满了藤蔓。她少女的身躯被包裹在卵壳中，犹如一件恐怖残忍的艺术品。我立刻扭转头，不忍再看下去，不敢去看她的腰与腿现在是什么样子。

看了又怎样呢？我对此根本无能为力，同样的噩运也正在向我逼近。

那根把我拖入海底的藤蔓此刻依然紧紧缠绕在我的脚踝上，而且开始生长出分枝。这些分枝极细极软，顶端有如针尖一样。很快，七八根这样的针开始从四面八方刺向我的身体。

它们刺得很慢，我拼命躲闪，但果实内的空间实在太过有限。很快，我的手背一阵刺痛，一根枝条的尖端已经刺入了我手上的青筋，并以肉眼可见的速度变粗。我的手背开始麻木了。

麻木之后竟然是一阵舒适。准确地说，是一种快感。我几乎沉溺于这种快感中，以至于眼睁睁地看着其他分枝的尖端纷纷刺入我的衣服，钻进我四肢上的静脉而毫不挣扎。我开始迷迷糊糊，辨别力和反应能力几乎为零。

过不了多久，我也会变成一个人头鳗鱼尾的怪物，帮着阎王轮去杀害过往的平民船只，那些船上有我认识的人也说不定。到时候，我会认出他们吗？

一根分枝的尖头正朝我的颈动脉刺过来，我闭上了眼睛，或许我就要死了，不可逆转地成为一只怪物。

忽然，我感到一阵剧烈的震动，所在的果实猛地摇晃了一下。我睁开眼，刺向颈动脉的枝条正软软地掉落，四肢传来瘙痒的感觉，紧接着变成疼痛。

痛觉让我彻底清醒过来，我起身检查了下身体，那些钻入我血管的枝条不再像刚才那样饱满、光亮、充满妖气，而是纷纷萎顿枯瘦下去，仿佛汁液被抽干。

一回身，我发现果实外面趴着一个人。

穆武灵！他趴在果实上方，正在切割果实的蒂部，奋力将果实与树干分离开。我感觉周身一震，果实开始缓缓上浮，穆武灵继续趴在原处，随着我一起上浮。他依然面瘫，确认我清醒过来后，便警惕地四顾。

我回头看了看越来越小的树冠，很想让他也去救一救伊登。但看到他的七窍已因急速上浮流出鲜血，我打消了念头。这是在海平面下二三十米的地方，寻常人不借助设备根本下潜不下来，即便下来也早就死了，他这个样子再去救人恐怕

自身难保。

此刻距离海面已经比较近了,天空中的阳光能够照射到这里,视野好了许多,于是我看到了穆武灵背后的一个小黑点。小黑点飞速靠近,轮廓越来越清晰,是一只鳗尾怪。

它的上身是一个十岁左右的小男孩,面容天真无邪,金色的右眼反射出妖异的光,笑嘻嘻地凑近我们。穆武灵早已发现异样,倒握匕首,从果实上游开,迎向鳗尾怪而去。

我眼睁睁地看着他和鳗尾怪近身缠斗,不断试图用匕首刺进它的心脏,鳗尾怪的舌标一次次射出,一次次被躲开。

果实迅速上浮,穆武灵和怪物在我眼中最终变成了海水深处一团不断扭动的物体。过了一会儿,一大朵暗红色的血花刺目地绽放在深蓝的海水中。

血花渐渐弥散,许多黑点开始从四面八方靠近,一开始是星星点点十几个,后来就是密密麻麻的一大群。

难道这些怪物嗜血?如果它们能分辨出人的血,那就是穆武灵受伤了。

我的心怦怦跳起来,一半是因为紧张惊惧,一半是因为缺氧。藤蔓给我输入的血氧消耗殆尽,而我浸泡在果实内的液体里,根本无处呼吸。

窒息的强烈痛苦使我疯狂地挣扎起来,我拼命地踢果实的壁壳,也试图将它撕开,可这壁壳却有如轮胎一般,韧性十足。剧烈的动作将枝条扯出身体,鲜血立刻在果实内弥散。

我不敢再挣扎,生怕果壳破了引来怪物。窒息的痛苦渐渐不再那么强烈,而是让位于混混沌沌的平和——大脑缺氧让我无法思考,也不想再思考了。

不知过了多久,我感到一道极亮的光从头顶射下,是传说中濒死状态下才能看到的幻光吗?

CHAPTER 19

黑白『德川号』

HEI BAI DE CHUAN HAO

"嘿！醒醒，鸡蛋黄！"赵祺一口假京片子传入耳中。

我还没死？我努力睁开眼，左右看看，发现自己躺在出发前栖身的礁石上，赵祺也在旁边躺着，裸露的胳膊上有好几条血痕。

"怎么回事？"我一边本能地剧烈呼吸与咳嗽，一边询问。

"小妖从海里把你捞上来，划开卵泡儿把你掏了出来。"他有气无力地咧着嘴笑，"你从里面流出来，真像个生鸡蛋黄，一身黏糊糊臭烘烘的。还好小妖把你扔海里洗干净了。"

我四下一看，却不见小妖和其他人的影子。

"他们人呢？"

"扎到海水深处去找穆老大了。刚才划开那个卵泡儿时，看到流出来的是你不是穆老大，他们都很恼火。"赵祺嘴边换上了一丝嘲笑。

等气喘匀后，我问："你怎么回事？也下去了？"

赵祺认怂地点点头："被俩怪物拖到海里去了，不过没沉多深，就被穆老大救了。我还看到你被根怪里怪气的东西拖下去。那下面到底是什么，你看清没？"

"是鳗尾怪的老巢……"我大字型平躺着，尽可能放松每一块肌肉，想让自己尽快回血，"你们要找的伊登也在里面，可能已经变成怪物了。她在果实里的样子和我第一次见到她时很像，一个正正常常的小姑娘，天真，纯真。谁知道后来会发生这么多事呢……"

现在我理解了他和穆武灵。在深海的孤独与恐惧，需要找人倾诉，在喋喋不休的重复中，才能让自己渐渐麻木，不心痛，不害怕。

"你听过雪莱的一首诗吗？他写的《逃亡者》。"我知道赵祺这个老爱显摆文史知识的家伙起码听说过雪莱，"他写道，'人世像海一样不宁／沉船的残骸到处飘零／禽兽，人类，蛆虫／从暴风雨中求生／走吧！'你说，我们走得了吗？我们变成这样，回到社会上能再适应吗？"

赵祺意外地安静，一直等我絮絮叨叨地说完，他才幽幽叹了口气，说："回不去了。你知道这是哪儿吗？据说几十年前，这里还是一座岛，叫惊鸿岛，风景特别好，是往来邮轮游览的景点之一。当时有艘Ａ国邮轮，在这附近遇到了旋涡，只有两个救生艇上的人逃了出来，跑到岛上等待救援。但不知为什么，他们和来营救的士兵都变成了鳗尾怪。后几波来救援的士兵一批批来，一批批死，最后Ａ国军方决定炸沉这座岛。岛被轰得稀烂后，人们在废墟里发现了一口黄金船型棺材。那棺材里不知有什么秘密，被几方抢来抢去，最后一次就出现在'德川号'上。伊登背后的金主要我们去抢……后面的事，穆老大都告诉你了吧？不然你也不可能这么干脆地站队。"

"老子没站队。"我用肘顶了他一下，可惜力道软绵绵的。我费力地抬起头，远处'德川号'的剪影还安静地立在海上，仿佛刚才我死去活来的事根本没发生过。

"这艘船走这条航线，是故意的吧？"我大胆地猜测。

猛然间，海面上水花一翻，小妖的头探了出来。我和赵祺赶紧爬起来，不约而同地伸出手去想要拉她上来。

小妖看都没朝我看一眼，直接把手给了赵祺。赵祺胳膊上的肌肉一鼓，小妖就被拉上了礁石。

"穆老大呢？"

"水里，他断后！"小妖甩了甩满是水的头发说道。

水花连翻，十几个海盗纷纷出现在海面上，一一爬上礁石。我感觉他们的神色中有一丝慌乱，甚至是绝望。

那一大群鳗尾怪不会追上来了吧？我心中一沉。

又一个水花，穆武灵的头探了出来。所有海盗都是一阵欢呼："穆老大！"

他主动伸出手："拉我一把！"

　　海盗们七手八脚把他拉上礁石，这才发现，他的右小腿上挂着一个东西，我凑上去打算帮忙，却被那东西吓得叫了出来。

　　是那个小男孩鳗尾怪的上半身，准确地说是胸口以上的部分。白森森的小牙死死咬住穆武灵的腿肚子，眼睛还在转动，正不怀好意地瞪着穆武灵。

　　穆武灵制止住要上前帮忙的海盗，拿出匕首，一点点割掉它面颌部的肌肉，让它无法继续咬合。匕首过处，鲜血不断渗出，染红了他的小腿。

　　完整的一扇牙"当啷"掉落在地，小半截身体也软塌塌地倒在地上。穆武灵捡起来丢进海中，海水一下子变得暗红。

　　就在那一刹，海面上如同被烧开的滚水一般，泛起无数浪花。

　　一个个人头冒了出来——足足有几百个之多，将汪洋中这片小小的礁石团团包围了起来。

　　这些人头中有男有女，有老有少，有干枯白发的黄种人老头，也有容颜丰润的西方美女。他们肤色不同，却有着同样颜色的眼睛，一蓝一黄，都死死地盯着我们这片礁石。

　　"咳……啊……"

　　不知是哪只怪物忽然叫了起来，紧接着，其他鳗尾怪开始应和，叫声此起彼伏，凄婉中带着迷醉，让人心中一荡一荡的。

　　"扑通"一声，站在我右边的小妖猛地跌坐在地上，随即开始呕吐。

　　可其他海盗此刻的表情全都如痴如醉，有的索性开始朝海中走去。我知道这不对劲，这些怪物正用声音来扰乱我们的心智，但我已经无能为力了，双腿就好像不再是自己的一样，不由自主地从礁石上往海里挪步。

　　心中残存的理智让我有些绝望，我不由得看向穆武灵，希望他能免于诱惑。

　　穆武灵站在那里没有动，有两只白人女性鳗尾怪就在距离他不到两米的海里游来游去，不停地探头，发出"呃呃"的声音，是看到猎物却一时无法下嘴的野兽所发出的急切低吼。

　　他把左手举到胸前，掏出匕首迅速划了一下。一滴滴暗红的血液从他手上流下，滴入海水中。

　　那两只鳗尾怪立刻安静下来，开始慢慢地游近，脸上分明是贪婪的表情。

　　穆武灵又在左胳膊上划了一刀，血不住涌出，他蹲下来，将流血的胳膊浸在海水里。两只鳗尾怪忽然同时一个猛子扎下水去，再也看不到了。

两秒钟后，穆武灵猛然间直起了身子，腰部向左后方拼命一扭。

"哗"的一声，左臂带着一只鳗尾怪破水而出，鳗尾怪如同疯狗一样死死咬住他的手臂，双眼放出贪婪的光，尾巴疯狂扭动着。穆武灵丝毫不为所动，右手持匕首，敏捷地扎入鳗尾怪的下巴，一拧。鲜血狂涌，鳗尾怪的头颅被他生生地割了下来，而身子软塌塌地缩回了海水中，无力地浮在水面上随着波浪漂荡开去。

刹那间，"咳……啊……"的怪声音停止了，所有鳗尾怪都停止释放这种海洛因一样的声音。

"快走！你们有十分钟的逃生时间！"

穆武灵大喝一声，然后又蹲下来，将那条已被咬得有些变形，还在不停流血的左臂又一次放入水中。他右手丢开匕首，在身上摸索了一会儿，掏出一个黄色的四四方方油布包。

难道是……

我还没反应过来，穆武灵"哗啦"一声被猛地扯进了海水里，海面上立刻泛起两朵血花。

"快，我们有十分钟！"赵祺忽然大喊起来，说着第一个跳入了海中。

我和其他海盗也纷纷下水。此刻海水里一片浑浊，我小时候曾经看到过家养的乌龟在缸中撕扯小鱼小虾，将整缸清水搅得碎肉与血水横飞，浑浊腥臭，而现在的海水，正是这样一幅场景。

穆武灵下去时的两朵血花已经分别都扩散到直径一米多，并且仍然像星云一样飞速扩散，骇人至极。

这些都是穆武灵的血吗？他流了那么多血，还能活吗？

刚才包围礁石的许多鳗尾怪此刻都一言不发地向着那两团血雾冲去，有如闻到血腥气的鲨鱼一般。我们虽在水里扑腾出很大动静，但它视我们如无物。

十分钟！我急忙继续往前游，却迎面遇到了小妖。她踩着水，头浮出海面，面色苍白，头发散乱，很有些憔悴。她双眼睁大，紧盯着血花处，表情中有一丝恐惧，但更多的是担忧。

"走啊，我们快走。"我试图去拉她，但被她躲了过去，眼睁睁看着她往血花处游去。

正待我去追时,赵祺从我身边急速游过,顺便拍了拍我的肩膀,示意让我继续游,他来追。

他游泳的姿势很丑,但非常快,片刻工夫就追上了小妖,一把就拉住她往回拖。小妖拼命扭动,两人就在水下格斗了起来。正在纠缠时,只听"轰"的一声巨响,先前那两团血污的中间,炸开了一朵黄色的亮光,似乎是什么东西在水下爆炸了。

刚才穆武灵拿的油布包真的是C4炸药。他是打定主意,用血把怪物都吸引过去,然后全部炸死。

C4炸药是防水的,穆武灵只要有防水的电雷管和导爆管就能引爆。只不过从他刚才手上那包炸药的分量来看,爆炸的威力不应当只有这程度。

鳗尾怪狂乱地蹿出水面,开始四下逃离。而赵祺比它们还慌乱,他猛地抬起胳膊肘,就照着小妖的脖子后面狠狠顶了一下,小妖当即昏了过去。赵祺拖着她飞快向我们游来,远离礁石。经过拼命狗刨的我时,他略作一停顿,狠狠地吼道:"你可快点,老大的习惯是先来一次小爆炸,提醒大家赶紧清场,五分钟后就是……"

他一句话还没说完,又是"轰"的一声巨响,海洋中一股激流猛地涌了上来,把我推出海面足足有三米之高,然后重重地落下。

我几乎背过气去,脑子里一片混沌,除了在水里拼命地乱扑腾什么都不会做了。

等我脑子清醒过来,就看到周围本来就不怎么清澈的海水,此刻又多了许多让人恶心至极的杂质——血污、残肢、牙齿、眼珠、耳朵,都是那些鳗尾怪的。其中有两条已经被炸断下来的鳗尾还在不住地抽搐、扭动。

我强忍住呕吐的欲望,四下张望,寻找赵祺和小妖。现在他们是我唯一的指望了。

还好,赵祺正在十几米外对着我拼命招手。我赶紧游过去,看看他怀里的小妖:"她怎么样?"

赵祺长出一口气:"死不了。咱们都死不了。走,先上那儿去。"他指了指不远处一个橘红色的东西。

我头昏眼花,实在看不清那到底是什么,但还是信任地跟在他后面,机械性地划水。也就二三十米的距离,我感觉自己划了许久许久,久到赵祺已经停下来给我喊了好几次加油。

真有闲情逸致,看来这回还真是死不了。

心情一松懈，疲惫的手脚就更慢了。足足过了十来分钟，我才游到那个东西的旁边。原来是一艘救生艇，橘红色在灰蒙蒙的海上尤其显眼，上面印着"德川号"三个字。

它孤零零地飘在海上，没有半个人影在里面，也没有同伴艇。不知道它曾经搭载过谁，而上面的人此时又去了哪里。

赵祺先是把小妖举到艇上，然后伸出双臂自己撑了上去，最后伸出胳膊把我拽了进去。

我四仰八叉躺在救生艇里，全身彻底脱了力。赵祺把小妖摆好，然后跨到船头，发动起马达。看他拉动马达的样子，似乎还很生猛，我原本紧绷的神经顿时一松，眼前发黑，昏睡了过去。

不知过了多久，我终于醒了过来——完全是被颠醒的，小小的救生艇似乎遇到了巨浪，不停上下颠簸，我的身体便不停地被抛上落下，背部一阵生疼。

这时似乎已经是下午，阳光透过云层直射海面，不算太晃眼，温度也不高。照理应当是风和日丽，怎么会有这么大的浪？

我本想坐起来看看，但此时全身肌肉硬邦邦的，腹肌一阵撕裂般的酸痛，让我立刻放弃了这个念头。我原地躺好，大声道："怎么回事？"

无人应答，我费力地扭过头，只见赵祺站在救生艇的马达边，左腿跪地，双手牢牢握住救生艇的边缘。小妖也已经醒了，她坐在赵祺旁边，双手也死死把住边缘，两个人都以极其严厉的眼神看着我，示意我闭嘴。

见我一脸不知悔改，赵祺赶紧朝海里努了努嘴。我忍着酸痛小心地探出头去，毫无心理准备地看到了无数次在画上、照片里看到的水母本身。闪着荧荧蓝光的透明触须隐于蔚蓝的海水中，肆意搅动，引发不小的浪头，导致了救生艇的剧烈颠簸。

海水极其清澈，能看到在很远处，触须的尽头连接着一个巨大的白色圆盘，圆盘顶端是一只蓝色眼睛，此刻正张开着，似乎张大了口，正等着吞没我们这艘救生艇。

我望过去时，正好和蓝眼睛对视，当即吓得缩回头来。小妖用极其鄙夷的眼神瞟了我一眼，如果现在能开口，她肯定又要骂我了。

还好，那眼睛似乎没有视力，并没有看到我。巨大的触须在救生艇下折腾了

足足有十来分钟，有好几次我被它所激起的巨浪给颠到半空，又有好几次险些摔出救生艇。就在我实在忍不住想呕吐时，颠簸忽然停止了。

起先我还不敢相信这个海底巨怪会如此轻易地放过我们，直到赵祺和小妖都站直了身子开始说话，我才确信这个东西已经离开了。

我惊魂未定地站了起来："这……这到底是什么东西？"

赵祺淡淡地说："这玩意儿，我们那沿海的渔民都管它叫'只眼鬼'，就是一只眼的巨鬼的意思。有些传说里说它是海龙王的眼睛变化而来，能够辨别忠奸。也有些国家的渔民管它叫'杀人水母'，有些则管它叫'地狱妖瞳'，说它的眼睛就是地狱的门口，被它缠上的船只，都会成为驶向地狱的渡船……"

赵祺语调很平淡，似乎有些心不在焉，要知道以前他说这种典故时总是眉飞色舞，恨不得把肚子里那点货全都倒出来。我发现他的双眼正直勾勾地盯着前方某个地方，口里随意吐出些句子来应付我。

他看的是"德川号"，就在我们前方两百多米外。这个距离，其实看不到船上的动静。我感觉它已经是一个无头巨人，没头没脑地在海上漂荡。

救生艇的后面，那艘诡异的西班牙大帆船依旧静静地停泊在远处，风帆一鼓一鼓的，船却丝毫不动。

天上飘起了细雨，雨雾间，孤独的救生艇在"德川号"和妖船之间漂着。三人陷入了沉默——无声地对抗。

半晌，小妖开口了："我们还是去阎王轮那里吧。"

赵祺叹了口气，似乎早就料到她的选择："也好，我们去那儿找找穆老大。哪怕……"

小妖眼睛一翻，厉声喝道："哪怕什么？"

赵祺不再言语，开始驾驶救生艇向妖船的方向而去。

我斜靠在船舷上，全身肌肉酸痛，被藤蔓扎过的伤口遇水剧痛，加上救生艇的颠簸，一时间灵魂出窍，只想给自己一砖头，好晕过去不再难受。

"趴下！"赵祺突然喊道。

我木讷地说道："什么？"

一只滑腻的手死命地捂住了我的嘴，随即，我听到了"哗哗哗"的声音从海面上传来，就好像无数只海豚在海面上跳跃着前进一般。

难道……

我惊恐地回头看了小妖一眼，她冷冷地点点头，然后放开捂住我嘴巴的手。

我屏住呼吸，极慢极慢地把头转到船舷外。海面上有无数只人身鳗尾怪在游动，在海底下，还有数不清的鳗尾怪在潜泳。而在鳗尾怪身旁，又有无数海蚯蚓飞快地游动，密密麻麻铺满了海面。

它们是从"德川号"的方向游来的，正奋力游向那艘西班牙大帆船。

我谨慎地辨认着鳗尾怪的表情和肢体动作，惊讶地发现，这不是攻击的状态，是……逃命的状态。

一定是"德川号"上发生了什么。还有什么能比这些怪物更恐怖？

"咚"的一声，救生艇被一只人身鳗尾怪给撞了一下，但并没有鳗尾怪扒上船舷来找麻烦，所有的海蚯蚓和鳗尾怪都急匆匆而去，不到一会儿，这片"黑色的海水"离开了我们，继续向西班牙大帆船游去。

"继续开吧。"小妖说。

赵祺没动。

"怎么了？看到那么多怪物就怂了？"

赵祺正色道："我觉得，现在最好的选择是回'德川号'。"

小妖一怔，随即从牙缝里恶狠狠蹦出两个字："不行！"

赵祺低声劝慰："小妖，我跟着穆老大的时间比你长。以他的本事，不会有事的。我们贸然去闯阎王轮，只有死路一条。'德川号'的怪物逃光了，现在是一艘空船，不如上去拿些吃的出来。现在咱们弹尽粮绝，这艘救生艇上没吃没喝，咱们撑不了两天。"

小妖冷冰冰地向前一步："就是不行！"说着，她掏出匕首，举了起来。

赵祺叹了口气，自己给自己找台阶下："好吧，'德川号'上的怪物也未必走干净了。我们还是去找阎王轮的麻烦。"说着，他继续发动马达。

小妖冷哼了一声，收回匕首，原地坐下。

救生艇朝着阎王轮的方向开了几十米，赵祺突然向小妖的方向跨了一步，又是一胳膊肘。小妖吭都没吭一声，身子就软倒了。

赵祺缓缓地把小妖平放在地上，嘱咐我："哥们儿，拜托，看着她点儿。"随后又去驾驶救生艇。小艇拐了个大弯，直接向"德川号"而去。

距离尚远的时候,只觉得"德川号"只不过是一个巨大的、没有任何生命的铁皮壳子,可随着距离的缩短,一股恐怖的压迫感逐渐逼近。阴沉沉的天空下,这艘邮轮的巨大阴影逐渐遮没了小小的救生艇。

隔着老远我就能看到这艘巨型邮轮原本洁白干净的外表,沾染了一大摊一大摊的血污。

随着救生艇逐渐接近,一股浓重的血腥气钻进了我的鼻子,让我一阵阵地作呕。骇人的是,船上挂满了尸体和残肢。有些尸体就挂在栏杆上,有的挂在下放到一半的救生艇上。滴血的残肢和干瘪的木乃伊漂浮在船周围的水面上,发出更加浓郁的恶臭。

救生艇终于靠上了"德川号"。赵祺抬头警觉地望了望,确认目力所及的范围里没有海蚯蚓和鳗尾怪,点点头,对我道:"你是待在这里还是跟我一起上去?"

我心里怕怕的,刚想说"待在这儿"时,忽觉额头一热,用手一摸,果然是血水。抬起头来,赫然看到一具被吸干的尸骸挂在甲板的栏杆上,随着波涛左右摇晃,体内残存的血水随着地心引力流入头部,从七窍流了出来滴落到我的头顶,微合的双眼似乎还在看着我。

"我跟你一起上去吧。"我语速飞快。

赵祺看了我一眼,"嘿嘿"笑道:"好。那我先去探路。"

主甲板上有不少绳梯放了下来,想来是船员逃命用的,但能够成功逃脱的恐怕基本上是没有的。绳梯上挂了好几具尸体,有些甚至只有一半的躯体。

赵祺找了个尸体不多的绳梯爬了上去,十分钟后,他又爬了回来:"上面没活人了,怪物也没影了。"说着,他将小妖的身体扛在肩上,攀着绳梯上去了。我则吃力地跟在后面。

我咬着牙爬到主甲板上,双腿一软,跌坐下来。

赵祺皱了皱眉说:"哥们儿,你就在这儿先待着,帮我看着小妖。我去找点吃的来,拿完了咱就走。"他一边说着,一边把小妖放到甲板上。

我说:"你要不要去无线电室,看看求救信号发了没有?"

根据《海上人命安全公约》,所有海上行驶的轮船上都必须配备全球海上遇险与安全系统,也就是GMDSS。而且每艘轮船上的GMDSS旁都必须二十四小时有人守着,收听或发出求救信号。我不清楚"德川号"上的无线电员是不是发出了求救信号，但赵祺去确认一下总是好的。就算被抓起来坐牢，也比当怪物或者被怪物吃掉强。

赵祺和我想的一样，很干脆地答应了，立刻朝无线电室的方向走了过去，不一会儿就消失在甲板的尽头。

说老实话，此时我真心不愿意赵祺离开我的视线。他一离开，这里就只剩下一个废物的我、一个昏迷不醒的小妖，还有许许多多随着海风与波涛摇曳摆动的尸体了。甲板上血迹斑斑，一条惨白的断臂在离我不远处滚来滚去。

最终，极度的疲倦战胜了恐惧，我在鬼屋一样的环境里迷迷糊糊睡着了。

唤醒我的是一阵强烈的饥饿感。我睁开眼睛，发现睡梦间天已经黑透了。一轮残月挂在天际，不时有浓重的乌云掠过，将月色遮没。海面上风浪不小，救生艇一下下撞击着"德川号"的船舷，发出很大的"咚咚"声。

又将是一个漫长的夜晚。在海上漂着还真要有血战到底的英勇。

赵祺呢？我感觉有点不对劲，用手撑着栏杆奋力站了起来。他不是说去无线电室看一下，再拿点食物就来的吗？怎么这么长时间还没来？

我四下张望着，却发现原来昏倒在地的小妖此时也不见了踪迹。

我心里一慌，忍不住大叫了一声："小妖，小妖！赵祺，赵祺！"

除了海涛和狂风作响，没有任何人回答我。

"咳……啊……"

熟悉而恐怖的声音远远传来，我立刻闭紧嘴巴，藏到粗一点的栏杆后面。躺下或蹲下当然能藏得更好，但现在我全身的肌肉都僵硬了，行动困难，万一等会鳗尾怪真的要来，光站起来就要花费很多宝贵的逃命时间。

没有赵祺和小妖，我一个人能活多久？我在心里给自己打了个不及格的分数。

乌云遮蔽了月光，我想起鬼皮书里的场景，不自觉地往阎王轮的方向看去。靠近天际线的地方，绿色的荧光勾勒出帆船的轮廓，狰狞恐怖。

海上的光源不止那一处，我总觉得附近亮堂堂的，探身一看，救生艇旁边，一个巨大的、由荧光构成的圆形轮廓正在迅速缩小，似乎在以最快的速度沉入海底深处。应该就是白天见过的水母了，它很快变成了一个荧光亮点，最终再也看不到了。我松了口气，阎王爷少了一个，存活的概率略微上升。

"呜——"

汽笛声！我心头一喜，总算有活人了，很大可能是救援船来了。循声望去，鸣笛的船就在阎王轮附近，速度很快，一开始是一个光点，后来光点迅速扩大，只十分钟的时间，它就行驶到"德川号"和阎王轮当中的位置了。可以看清楚那是一艘邮轮，巨型邮轮，白色船身，斜斜的前后桅杆。

看来不是救援船，而是航线上的另一艘船。无论如何，一艘安全温暖人多的船就是我的救命稻草。邮轮距离我越来越近，渐渐能听到邮轮上嘈杂的人声，甚至能够看到水手和游客在船上走动的影子。我忘记了鳗尾怪的存在，忍不住兴奋地高声大喊："救命！HELP！救命！HELP！"

可任凭我如何叫喊，船上的人似乎都没有看到我，自顾自地在各层甲板上走动。

船又近了些，我不再叫喊了，我看清楚了船上人的脸。

熟悉的船员，熟悉的游客。

我面前的是"德川号"。

海市蜃楼吗？我难以置信地盯着歌舞升平的"德川号"。船上柔和的灯光下，有人在甲板上散步，有人在顶层的游泳池里游泳。喧闹的舞曲声从船体深处飘荡出来，还混杂着游客们的欢笑声。

海市蜃楼是没有声音的。

我心中一寒，不禁后退了几步。角度变换，让我看到了一个再熟悉不过的身影。小妖也在那艘"德川号"上，她穿着深蓝色的连衣裙，长发飘逸。她正靠在船舷上发呆，手里把玩着那把M9军用匕首。

可她今天明明穿的是一身海上作战服。

我不敢喊，不知面前的是幽灵还是幻影。或者，我所在的船，才是幻影？那就好了，噩梦可以苏醒，没有怪物，没有断肢，没有干尸……

小妖闪身进了桥楼，我看到她把匕首藏到了腰间。

"德川号"越来越近，速度不减，恐怕再过几分钟，就要相撞了。但就在这时，我面前的巨轮忽然起了变化，就好像电视信号不好时产生的花屏一样，船身一阵抖动，紧接着，歌舞升平的场景不见了，游客们开始惊恐地尖叫、逃跑，争相拥向吊艇机。邮轮顶层甲板的前端则是一片火海。人身鳗尾怪的身影开始出现，用红而尖的舌标猎杀旅客。

整个邮轮变成了修罗场。

这应该就是昨晚"德川号"遭到攻击时的场景，细节真实血腥，不是幻觉。那么是海市蜃楼，还是全息投影？抑或真的是整艘船的幽灵重现？

"这艘'德川号'绝对不是那么简单的。"我忽然想起穆武灵说的话，和他给我看的照片，冷汗潜潜而下。在那张照片上，"德川号"被水母拖到了水底。

是我在的这艘，还是正在遭受血色洗礼的那艘？无论是哪艘，"德川号"的下场都不怎么样。

我下意识地往海底看去，试图找到水母的动向。海面卷起浊浪，根本无法看清水面下方。

可就在这一低头的工夫，面前那艘"德川号"又变了样子。

它变成黑白的了，仿佛老电影里的一帧镜头。

视野中的其他东西仍然是彩色的——远处闪着绿光的阎王轮剪影，乌蓝的海水，身边大块红色的血迹。

只有"德川号"变成了黑白的了，与此同时，船上的人全部消失了。整艘船空空荡荡，在海上漂着，起伏不定。船身有大片的深色污渍，虽然是黑白的，但仍能看出那是大块的血迹。

血迹的形状和我脚下这艘"德川号"上的一模一样。

更让我浑身发凉的是黑白"德川号"的旁边多了一艘救生艇。停泊的位置，和我们搭乘的那艘一模一样。

"咚！咚！"我听见救生艇撞击船舷的声音，六神无主。

对了，我呢？如果这两艘船完全是复制而来，黑白船上现在理应有我的影子。

我探身仔细看去，同样的甲板位置，黑白"德川号"上空荡荡的，没有人，没有一个黑白的我。

但"小妖"出现了。她完全是凭空出现，她站在主甲板右侧通道靠近蒙太古餐厅的位置。

我回头瞥了一眼脚下的船，她对应的位置，就在我右侧几十米处。

"小妖"换了一身海军作战服，就是她白天穿的那身。整个人是黑白的，直勾勾冷冰冰地看向前方。我不知道她在看什么，因为在她眼前，整条通道完全是空的。

忽然，"我"出现了。

黑白的"我"，也在幽灵船上凭空出现，位置就是我现在站的地方。"我"看

到了"小妖",立刻向她走去。

"小妖!你刚才跑哪儿去了?"

两艘船已经离得非常近,我可以听到黑白的"我"对"小妖"大喊起来,声音里满是兴奋。"小妖"却睁大了眼睛,像是看到了什么至为恐怖的东西一样,向后退了两步,然后闪进了桥楼建筑里。

黑白的"我"似乎十分迷茫,怔怔地在原地停住了几秒钟,然后才拔腿去追。

这时,另外一个影子在黑白"德川号"上凭空出现了,它正在以极快的速度向"我"接近。

"我"似乎意识到危险在靠近,于是回过头去张望。只可惜那东西速度太快,未等"我"转身,它就从后面把"我"扑倒在地。

黑白的"我"只来得及发出一声惊叫,身体疯狂扭曲挣扎,同时发出一种十分恐怖的咳嗽声——那是血液呛进喉咙时所发出的咳嗽声。

一股深色的液体直喷到旁边的墙壁上,"我"很快就不再动弹了。

黑影没有放过已经死掉的"我",而是继续撕咬着"我"的身体,两口就将"我"的胳膊生生扯了下来。

我条件反射地抱紧胳膊,左右观察了形势。眼前发生的这些,恐怕是即将要发生的事情了。

一个回头的工夫,黑白"德川号"竟已开到近前,船头狠狠撞上我脚下这艘"德川号"的船身,然后穿了过去。

如同幽灵穿过人体。

我能看到黑白"德川号"上的每一个细节,可当我想触摸一下时却只能摸到空气。

十分钟后,黑白"德川号"完全穿过了真实的"德川号",飞快地向另一边驶去。它的甲板通道上已经空无一人,"我"、"小妖"、黑影都不见了,只有一摊深色的血迹,那应该是"我"的颈动脉血。

但很快,血迹消失了,一同消失的还有黑白"德川号"。海面一片空茫,再也不见什么巨轮的身影。

我仿佛做了一个梦,看了一场恐怖电影,充满了不真实感。

CHAPTER 20

黄金棺材

HUANG JIN GUAN CAI

无论是真是假，此地都不宜久留。我盘算了一下，打算找一间完好的舱房躲起来。房间里当然会有尸体，但鳗尾怪似乎并不吃人，只意在杀戮，和尸体待在一起或许更安全。就像丧尸电影里假装丧尸的幸存者一样，难度高，存活率也高。总之是不能待在这个被黑影袭击的地方。

　　我艰难地指挥僵痛的躯体向前走，大概花了二十分钟，才查看完这层甲板上的房间。没有一道门是完好的，到处都是血污和尸块。我在宴会厅胡乱找了点没有溅上血的蛋糕和瓶装水，三两口塞进肚里，大脑得到了糖分，又开始运作起来。

　　每层客房的情况应该都差不多，为了保存体力，我决定不再到处走了。如果真的遇上袭击，开阔空间里逃跑的概率也比在客房里大。

　　我随手顺了把蛋糕刀，推开宴会厅残破的玻璃门走了出来，转了一大圈，竟然又回到了原来的甲板位置。

　　凶多吉少啊！我捏紧刀子，却听到海上传来格外响亮凌乱的海浪声。探出头去一看，不禁吸了口凉气。

　　无数人身鳗尾怪正飞快向这里游来，激起大片浪花，怪物群周围几公里的海面仿佛被煮沸了一般。

　　沸腾的海水飞速前进，不过几十秒，就离"德川号"仅两三公里了。明朗月光的照耀下，我察觉出这群怪物比先前更有组织性，队列整齐，表情控制得极为严肃。这次应该是有领头的。

船上人都死光了，大 BOSS 带队来干吗呢？白天逃也似的回礁石，现在又气势汹汹杀回来，莫非船上有另一波不好惹的对手？

怪物群越来越近，我察觉到最前面打头的鳗尾怪有些蹊跷。在击打浪花的空隙，我并没有看到闪着鳞光的鳗鱼尾巴，也没有看到白森森的腰椎骨头。在浪花间扑腾的，是两条人类的腿。我甚至能够看到健美的、完整的脊梁沟线条，从两块肩胛骨当中一直延伸到深色短裤里。

居然是一个男人。

什么样的人能游过鳗尾怪？

不过我很快就发现了，并不是这些鳗尾怪游不过那个人，而是它们没有使劲游。它们在离"德川号"十米开外的地方就停了下来，左右转悠，就是不往前游。还有一些磨洋工的，水花拍得又响又高，但就是不出活儿，慢悠悠地往前蹭。

最后，就只有那个男人接近了"德川号"。他飞速划动四肢，最后两手一举，扒住了救生艇。

月光下，我看清了他的脸——是穆武灵。

他上身赤裸，下身只着一条短裤，胸前和肩膀上有很多伤痕。他的脸色更加惨白，原先的小辫子也散开了，头发散乱地贴在脸上，不住往下滴着水。他的两只眼睛闪烁着逼人的寒光，不知是不是晚上光线不好，我总觉得射出来的光是一蓝一黄的。

看得出他很累了，精疲力竭，连爬进救生艇的力气都没有。十米外，鳗尾怪如同被一道无形的墙壁挡住了一般，齐刷刷停住，开始龇牙咧嘴，却不敢再游近半米。我一时判断不出他究竟是怪物首领，还是被追击的受害者。

"呜——"

诡异的号角声悠悠地在海面上荡开，声音的源头正是阎王轮。

天上的乌云遮没了月光，海上顿时暗了下来，阎王轮的剪影开始发出绿色磷光。

穆武灵脸色一变，用力将身体撑入救生艇。

号角声刚一停止，所有的鳗尾怪都开始张嘴发出诡异的叫声。

"啊……啊……"

我连忙捂住了耳朵，但叫声还是无孔不入地钻了进来，直接冲击着耳膜，我的神志开始迷离起来。

在号角声的刺激下,有十几只鳗尾怪似乎顾不得忌惮,很快地游过了那堵无形的墙,迅速逼近。

穆武灵开始爬绳梯了,一定是想上船来。说老实话他爬得不算慢,但人类的速度远远不够。鳗尾怪如离弦之箭,在不到三秒钟的时间里就游到了"德川号"下。根本无需借助绳梯,它们如同壁虎一样,双手和尾巴粘在船舷上,迅速向上攀爬。

"唰"的一声,一只鳗尾怪的舌头如同标枪一样射了出来,直刺向穆武灵的颈部。穆武灵本来双手握着绳梯,察觉事情不妙立刻放开一只手,身体往外一荡。舌标刺空,只将绳梯的一边刺断,而仅剩的一边显然吃不住穆武灵的重量,立刻在一阵"吱咯咯"的声音中断裂。

穆武灵立刻凌空抓住另一条绳梯,又一根舌标朝着他的背心刺来。他一蹬船舷,身体荡了出去,舌标擦过他的肩膀,鲜血立刻渗了出来。

但这还不算最糟糕的。

攀爬上船舷的鳗尾怪总共有十几只,它们现在上下左右把穆武灵给团团围住。只要穆武灵一荡回去,就会立刻被怪物们吞噬。

我慌了,赶紧爬上栏杆,找到离我最近的一条绳梯,颤巍巍爬下去打算帮忙。刚下了两三步,穆武灵暴喝一声:"下来干吗?!"

"我……"我竟无言以对。我这两把刷子,自保都成问题,何谈救人呢?但让我在上面眼睁睁看着他被怪物弄死,那是万万做不到的。

我又往下爬了两步,此时穆武灵已经被至少十只怪物淹没。我顾不得那么多,一手死命抓住绳梯,一手挥舞着蛋糕刀乱刺,双脚冲着最上面的一只怪物拼了命地狂踢。

那怪物"啊"地叫了一声,抬头看向我,忽然阴森森地笑了一下。我心里一惊,紧接着感到腿上沉甸甸的,是那只鳗尾怪双手抓着我的脚踝往下拖拽。

我丢掉刀子,双手死死抓住粗糙的绳梯,但毫无用处,身子一点点地被拖了下去。

"要死也给个痛快啊,想把我拽哪儿去?难不成想把我做成同类?"手心皮肤一寸寸地被磨破,绳梯上留下长长一截暗红色的血迹。

四周突然暗了下来,月亮又被乌云遮住了。在一片"啊啊"的怪叫声中,我突然听到一声尖叫。

"呀！"

表达的意思与先前的都不同。尖叫声过后，我忽觉两脚一松，刚刚拼命拖拽我的鳗尾怪直直向海里跳下去，转眼间，晦暗的大海上全是乱糟糟的蓝色金色幽光，映出怪物们慌不择路逃跑时的样子。

在这些光点中，有一对尤其蹊跷。它们在船舷上来回跳动，不仅十分耀眼，而且所到之处，其他蓝金双色光点就会消失。

冷蓝色的荧光开始浮出水面，是水母从大洋的最深处缓缓浮了起来，发出清冷而强烈的生物光，一看就电力十足，人碰上去只有烧焦一条路。

蓝金色光点逃得更加快了，很快便远远消失在海面上。

过了不一会儿，乌云飘走，凄冷迷离的月光照亮了海面，以及海面上大片大片的鳗尾怪残肢。

有几个鳗尾怪被撕扯下来的头颅在海面上随着波涛沉浮，它们的眼睛已经失去了神采，但面部的肌肉仍然在抽搐，露出似哭非哭、似笑非笑的表情。而那些血肉淋漓的残肢也在动着，有的甚至徒劳地抓挠着"德川号"的船舷，似乎还想攀爬上来。

水母并没有四肢，击杀的方法应该是电击或缠绕窒息。海上漂着的这些残肢不会是它做的。但让鳗尾怪不敢前进、放肆逃跑的倒确实是它。它难道一直潜伏在"德川号"下方？我想起照片里被水母触须紧紧缠绕着的沉船，心里一紧。

"德川号"周围，原本死一般的漆黑水域，却在一刹那间被水母发出的光所点亮。水母巨眼的一部分被"德川号"的船体挡住，但仍能分辨出睫状环和巩膜上的一些细节。这只传说中的地狱妖瞳和人类的眼球太像了，或许它不是自然生物，而是人造的生物兵器，那么撕裂鳗尾怪倒是有理论上的可能了。

水母在海面下十几米处悬停了，没有继续上浮，也没有沉下去，巨大的眼睛就这样瞪着"德川号"的船底。我感觉它有点阴恻恻的，似乎在盘算着什么时候把船拖下去。

我打了个冷战，回过神来，准备往回爬。穆武灵此时已扒上船舷，我托了他一把，他四肢无力地倒在甲板上，湿透的长发盖住了脸。我赶紧扒拉开头发，将他的口鼻露出来，然后把他平平地放好。

他已不省人事，身上全是伤痕。我翻来覆去地查看，还好，大部分已经结痂，

没什么大碍。左胳膊白天被鳗尾怪咬坏的地方几乎已经长好，扭曲生长的新皮肤触目惊心。

半死不活的穆武灵应该也比我强。我稍稍有了点安全感，在他旁边找了个地方靠着坐下。

"小心伊登……她……不是人了……是非常厉害的杀人怪物……"躺在地上的穆武灵突然喃喃地冒出一句。

看来已经见过面了。我无奈地叹了口气，也不知道怪物伊登现在是死是活。

"德川号"恢复了死寂。我靠着舷墙昏昏欲睡，忽然听到金属楼梯上响起了脚步声。一抬头，一个人影出现在甲板走廊尽头。

人影十分苗条，手上握着匕首，我一眼就认出来是小妖，心中不由得大喜，立刻起身向她跑了过去："小妖！你刚才跑哪儿去了？"

话一出口，我猛然间觉出不对劲。小妖脸色忽然大变，夹杂着惊骇、恐惧。她的嘴角向后扯动，露出一个阴森森的冷笑，随即以最快的速度退入到刚才她现身的出口。

我忽然间明白过来，黑白"德川号"上的血腥场景要开演了。按照既定的故事走向，接下来就是黑影上场了……

我立刻回头，黑影竟然是穆武灵。此刻的他就如同鳗尾怪一样，壁虎状粘在桥楼的舱壁上。他张着嘴巴，两只手已经离开了舱壁，正在向我扑过来。

因为早有准备，我的动作比黑白"德川号"上的"我"快了一两秒，就是这短暂的一两秒救了我的命。

我一猫腰，躲过了第一击，穆武灵扑到了地上，回头对着我"呀"的一声怪叫，眼睛中闪着一蓝一金两点耀眼的光。

刚刚船舷上那声尖叫，是他发出的！在船舷上跳来跳去撕裂鳗尾怪的，也是他。

一闪念的工夫让我的动作滞后了。穆武灵狰狞着扑上来，我大骇之下根本来不及再做第二个反应，就这样被他两只手搭上了肩头。我见他白森森的牙齿亮了出来，直接奔着我的喉管就要下口。

我的双肩被他铁钳一样的双手握住，根本无法再左右躲闪，情急之下只能把头一低，用下巴去遮挡颈动脉的位置。他的牙重重磕在我头顶上，随即用力咬合，似乎要将头盖骨连着头皮都咬掉。

剧烈的疼痛让我爆发出很大力量，撑开了他的钳制，双拳连出，发疯般在他喉头上击打了两下。这里是人最脆弱的部位之一，凶悍如穆武灵也立即松开了口，愤怒地怪叫一声，双手握着我的两个腕子就把我甩了出去。

我飞出去大概有四五米远，重重落在甲板上，顿时再也爬不起来。我眼睁睁看着穆武灵凶神恶煞般一步步逼近，只能勉力向后挪动着身体。

我实在闹不清他为什么会变成这样，下半身明明还是人，但无论表情还是力气，都和鳗尾怪一模一样了。

"当"的一声，身后响起了什么东西落地的声音，我伸手一摸——武器！

一把匕首被我抓在手里，这时穆武灵已经逼近，正大叫着向我扑上来。我借力埋头一刺，匕首刀柄没入他的腹部，鲜血立刻涌出，染红了他小半边身体。穆武灵停住了，抚摸着伤处，手指沾了鲜血放到嘴里舔舔，双膝随之一软，庞大的身子半跪在地上。

"赶紧逃！"

我的右臂猛地被一个人抓住，那人拉着我向蒙太古餐厅的方向狂奔。他的力气大过我许多，速度也是奇快，我几乎是双脚离地被他带飞。

"速度快点！"

起先我以为拉我的是赵祺，可这人一开口就有一股子港台味道。我仔细一看他的身形，居然是陈兆丰！不，陈兆丰早就死了，这个人是阿昆。

他穿着牛仔裤，上身是白色的衬衣，身上沾满了黑色的污垢和紫红色的血迹。阿昆跑起来的动作十分敏捷舒展，有如豹子。

他一边跑一边叫："快去蒙太古餐厅，我们的人都在那儿！"

可我们并没有跑到蒙太古餐厅的入口，而是提前在另一个入口拐了进去，藏在两扇玻璃转门后面。阿昆拉着我蹲到墙脚，示意我不要出声。

外面一阵剧烈的喘息声由远而近，喘息声的主人在我们所在的入口处忽然停顿了下来。

如果穆武灵不上当，不去蒙太古餐厅，而从这个入口进来，那我和阿昆就是死路一条。和外面比，这里要暗得多，水母所放出的光线根本无法投射进来，所有东西都只能看到一个轮廓。我看不清阿昆的表情，但想来他也是很紧张的，因为我明显发现他的身体有些颤抖。

　　足足有五秒钟，粗重的呼吸声都没有离开。阿昆似乎预感到情况不妙，狠狠推了我一把，我趔趄几步，摸到一个圆形的桌面。我立刻反应过来，这里是一个服务台。我马上转到服务台内侧，躲在了桌下。可等了几秒，却不见阿昆过来，我悄悄把头探出服务台，猛地看到一黄一蓝两束强烈的冷光从玻璃转门处透了进来。

　　我心头一慌，马上又矮下身子，心中默念"不要看见我……不要看见我……"。

　　可穆武灵还是进来了，"咚咚"，我听到了两声脚步声，紧接着是"啪"的一声和"咯吱吱"的声音。穆武灵那粗重的喘息声，突如其来地在我头顶上响了起来——他跳上了服务台。

　　有什么液体滴落在我面前的地板上，光线太暗看不清，但我猜想是穆武灵的血。受这么重的伤，还一路不停地追杀，或许此刻的他的确已经不是人了，而是一个无法用常理揣度的怪物。

　　他眼中放射的冷光像探照灯一样照亮了窄小的空间，我看到服务台旁边躺着两具血肉模糊的尸体，一具是穿着连衣裙的女尸，整个头部被啃得面目全非，还少了一条大腿；另一具尸体还算完整，浑身是血，死状也十分骇人。两具尸骸相拥交叠着，似乎生前是一对恋人。

　　穆武灵显然对死人没有什么兴趣，两束冷光扫过他们，又开始往我藏身的地方移动，我面前那摊血，渐渐在蓝光下呈现出诡异的花青色。

　　他的视线只要再往里移动一点点，就能看到我的小腿了。我握紧拳头，心脏怦怦乱跳。

　　忽然外面传来"砰砰"两声，似乎有人在开枪。穆武灵立即重重跳下服务台，循着枪声去了。

　　警报暂时解除，我身体舒展开来，瘫软在原地动弹不得。就这样过了整整两分钟，服务台对面那两具尸体动了一下。

　　我头皮一下子发麻，腾地坐了起来，却见那具血淋淋的男尸慢悠悠站了起来，向我招了招手。

　　原来是阿昆。

　　"唉，保命真不容易，这苦命鸳鸯演得。"他掏出手绢，抹抹脸上的血污，然后把我拉起来，示意我跟着他走。

光线实在太暗，他从口袋里拿出手机，开启了手电筒模式照明。一边走一边问我："小哥，看到伊登没有？还有大狙、泥鳅他们呢？"

我叹了口气："其他人都没看到，伊登……可能已经变成那种人身鳗鱼尾巴的怪物了。"

阿昆停下脚步，回头看了我一眼。

"如果是这样，也就是说，伊登已经死了……"他淡淡地说道。

我问："这些鳗尾怪到底是什么东西？还有，你们到底是什么来路？"我有太多的问题想问，但首先出口的竟是这两个。

阿昆做了个食指封口的动作，示意我小声点，然后压低了声音说道："咱们现在要想活命，只能彼此依靠了。有些事我可以告诉你，不过呢，你要知道我也只不过是个小角色，知道的也很有限。"

我说道："行，你知道多少就告诉我多少。这种怪物到底是怎么回事？"

阿昆说道："说老实话我也不是很清楚。我其实是个渔民，先前听说过这种怪物，说是在热带海域能够看到。经常发出那种浪叫，把水手引诱下海吃掉，有时候成群结队地袭击渔船、商船。有点类似西方航海传说里的海妖和美人鱼。

"据说大概五年前，有一艘货船在苏拉威西岛外海遭到这种怪物的袭击，整船人失踪。后来有人通过定位系统发现其中两名失踪乘客的手机出现在马鲁古海上的一座无人小岛上，A 国出动了特种部队去救人，结果参与行动的三十六名海豹突击队员搭乘六艘海豹输送艇全都一去不返，下落不明。你如果对军事感兴趣就应该知道，这种海豹输送艇是搭载在核潜艇身上的，核潜艇到达目标海域后将这些小艇释放出来。这次营救行动后大概两周，其中一艘海豹输送艇突然向 A 国军队基地发出了位置信息。另外一艘在马鲁古海域执行任务的 A 国核潜艇设法回收了这艘海豹输送艇。这艘核潜艇返回军事基地后，第二天就出动无人机对那个无人小岛进行了轰炸，还对外宣称炸死了一个恐怖分子头目。

"有人说，那艘回收的海豹输送艇里，有两个当初失踪的海豹突击队队员，但他们已经都变成了鳗尾怪。他们在那艘核潜艇上杀了很多人，几乎把潜艇给弄沉，最后艇长下令将很大一部分潜艇空间封闭起来，才算控制住局势。当局觉得问题严重，于是决定把小岛炸平，免除后患。而这两只鳗尾怪最终被生擒，关在 51 区中，一只被解剖了做研究，另一只还被养着。"

和赵祺说的有点出入，但也很正常。这种都市传说本来就有无数个版本。无论细节怎样匪夷所思，都总有一个真实故事的内核。只是很多人都不相信而已。

我又问道："那个穆武灵……就是你们所说的金眼狗，也是鳗尾怪吗？"

阿昆摇摇头："这我也不是很清楚。金眼狗在海盗圈子里确实非常有名，不单单是身手了得，做事也彪悍。这个家伙平时一直戴着墨镜，而且不声不响，可一旦发起飙来或者被逼急了，他的两只眼睛就会分别放出蓝色和黄色的光来，隔着墨镜都能看见，这个样子你说像不像波斯猫？不过……"

"不过什么？"

"这家伙以前很正常，并没有这些异状。那时候别人提起他，要么叫他'穆老大'，要么叫他'穆哑巴'，因为他话很少。'金眼狗'的外号是这几年才传开的。"

我接着问道："具体是什么时候？"

阿昆想了想，说道："好像是五年前……有些海盗说，五年前姓穆的一伙在马鲁古海干了趟活儿，结果他一个结拜兄弟，叫姚铁汉的，莫名其妙死了，他自己也变成了这副样子。具体他们做了些什么，没人知道。"

这就是穆武灵在和我谈话时隐藏的真相之一。他只描述了兄弟死得凄惨，却没有说自己也起了变化。赵祺也有意识地回避这件事。

阿昆蹑手蹑脚地走着，但始终不曾停步。我快走两步跟上他，问道："我们这是要去哪儿？"

阿昆没有答话，只是继续走着。走了一会儿，他喃喃自语："快点到，一定要快点到……我说，你是姓林对吧？林兄弟，你快点跟我说话，再问我些问题。跟你说话很有意思，能够转移一下我的注意力……"

"注意力？"我惊奇道，"什么注意力？"借着手机的光线，我忽然发现阿昆的身体似乎有些摇摇晃晃的。

我觉得有些不对头，刚才阿昆说话时，我就觉得他的语调莫名其妙地有些颤抖，现在是整个人都有些抖了。

我连忙问道："你不舒服吗？要不要停下来休息休息？"

阿昆口里不住地低语："不能休息，一分钟都不能耽搁……"一边说，一边用左手捂住自己的脸。

我十分担忧，一把抓住阿昆的肩头："哥们儿别走了，让我看看你到底怎么了？"

说着用力去扳他的肩膀。阿昆死活不肯回头，但他抖着抖着，猛地脚下一软，跌倒在地。我一个箭步上去扶住他，他捂住脸的左手已软软滑开，在惨白的电筒光下，我看清了他脸上的状况。

金丝眼镜下的精致面孔已经溃烂不堪，大大小小的圆形溃口血肉模糊，黑红的脓血甚至溢了出来。

我顾不得礼貌，伸手指了指："你……你的脸这是……"

阿昆"嘿嘿"惨笑，说道："变脸哪里是那么容易的？当初我只想着能够花陈兆丰的钱，住陈兆丰的房子，玩陈兆丰的女人，也没想那么多。可现在……享受的日子没来，却先要吃这些苦头。"他一边说着，一边用双手死命掐着自己的大腿，借以把号叫咽进肚子里。

我看得心惊肉跳："很痛吗？"

阿昆从牙缝里挤出话来："不……不痛……很痒……恨不得把整张脸皮都挠掉，挠到骨头里才好……林兄弟，你快跟我说话，让我动脑子，转移注意力。我们快去我的房间里，那里有缓解症状的药。就是三楼最前头的二号总统套房……"

我其实有很多疑问想问他，但情急之下，竟一个都不知怎么表达，好像一个突然在讲座上被要求提问的大学生。憋了半天，我问了句很没营养的话："你是怎么走上这条路的？"

"我没得选，生意失败，赌场失利……他们选中了我，因为我的身材和陈兆丰很像，连血型都一致。他们让我模仿陈兆丰的一举一动和说话的声音，培训了两年多。他们非常厉害，很多富豪都被他们干掉了……什么科技精英、商界巨头，甚至政界名流。很多人其实都已经死了，现在代替他们在台面上和台面下活动的是和我一样的傀儡……"

"他们？他们是谁？……"

话没问完，只听"当啷"一声，阿昆扔掉手机，浑身发抖，双手拼命按住自己的脸，脓血从指缝间渗出，化工制剂和腐臭混合的味道在狭窄的空间发酵。

我连忙抓住他的双手，向外掰开，不让他的手再去接触伤口。阿昆看上去极为痛苦，身子筛糠一般发抖，语无伦次地说："林兄弟，你放开我，放开我！不，不不！你把我两个手捆起来，捆到身后……我坚持不住了，你到我的房间里把那个手提箱拿来……你看到过那个手提箱的……"

他说的应该就是变脸时用的那个全是药瓶的手提箱,我想我能找到。

"三楼的二号总统套房对吧?"我起身在走廊里捡了点掉落的围巾和衣服,把他的手脚捆起来,又将他整个人固定到一旁的水管上,以免他倒在地上用脸蹭地毯。蚀骨的瘙痒让他再也压抑不住号叫,我怕叫声引来穆武灵,匆忙从地上捡了只鞋子塞进他的嘴巴,然后沿着安全楼梯一路爬到三楼。

两间总统套房的大门都敞开着,我走入了右边的二号套房。房间非常高大宽敞,一共两层,上下加起来总有四百多平方米。第一层围着落地玻璃,正对着邮轮正前方和左前方的全部海景,落地窗大开,海风直灌进来,吹得我有些瑟瑟发抖。二层有好几个房间,都关着门。我非常头疼,这房间也太大了,手提箱又是机密,不知会被藏到哪里。

开灯肯定是不能的,我只好用阿昆的手机照明,一处处搜寻手提箱的影踪。密室逃脱也不是这么个玩法。

我停下步子仔细想了想。阿昆并不如真正的陈兆丰那样聪明,对于重要物品,这类普通人通常会藏在最醒目处的隐秘角落,信奉"最危险的地方就是最安全的地方"这种话。而伊登也不会给一个傀儡太多权限,他能支配的,基本上就是公共区域和自己的卧室。

我找到客厅正中,趴到地上,果然在矮脚沙发下面看到了黑色的手提箱。

黑乎乎的房间里忽然亮光一闪,紧接着就是破风的尖锐声音。

我抬头看向落地窗外,一个黑色的物体在空中划过一道长长的、诡异的抛物线,直向"德川号"砸来。

炮弹重重砸在落地玻璃上,碎玻璃碴立刻四处飞溅。我一手抱头,一手伸到沙发下拿出手提箱,站起来就想往外跑。

"喀嚓",玻璃碴在我脚下碎成更小的晶体,我一下子顿住。炮弹里的怪物应该就在这个客厅里,任何一个细微的动静,都可能把它引来。

我一厘米一厘米地挪动身子,尽可能静悄悄地把自己藏进沙发旁边的茶几下面。几乎就在我躲入阴影的那一秒,一蓝一黄两道光点就落到了沙发上。

光点闪动了一下,随即消失了。我看到一条巨大的鳗鱼尾巴闪着鳞光,缓缓地穿过洞开的落地玻璃,向我移来。密密麻麻的海蚯蚓也扭动着钻了进来,瞬间铺满了地板和墙壁,并向天花板蔓延。

鳗鱼尾巴突然一甩，"咚"的一声，怪物落到了我藏身的茶几上面。

这些怪物都和猫一个毛病，喜欢占领制高点。猎人本性。

大量海蚯蚓开始窸窸窣窣向鳗尾怪身边围拢，离我越来越近。小腿突然传来一阵剧烈的瘙痒，瘙痒迅速向上蔓延，我知道是海蚯蚓钻进静脉了。必须赶紧离开这里，否则不被鳗尾怪撕碎，我也要变成干尸了。

我伸手抓了一把碎玻璃，用力甩到落地玻璃外面。声响吸引了海蚯蚓，它们"刷刷刷刷"奔了过去。我看到鳗鱼尾巴一闪而过，立刻从茶几下钻出来，拼尽力气往门外跑。

没跑几步，一条惨白的胳膊拦住了我的去路。胳膊呈现出死一般的白，没有一丝血色，手指搭在我怀里抱着的手提箱上，指尖是腐烂的黑色。我顺着胳膊一路看上去，看到了一张熟悉的脸。

伊登小小的面庞依旧俏丽，只是和先前相比，少了一分俏皮可爱，多了一分妖异鬼魅，两只眼睛变了颜色，黑发也变成了蓝色。她用尾巴勾住二楼的栏杆，悬空吊在我面前，阴森森地微笑了一下。

"你去哪儿？"她说。

她笑嘻嘻地伸出手，抚摸我的脖颈。我想起第一次见面那天，她在码头上也用同样的动作拂过我的脖子。好好的小姑娘竟然变成了这副模样。遗憾压过了恐惧，我呆立在原地，一时间没有想到逃。

突然，她指尖发力，将我狠狠扼住，生生提上了二楼。鳗鱼尾巴接住了我，立刻用力缠绕。伊登一边笑着，一边摆动着尾巴，将我在半空中上下颠着。我拼命挣扎，但根本没有用处。

缺氧让我很快就要陷入晕厥，这时伊登把我举到她面前，张开了嘴巴，露出尖利的獠牙，鲜红的舌标在牙床内不安分地卷动。

我感觉自己的颈动脉又要不保了。

整个躯体被鳗鱼尾巴死死缠住，我只好继续用下巴保护颈动脉。

就在这时，忽听"昂"的一声巨响，像地狱深处的魔鬼发出的嘶吼。我立刻被伊登扔到一楼地板上。我挣扎着想站起来赶紧跑，但无论如何也无法站稳。"德川号"在剧烈摇晃，堪比地震。

伴随着震动的，是忽然变得明亮的天空。乳白色的冷光从海面下升起，从"德

川号"上每一道缝隙中透射进来。照进落地玻璃的光将四壁密密麻麻的海蚯蚓照亮,它们立即枯黄发焦,纷纷掉落下来,我腿上的瘙痒疼痛也立刻停止了。

剩余的海蚯蚓密集地聚集在伊登的身后,伊登似乎很忌惮这光线,用惨白的手臂挡住头部,口中"呀呀"大叫,拼命扭动着尾巴逃出大门。

我努力在震动中抓住一切能看到的家具,趔趄着往外走。一根长长的半透明触须从窗口伸进来舞动,强光照亮了整个房间。

是水母升上来了!

照片上"德川号"最后的归宿,便是被水母拖进海底。我不寒而栗。这艘船上,为何总能浮现未来噩运的景象?

耳边时不时传来"吱吱咯咯"让人牙呲耳酸的声音,但并不是很响,像是交通事故时车子的刮蹭声。茶几和家具也开始发出"咯吱吱"的移动声,举目四望,"德川号"的船体已有些倾斜。

大型船从倾覆的先兆出现到正式倾覆大概有一到两个小时的时间,"德川号"的时间不多了。我要赶紧去找阿昆,和他一起逃走。

震动时强时弱,仿佛水母在残忍地和这艘船玩猫鼠游戏,为拉长游戏时间而间歇性地放手。我找到手提箱,一路跌跌撞撞回到一楼走廊,而阿昆却不见了踪影,地面上一条巨大的血痕蜿蜒而出,一直延伸到走廊尽头的出口。

我忍着心头的恐惧,沿着血痕一步步往出口探去。出口处的玻璃转门原本是干净的,现在满是血污。我停住脚,背后有一道强烈的白光射了过来,玻璃门上的反光映出了我的身影,和我身后那条长长的、放射着强烈荧光的触须。

我立刻撒开腿跑到走廊外的甲板上,回身用花盆顶住玻璃门,挡住了直戳过来的触须。

但我忘了,水母是不止一条触须的。

一条更为粗壮明亮的巨大触须从甲板下方升了上来,我甚至能够看到胶状机体里散发微微蓝光的细纹。

触须是没长眼睛的,它理应看不见我。只要我不做大动作影响声呐或气流,就不会被发现。我屏住呼吸,以极慢的速度朝旁边退去。

但我估计错了。触须像眼镜蛇一样"呼"地立了起来,左右摇摆了一下,然后冲着我的面部直扎过来。

我发疯般奔向旁边的蒙太古餐厅，刚刚跑到餐厅门口，左脚踝猛地被触须卷住，顿时扑倒在地。触须拖着我在满是玻璃碴的地面上滑行，我绝望地手刨脚蹬，试图抓住什么，可除了满手的鲜血和玻璃碴，什么都没有。

"突突"两声枪响拯救了我。几颗子弹从蒙太古餐厅的门中射出，精准地射中触须。这枪声太熟悉了，AK-47，救我的不是小妖就是赵祺。

触须短暂地松开了，还没等我往前爬两步，它又一次卷住了我。"突突突"的枪声又一次响了起来，似乎再也没有止歇。无数子弹如雨点般击中触须，我身上被溅上了许多热热的液体，但奇迹般地一点都没有受伤。

触须的力气迅速减弱，终于松开我的脚踝缩了下去。

两秒钟后，一张漂亮的脸蛋出现在我面前，是小妖。

"你跟我来。"她的语气里满是不屑一顾的冷淡，说着转身就向蒙太古餐厅走去。

我没有动，一来实在太累，二来莫名有些不爽。

小妖回过头来，用极度恼怒的眼神看了我一眼，忽然展颜一笑，说："跟我来吧，赵祺在里面等我们。"

在我印象里，这还是小妖第一次对我笑。她笑得很好看，风情万种。宅男如我，根本抵挡不了。她突然变脸，我心里不是不警惕，但荷尔蒙俘获了我，我中邪一样站起身，跟着她走了进去。

餐厅有三层，宽大而气派。我走了两步，华丽的地毯下发出微微"咯吱"的声音，属于人间的声音。船此刻恢复了平静，不再振动，我的心也放松了下来。

"啊！"

刚跨进餐厅，我就听到了一声惨叫。

是阿昆！声音从楼上传来，我三步并作两步往楼梯跑，猛地脚底下一滑，仰天重重摔了一跤。这一跤摔得相当狠，我揉着屁股站起来，觉得有些不对劲，低头一看，发现自己居然是踩在一大摊的新鲜血迹上滑倒的。

这是……

我探询地望向小妖，她歪歪头，冷淡地盯着我，一言不发。

有什么液体这时一点一点地滴在我的头顶和颈肩处。我心下凛然，抬头看去，几乎瘫软在地上。

阿昆倒吊在二楼栏杆处，垂头垂手，显然已经死了。一个人影趴在他身上，

不停地啃咬。啃他的人是穆武灵。

穆武灵张嘴咬住了阿昆脸上的一块肉，狠命地一撕，却只将阿昆的假面皮咬了下来。他嚼了两下，可能觉得并不好吃，一甩头就把面皮丢了出去。

我看见阿昆那颗已经没有面皮的血肉模糊的脸，有些头晕目眩，惊骇的嘴巴还没有合上，小妖却已经悄悄地倾身到了近前，小声说道："小子，对不起！"说完，她举起匕首，将尖端刺入我右腹部，然后用力向上一挑，从腹部带到了胸部，匕首尖上挂着的血花沿着抛物线落到了穆武灵身上。

穆武灵立刻抬起头，一蓝一黄两只眼睛闪出锐利妖异的光芒。

好容易逃开一次，又来？

我不顾伤口剧痛，就地一滚，躲开了他的猛扑，发疯似的往船尾出口狂奔。可我怎么跑得过穆武灵？沉重的步子几乎立刻追了上来，我一下子被拽倒在地，眼睁睁看着穆武灵张开了嘴巴，牙齿上沾染着阿昆的血，鲜红鲜红。

又一串子弹适时救了我。"哒哒哒"几声枪响后，一大把子弹从我的左侧斜飞过来，有两颗几乎是贴着穆武灵的肩膀飞过去的。

穆武灵虽然已经发狂、神志不清，但对于武器本能的恐惧还是有的。他迟疑地松开了手，望向火力点。我也扭头看去，只见一个壮硕的影子手上拿着一把MP5冲锋枪，一边跑过来一边射击。即便是光线不清，我也能清晰地看到他身上嚣张的肌肉块。

赵祺跑过来一把拉起了我。在这个过程中他不时地对着穆武灵来几个点射，但子弹没有一颗是击中的。很显然，他也不想真的伤了他的穆老大，开枪只是为了救我。

"快走。那丫头片子要用你和那个假脸男的血去喂饱老大，让老大恢复过来！"

"你们老大到底是怎么回事？你刚才又去哪儿了？"

"一言难尽，我把你救上来……"

赵祺中断了絮叨，猛地拖着我向前一扑，躲过AK-47射来的子弹。

"赵祺，你少做老好人！把这姓林的给他！"小妖尖厉的声音响了起来。

"小妖，你清醒点！你把活人拿去给老大吃，那是饮鸩止渴，会害了老大的！他醒过来要是知道自己吃了姓林的，绝对不会原谅自己的！"

"你胡说！"又是一阵点射。

我和赵祺在地上不停地翻滚，以免被她瞄准。赵祺见小妖不为所动，"啧"了一声，对我说："我数一二三，咱们一起起来，往那个门口跑，你前我后。放心，这丫头片子舍不得真的对我下手，倒是你要当心。"

三声数过，我一跃而起，向着蒙太古餐厅的后门处狂奔而去，一边跑，一边回头去看赵祺是否跟上来了。但赵祺根本没挪屁股，在原地和小妖浪费子弹式地对射，双方显然都不想真正击中对方。尤其是小妖，在远处左挪右闪，一直在找直接对我开火的机会。

但我看不到穆武灵，看不到他那两只闪着妖光的怪眼。

后门背后，本应该是甲板。

我躲过小妖的冷枪，钻到门后，一抬眼却愣住了。面前是一个陌生的房间，光线明亮，环境整洁，陈设古色古香，带着浓烈的日式风格。

这应该是船长室，房间中央是一张巨大的办公桌，桌子上乱七八糟放了一堆东西，桌子前的衣架上挂了一件整洁的白色制服，看起来像旧式船长服。

我找了个角落藏起来，躺在地上喘得像条狗，略恢复过来后，饥饿感立刻袭了过来。我赶紧爬起来找吃的，低血糖会让人无法逃命。

我在墙壁上的柜子里看到了一个很眼熟的口袋，拿出来一看，是B国军队二战中使用率颇高的"九九式"背囊，里面不是常规配备，而是放了刀钳等常用工具，还有许多牛肉罐头、精米、鱼干等食物。

我也顾不得这些六七十年前的食物为什么还在这里、有没有过期，拆开外包装就大嚼起来。高油高盐高热量的行军食品是补充体力的好东西，我渐渐不再眩晕，腹中充满饱足感，终于有力气专心致志地找刀撬牛肉罐头了。

就在我和铁皮罐头较劲的时候，猛地听见"笃笃笃"的敲门声。响的不是我进来的那扇门，而是对角线处的另外一扇。

我浑身一抖，罐头和刀同时掉在了地上。

赵祺不会敲门，小妖更不会。

我本能地捡起刀，朝着门口走去。

"笃笃笃"，敲门声又起，并以固有的频率不住地响下去。

我身体忍不住地颤抖，到了门前，我颤声问道："谁？"

敲门声停止了。

我定了定神，又等了一会儿，听得门外再没有动静，略微放心，打算折回身藏到柜子里。

这时，只听"哐"的一声巨响，木质大门被一股巨大的力量踹得飞了出来。几十斤重的木门就从我身上飞过，惊魂未定之际，我感到两只脚踝被什么东西给捆在了一起，整个人被拖着向门后而去。

熟悉的缠绕感，我挣扎着挺起腰打量，果然是伊登的鳗鱼尾巴。

粗长的鳗鱼尾一甩，将我甩到门后。我感觉自己滚出了好远，爬起来后，发现自己躺在一个金灿灿的东西旁。

是黄金做的一艘船。或者更确切地说，是黄金制成的一口船型棺材。

似乎感应到我的到来，棺材的顶盖缓缓掀了起来。

伊登闪身进来，猛地又将我缠住，倒挂了起来，吊到了棺材口的上方，我看到了棺材里面的情状。

那是我永生也不能忘怀的场景。直到很多年后，我都清清楚楚地记得里面的样子。

棺材的内里竟然有如火山口一般，极深极烫，一条亮红的、奔腾的岩浆在棺底蜿蜒，有无数瘦骨嶙峋、面目狰狞的恶鬼带着满身的烈焰正从岩浆的河流中爬出，沿着岩浆河流两旁的岩石，向着火山口，也就是棺材口拼命地爬来。

其中一个已经十分接近火山口的怪物仰起头来发出"嗷"的一声怪叫，我看清了这个怪物的脸，忍不住惊叫一声。

是赵磊！被劫持的我的朋友赵磊！虽然已面目全非，但五官的组合、脸型的轮廓都明白无误地告诉我，这个怪物就是赵磊。

接下来，我在这群怪物中认出了许多的熟面孔——爷爷、叔叔、程先宙、方振清……都是"浙象渔28"号上被伊登劫持的、对我来说至关重要的人。

他们一个个爬到了"火山口"，十几颗头颅挤出这个"火山口"，纷纷张开嘴巴，露出獠牙和鲜红的舌头，发出"呵呵"的叫声，似乎要将我生吞咬碎了一般。

当我在这群怪物中认出父亲、母亲和哥哥的容面时，我终于忍不住惊怒起来："伊登！你把他们怎么样了？我爸、我妈、我哥，你到底把他们怎么样了？不是说好了只要我配合你就会放过他们的吗？我告诉你，要是他们死了、进地狱了，我一定要你去陪他们！"

我喊得声嘶力竭，可伊登两只妖异的眸子只是淡漠地盯着我，没有做出丝毫反应。我看着她，看着她的眼神，第一次完全确信，我认识的伊登早已死了。我面前的，只是一个利用她身体活动的怪物。

怪物不说话，只是用它丑陋的尾巴把我缓缓地向黄金船型棺材里放。

棺中怪物贪婪、兴奋的叫声充盈了我整个脑袋。我双手乱抓乱挠，不愿意放弃最后的逃生机会，但心底深处却隐隐觉得，这里就应该是一切的终点了。

"哥们儿，顶住！"我忽然听到一声大喝。

一双肌肉扎实的臂膀从棺材旁边伸出，死命搂住了我的腰，用力往外拖拽。

伊登发出一阵不满的吼叫声，拼命和赵祺争夺我。两股力量互不相让，我只觉得两条腿似乎被放进报废汽车压扁机一样，立刻就要被挤压成渣子，剧痛难忍的我大声惨叫起来。

也就在这时，只听"突突"两声，伊登的尾巴颤抖了两下，很明显中弹了。

又是"突突"两声，伊登终于放开了我，我被赵祺一把抱出了棺材。在离开棺材口的一刹那，小妖的身影闪过，一个侧踢，竟利落地将伊登踢进了棺材里！

一股血水从棺材里喷射而出，原本打开的棺材盖子猛然间如同上了弹簧一样，"咔"的一声合上了。伊登带着那么多的秘密就这样消失在一个诡异的空间里。

"你干什么？！"我又惊又怒地质问。

虽然是使用伊登身体的怪物，但我还是无法接受她的下场。她会又变成燃烧的怪物吗？还是会被岩浆吞噬？我的家人朋友们怎么办？

小妖不耐烦地把我往外推："死都死了，自己保命要紧！"

"你把我喂给穆武灵的时候怎么没想到保我的命？"

"你的血多么珍贵，当然要用在刀刃上，不能死在不明不白的地方。"小妖语气冷淡，好像在说白菜今日市价。

脑中电光闪过。我一下子明白她和赵祺为什么又讨厌我，又要频频救我。我身上的血，能让鬼皮书上的图案显形，现在看或许还可以治愈穆武灵的失常。

我还真是新时代的"唐僧"。可惜女妖怪都想吃我，没有想跟我成亲的。

即便现实如此残酷，我还是丧气地跟着小妖和赵祺从原来的门出去，一边恨自己的无能。离了他们，我一个人能不能活过半小时都是问题。

门的那边,水竟然已过膝盖。

小妖一脚踩进水中,嘀咕了一句:"船快沉了。"

金属船体在巨大的压力下发出哀号,一阵阵"吱吱嘎嘎"的声音从四面八方传了过来。水母放出的强大生物光照亮了所有区域,我能感受到它正在用触须捏碎这艘巨轮。

海水飞速涌上来,走了没几步,人就浮了起来。我们改走路为游泳,拼命划着水,往走廊尽头游去。到了那里,打开门就是露天甲板了,可以跳海自保——救生艇就在这一侧的船舷停靠。但海水不停涌进来,所有水流都在把我往后推,前行极为困难。

我屏气凝神游着,忽然觉得不对劲。这么长时间,穆武灵丝毫没有动静,小妖和赵祺也并不急着去找……我总感觉他会突然跳将出来,啃烂我的颈动脉。

忽然,我只觉得脚踝一紧,似乎被一只手给攥住了。

我还没来得及发出惊呼,就被水中的那只手一把拖了下去。我顿时呛了几口水,彻底乱了方寸,毫无章法地在水下拼命挣扎起来。氧气快要耗尽的时候,我脑子忽然清醒了,强忍着窒息的剧烈痛苦,开始装死。无论是谁,把我拖下去就是想要我死。我不如先死为敬,看它下一步动作。

抓住我的东西发现我不再动弹后,果真不再把我往下拖,而是把我拽了过去。

感觉到它的头凑了过来,我猛地睁开眼,果然是穆武灵。

他与我四目相对,显然根本没有想到我其实没死,当即就是一怔。

我知道机会难得,伸手准确地拽住了之前搏斗时插在他腰部的匕首柄,一把拔了出来,然后又斜着刺向了他的肋下。

匕首的锋刃只刺入了三分之一,鲜血狂涌中,穆武灵全身一抖,向后退了开去。

我狼狈不堪地从水里抬起头,拼命喘息着。脚下又一沉,阴魂不散的穆武灵又来拽我了。然而就在海水没顶的那一秒钟,我看到水母巨大的触须迅疾扫了过来,正中我刚才冒头的位置。

这时穆武灵从水底浮了上来,拍了拍我的肩膀,我发现他的眼睛不再闪光。

他一手攀住我的腋下,带着我向前游。他游泳速度极快,如海豚般灵活,没划几下手臂,就到了走廊口,顺手一甩,把我丢了出去,随后自己也跟了上来,继续带着我飞速游动。

海上一片亮白的冷光，让我习惯了黑暗的双眼几乎睁不开半分。巨型水母已完全浮出水面，无数触须挥舞着，照亮了深夜的天空。"德川号"，21世纪海上工程的奇迹，此时完全没入了深蓝的海水中，和照片上的场景一模一样。这艘巨型邮轮原本总是灯火璀璨，热闹无比，此刻却有如鬼船一般，看不到一丝光亮。强烈白光照射出邮轮优美的船体，以及挂在上面的尸骸，还有房间里那一具具飘荡的游尸。

　　这些尸体连同"德川号"一起，在水母触须的围裹下，向海底深渊沉沉而去。

　　游客何辜呢？都是普通人，到船上只是为了开心地度假，却死于非命，葬身茫茫大海。

　　有恢复原状的穆武灵在身边，极度的安全感让我时刻绷紧的弦断了。我放弃了没什么效果的划水，眼前一黑，失去了意识。我知道他一定会把我救起。

　　就算这么死了，也算是死在好梦里，而非噩梦。

　　梦醒之后，我希望还能看见大海。

　　我必须仍旧在大海上漂泊，为了亲人，为了伊登，为了穆武灵，为了那么多的未解之谜。

　　我必须再去看看大海，像吉普赛人一样享受一次流浪，像海鸥搏击长空，巨鲸嬉戏大洋，像刀剑任风儿打磨得锃明瓦亮。我只希望身边有一个快乐的旅伴时时讲一些海上奇谈。

　　希望长久的操舵后有一个安静的睡眠，进入甜蜜的梦乡。

【本册完】

作者
旋翼之刃

选题策划
知音动漫图书·时代坊

装帧设计
冯 竹

策划编辑
余 慧

执行编辑
胡梦怡

责任发行
周冬梅

出版社
中国致公出版社

总出品
湖北知音动漫有限公司

制作出品
知音动漫图书·时代坊

平台支持

图书在版编目（CIP）数据

海盗鬼皮书/旋翼之刃著. -- 北京：中国致公出版社，2018

ISBN 978-7-5145-1195-6

Ⅰ.①海 Ⅱ.①旋 Ⅲ.①长篇小说–中国–当代 Ⅳ.①I247.5

中国版本图书馆CIP数据核字(2018)第226905号

本书由旋翼之刃授权湖北知音动漫有限公司正式委托中国致公出版社，在中国大陆地区独家出版中文简体版本。未经书面同意，不得以任何形式转载和使用。

海盗鬼皮书/旋翼之刃 著

出　　版	中国致公出版社
	（北京市海淀区翠微路2号院科贸楼）
出　　品	湖北知音动漫有限公司
	（武汉市东湖路169号）
发　　行	中国致公出版社（010-85869872）
作品企划	知音动漫图书·时代坊
责任编辑	孙兴冉
特约编辑	胡梦怡
装帧设计	冯竹
印　　刷	长沙鸿发印务实业有限公司
版　　次	2018年12月第1版
印　　次	2018年12月第2次印刷
开　　本	889mm×1194mm 1/16
印　　张	16.5
字　　数	208千字
书　　号	ISBN 978-7-5145-1195-6
定　　价	32.00元

版权所有，盗版必究（举报电话：027-68887933）

（如发现印装质量问题，请寄本公司调换，电话：027-68890818）